閨香

上

文創風 244

陶蘇 著

目錄

序文

陶蘇

「我一生渴望被人收藏好，妥善安放，細心保存。免我驚，免我苦，免我四下流離，免我無枝可依。」——這是我最喜歡的一句話，私心想著，或許也是這世上所有女子，最感同身受的一句話。

從古到今，總有許多女子，身世坎坷，依靠自己的力量在這個險惡的世界上拚搏奮鬥。也許是自己也曾有過獨自努力的經歷，對這樣的女子，總是心懷疼惜。某天想到，如果一個美好的女子，曾被無情地傷害，被殘酷的現實困厄，當她無依無靠之時，若能有一個充滿力量的男子出現，保護她，替她遮風擋雨，替她撐起自由的天空，這大約便是世上最幸福的事情，也是這個美好的女子理應有的歸宿。

於是，便有了《閨香》這個故事。這個故事裡，沒有驚心動魄的陰謀鬥爭，也沒有愁腸百轉的愛恨情仇。一個人的挫折與希望，放在全世界來說，只是滄海中的一朵小浪花；但在這一個人的生命裡，卻是整個世界的倒影。

李安然，正如她的名字，她追求的只是安穩的生活，是心靈的自由，她不曾辜負過誰，生活卻曾辜負了她。雲臻是守護神的理想化身，他英俊、有權勢、有能力，愛上一個人，便不在乎身分地位的差距，也不受其他女子的侵擾誘惑。這樣的男子的形象，雖然似曾相識，卻也的的確確是每一個女子最夢幻的物件。

我一直認為，寫小說，尤其言情小說，並不只是簡單地虛構故事，而是應該讓讀者相信愛情，相信人善自有天佑；相信這個世界上，不僅有你理想的伴侶，而且這個伴侶終會出現在你的生命中；更要相信，世上總是美好比醜惡多，幸福比痛苦多，圓滿比缺憾多。

我想要散播一種天真的正能量，一種幻想的樂觀；想讓我的讀者們，都接收到我微薄的心意和祝福；小說未必只是故事，故事未必不能存在於現實。李安然和雲臻的故事，是我對所有美好女子的祝願，願你們一生被收藏，被呵護，沒有驚苦流離，沒有悲痛傷懷，每一個女子都是值得擁有最美好感情的人。

第一章　淨身出戶

永和三年，大乾帝國。

正是隆冬時節，臘月二十五，天降大雪，鵝毛一般紛紛揚揚，整個世界都成了雪白，滴水成冰。

靈州首富程家大宅，內宅之中一座裝飾考究的院子裡，正房外一群丫鬟、僕婦垂首站立，人人都是屏聲斂息、神情嚴肅。正房門口，一名紅衣少女帶著幾個眉目尖利的僕婦守著，趾高氣昂。

曾經的當家人，程家少夫人李安然，一身簡樸布衣，簪環皆無，烏黑的髮髻只用一根銀簪固定。

奶娘裴氏站在她的身側，手裡挽著個小包袱，面色淒然。

三歲的義子李墨站在另一邊，抓著她的衣角，小小的人雖然年幼，卻也知道母親正在經歷一場巨大的變故，稚嫩的臉上帶著一分倔強之色。

李安然最後環視了一圈這間住了三年的屋子，淡淡道：「奶娘，墨兒，咱們走。」

裴氏紅著眼眶，應了一聲，便跟著她往門口走去，李安然腳步虛浮，面色潮紅，顯然是正在病中，正當他們走到門口之時——

「站住！」

守在門口的紅衣少女春櫻一聲高喝，身後的僕婦一下散開，攔住了他們三人的去路。

李安然忍住咳嗽，微微側頭，冷冷道：「春櫻姑娘還有何指教？」

春櫻比李安然矮一顆頭，被她由上而下地看著，自覺氣勢弱了幾分，刻意挺了挺胸膛，才大聲道：「老爺說了，妳是程家休掉的棄婦，不許帶走程家的一針一線。」

李安然掃視一眼，春櫻帶來的幾個僕婦如狼似虎，對他們三人尤其是裴氏手中的包袱虎視眈眈，而其他站在門外的丫鬟下人們，卻都低著頭，大氣也不敢出。

她冷冷道：「春櫻姑娘，方才我們收拾行李，妳從頭到尾都看著，我們可有拿程家任何一件東西？」

李安然和李墨都是兩手空空，沒有任何行李。

春櫻自然看見他們身無長物，但還是哼聲道：「你們穿的衣服，也是程家的。」

李安然眼神一變，一道厲光閃過。「怎麼，妳的意思是要我們光著身子走出程家？」

她臉上並沒有什麼表情，但是一雙杏眸卻冰冷如霜。掌管程家三年，內外全由她一人作主，程家少夫人的名號在商界也是響噹噹的，李安然身上早已培育出上位者的氣勢。

被她凌厲的眼神一瞪，春櫻竟不由自主地後退一步，一陣羞惱浮上心頭。

「就……就算衣服是程家賞給你們的好了，可是這位裴媽媽手裡的包袱卻不能不檢查。」春櫻自覺剛才退的那一步丟了臉，便指著裴氏胳膊彎處的包袱厲聲道：「來人，把她的包袱拆掉檢查！」

兩個僕婦立刻應聲上前，去搶裴氏的包袱。

裴氏忙往後一縮，叫道：「這都是我自己的東西，沒有一件是程家的！」

春櫻冷笑道：「有沒有程家的東西並非妳說了算，查過了才知道！」

僕婦已經抓住了包袱，裴氏不肯讓她們拿走，雙方都拽著包袱往自己的方向扯。

李安然眉頭一皺。「奶娘，把包袱拆開給她們看。」

「夫人？」裴氏愕然。

「我們行得正坐得端，坦蕩蕩的沒有什麼見不得人，她們要看，就給她們看，省得被卑鄙小人反咬一口，說我們作賊心虛。」李安然嘴角微微噙著一絲冷笑，似嘲諷也似輕蔑。

「妳說誰是卑鄙小人！」春櫻敏感地捕捉到她話裡有話，頓時叫嚷起來。

李安然卻不理會她。

裴氏咬了咬牙。「好！妳們要看，那就看個清楚！」她將包袱扔在地上，自己動手拆開，然後瞪大眼睛看著春櫻等人。

春櫻被李安然刺了一句，正滿心不甘，便大聲道：「給我查！」

那幾個僕婦立刻翻起包袱裡的東西來，還故意很大幅度動作，將東西翻得亂七八糟。包袱裡只有幾件陳舊的衣裳鞋襪，其中一個僕婦翻到一個荷包，拿在手裡掂了掂，扯開一看。

「是銀子！」她興奮地叫起來，把荷包舉到春櫻跟前。

春櫻看了一眼，便得意地冷笑道：「還說沒有拿程家的東西，這是什麼？」

所有人都得意洋洋地看著李安然和裴氏，眼中都是賊贓並獲的殘忍快感。

裴氏脹紅了臉，大聲道：「那都是我賺的工錢！我只是程家雇來的奶娘，又不是賣身給程家的奴才，也沒有靠程家白白養活，我的一分一毫都是靠自己幹活賺來的。怎麼，難道程家想把我的工錢給剋扣了嗎？真是如此，我倒要上衙門去問問，大乾律例清清楚楚寫著雇工要給錢，程家難道要背負刻薄下人的不法之名嗎？」

春櫻頓時臉色一沈。

她到程家才第一天，哪裡知道家中的人事關係，這個裴氏不是李安然的忠僕嗎？怎麼竟不是賣身程家的奴才？

此時一個僕婦在她耳邊低聲道：「裴媽媽是老夫人當年雇來照料少夫人的奶娘，雖然在程家多年，卻沒有賣身契，只是雇傭關係。」

春櫻立刻惱恨地瞪了她一眼，這種話不早說，害她出了大洋相！

李安然似笑非笑道：「春櫻姑娘，是不是可以把我奶娘的錢還給她了。」

春櫻哼了一聲，把裝著銀子的荷包往地上一扔，臉色難看。那幾個僕婦又翻了一陣子，確實沒有發現裴氏夾帶程家的東西，只得悻悻收了手。

裴氏恨恨地將她們都瞪了一眼，這才將包袱重新收拾好。

春櫻道：「老爺說了，你們收拾完行李，就到前院去領休書。」

李安然瞥了她一眼，也不跟她廢話，牽著李墨便朝外走，裴氏趕忙上前扶住她的胳膊，一握之下立刻心頭一驚。

她即便隔著衣裳，都能感覺到李安然的身體滾燙得像燒紅的烙鐵。

「夫人……」裴氏剛開了口，李安然便側頭遞過來一個眼神，示意她噤聲。她動了動嘴唇，最終還是沒說話。

春櫻帶著人虎視眈眈地跟在他們三人後面，就像押著囚犯的官差。

一行人到了前院正廳，廳外站著滿滿當當整院子人，除了程家的丫鬟、家丁之外，還有二十幾個老少不一的男子，他們都是程家大小商鋪的掌櫃，以及程家名下田莊的管事，這些人一看到李安然三人，立即竊竊私語起來。

李安然只是看了一眼，便走進廳去。

廳內正對門口，坐著一男一女，男的有著還算英俊的國字臉，唇上一抹短鬚，一臉傲氣，正是程家當前的家主程彥博；而女的生得尖俏的瓜子臉，丹鳳眼眼角上挑，右嘴角下一顆小小的美人痣，妖嬈多姿，正是程彥博新娶的夫人姚舒蓉。

程彥博見李安然進來，一句話也不問，抬手便將一張休書扔了過去。

「休書在此，從今往後妳與我程家再無任何關係。」

李安然看著地上那一張薄薄的紙箋，耳邊聽著程彥博冰冷無情的話，腦中不由自主地閃現出一幕幕往事來。

她從不知自己父母為誰，彷彿出生便被遺棄，是靈州城的程家老夫人收養了她。她在程家，從嬰孩長成十六如花少女，程家也從普通賣香料的商販變成產業眾多的豪商，後來更成了靈州首富，財大勢大，連靈州的縣衙，都要禮讓三分。

因為程家的發跡就從收容了李安然開始，程老夫人認為李安然能給程家帶來興旺好運，便在她十六歲這年作主，讓她嫁給自己唯一的孫子程彥博，做程家的少夫人。

然而，程彥博成長於程家興旺發達之際，父母因一場大乾帝國百年難得一遇的天花瘟疫而亡，做為程家唯一的骨血，受到了舉家上下的精心呵護，程老夫人尤其寵愛非常，竟養成了花天酒地的紈袴脾性。

李安然十六歲時，並不十分貌美，充其量不過算清秀而已，程彥博看不上她，背地裡早跟靈州城內首屈一指的花魁娘子相好。舉行婚禮之日，那花魁娘子離開靈州入京奔前程，程彥博竟棄了等著拜堂的李安然，跟隨花魁娘子離開。

程老夫人怒氣攻心，一病不起，李安然頂著有名無實的程家少夫人之位，侍奉程老夫人病榻之前，端水送藥，晝夜不輟。

程老夫人一面支撐整個程家，一面派人尋找程彥博蹤跡，操心勞力，病體自然無法快速痊癒，一拖兩年，最終仍是撒手而去。

李安然為程老夫人送終，守孝一年，終於等到程彥博歸來，本以為從此可以夫妻舉案齊眉，誰料程彥博早已在外娶得新嫁娘。

這些年來，李安然為程彥博侍奉老夫人，盡心竭力地守護程家，最後卻遭到這般重大打擊，急火攻心，身體一下子垮了下來，發起了高燒。

而程彥博卻在新婦姚舒蓉的慫恿之下，不顧李安然病重，在這臘月隆冬時節，一紙休書，便要將她淨身出戶，趕出程家大門。

眼下休書在地，她抬頭看著程彥博，程彥博卻厭惡地扭過頭去，只看著姚舒蓉，姚舒蓉微微一笑，他眼裡便立刻出現了癡迷之色。

李安然的心，如同外頭的天氣，冷得結了冰。

程彥博對李安然當然沒有感情，程老夫人在世的時候，他是程家大少爺，李安然只不過是一個給程老夫人端茶倒水的丫鬟，長得又不出眾，他從來看不上眼，沒想到老夫人卻要他娶她為妻，一個丫鬟也配給他做正頭娘子嗎？呸！

他去了京城三年，什麼樣的美女沒見過？如今娶了貌美如花的姚舒蓉回來，比李安然不知強多少倍，他當然要休掉李安然，扶姚舒蓉做正室。

「李安然，休書已經給妳。別說我不念舊情，妳雖然服侍過我祖母，但我們程家也好吃好喝養了妳十九年，大家兩不虧欠。」程彥博微微昂著頭，用眼角看著李安然。

李安然彎腰從地上撿起了休書，站起來時只覺一陣眩暈，幸虧裴氏扶得牢，才沒有顯露出虛弱來。她強自振作，目光落在手中，只見休書上寫著——

立書人程彥博，靈州人士，憑媒娉定李氏安然為妻。豈期過門之後，李氏未以克己為婦德，自祖母故去，越位掌權，牝雞司晨，顛倒人倫，闔家怨懟。因念夫妻之情，不忍明言，故立休書休之，此後兩相婚嫁，永無關聯。永和三年臘月二十五，立此為證。

看完休書，李安然還沒怎麼樣，奶娘裴氏倒是先氣得滿臉通紅。

「欺人太甚！我們夫人為了程家辛辛苦苦支撐三年，還替程老夫人送終守孝，你們不感激就算了，居然還顛倒黑白，誣衊我們夫人的名聲，你們還有沒有良心！」裴氏聲音尖利，傳遍廳內廳外。

李安然掌管程家三年，程家的下人、掌櫃、管事都對她十分熟悉，平日裡也都覺得這位少夫人為人正直公平，如今程家真正的主人程彥博竟然要休掉她，大家自然都驚疑不定，聽了裴氏的話之後都忍不住竊竊私語起來，以至於廳內廳外一片嗡嗡聲。

程彥博臉色一變，姚舒蓉也是眉頭一皺。

她可是一心要做程家夫人，但如果程家的下人都認為休妻這件事是她跟程彥博兩人理虧，那對她今後掌權可是相當不利。

姚舒蓉心念一轉，臉上便微微一笑，對李安然道：「李姐姐何必氣惱，依我看，妳還是拿了休書離開的好，若是扯出別的事情，才是真的有損妳的名聲。」

李安然眉頭一皺。「這話什麼意思？」

姚舒蓉站起來慢慢走到她身邊。「老爺三年未歸，李姐姐雖有少夫人之名卻無少夫人之實，可如今卻養了個三歲的孩子，聽說李姐姐將他當作珍寶一般寵愛，程家上下將他當作少主人對待。呵呵，李姐姐，別怪妹妹說話難聽，以常理推斷，誰會對一個無親無故的孩子這般重視，除非這個孩子與李姐姐本來就有什麼血緣上的關係。說來也是，老爺離家三年，姐姐空閨寂寞，也是人之常情嘛。」

她一面說，視線一面在李墨和李安然之間掃來掃去。

這話不管旁人信不信，至少看著李墨的眼神都變得古怪起來。

李安然神色一凜。「三年前老夫人病倒，第二日清晨程家門外發現棄嬰，因尋不到嬰孩父母，我才收養為義子，此事程家上下皆知，妳如今懷疑墨兒來歷，是在栽贓誣衊。」

姚舒蓉又是微微一笑。「我可沒這個意思，只是想勸李姐姐，息事寧人，休妻畢竟是家醜，鬧大了對誰都不好，我們程家倒也罷了，姐姐卻還年輕，今後還要嫁人，若是背上個不清不白的名聲，可就不好了。」

這就是赤裸裸的威脅了，女人最怕的就是名聲被毀，名聲等於女人的一切。都說三人成虎，若是姚舒蓉真的叫人在外面胡說八道造謠生事，那她和李墨說不定真要背上污名，對此，李安然不得不謹慎。

裴氏見姚舒蓉威脅自家少夫人，倒還有些不忿。「你們太過分了，我們夫人清清白白，怎麼可能……」她還沒說完，便被李安然給拉住了。

「奶娘，事已至此，多說何益？」李安然慢慢轉身，掃視在場的人。「我李安然身正不怕影斜，這麼多年，我為人如何，大家心知肚明。清者自清，又何須在意有人造謠誣衊！」

她臉上坦蕩，沒有一絲的心虛，凜然不可侵犯，讓廳內、外的人都神情一肅——

是啊，少夫人當家三年，是什麼樣的人，我們難道不清楚嗎？這個姚舒蓉才來一天，就慫恿老爺休了少夫人，她的話怎麼能信呢。

姚舒蓉看著眾人臉色變化，心頭暗暗惱恨。

李安然卻已經拉住了裴氏和李墨的手，泰然地朝外走去。

出了正廳，院子裡的下人之中，忠於她的都忍不住叫了一聲「少夫人」。李安然只對他們點點頭，並不多說。

程家的幾個掌櫃和管事也走上來。

李安然站住了。「列位，李安然與你們共事三年，承蒙關照，今日一去，只怕與大家無緣再見，請各自珍重吧。」

「少夫人……」眾人都神情黯然。

其中一位老掌櫃說道：「少夫人此去，有何打算？」

李安然笑了一笑。「李安然有手有腳，自可自食其力，老掌櫃放心。」

老掌櫃還沒接話，春櫻便從廳內走出來，大聲道：「老爺、夫人吩咐，請各位掌櫃、管事進正廳議事。」

眾人都是一凜。

李安然自嘲地一笑，不再多說什麼，向眾人點了點頭，便和裴氏、李墨一起越過人群，往院子外走去。

這些掌櫃、管事們雖然對李安然很有感情，但畢竟他們是程家的人，程彥博才是他們正經的東家和主人，雖然嘆息不已，卻仍不得不走進正廳。

李安然三人走到院門口時，正好聽到廳裡程彥博侃侃而談。「從今往後，姚舒蓉便是程家的當家夫人，你們都要聽從她的吩咐……」

「夫人。」裴氏不甘心地叫了一聲。

李安然微微搖頭，三人最終還是走出了程家。

第二章 我不要死

天寒地凍，到處都是白雪茫茫。

離開了程家，李安然根本就沒地方可去。她從小被程家收養，程家就是她的家，也是李墨的家，在這世上，他們母子根本沒有別的親人可依靠。

還是裴氏說自己在靈州城外的家鄉清溪村還有兩間祖屋，雖然荒廢多年，應該還可以容身，三人這才決定頂著風雪出城。

然而李安然本來就在病中，發著高燒，天氣又是這樣寒冷，她身上連件厚一點的棉襖都沒有，才出了城，便已經虛弱得不成樣了。

「夫人，再堅持一下，一會兒就到了。」裴氏努力地支撐著李安然的身子，不住地安慰鼓勵她。

就連小小的墨兒，也堅持握著李安然的手，想盡一點力量。

可是，李安然卻覺得越來越沒有力氣，腦袋早已經混沌一片，這天，這地，白花花又黑茫茫，不住地旋轉、旋轉、旋轉……

最終，她一頭栽倒下去。

「夫人！」

裴氏驚叫著，卻根本撐不住她沉重的身體，連帶自己都摔倒在雪地中。

墨兒更是驚惶地不住喊。「娘──」

此時三人正處在靈州城外的官道上，前不著村後不著店，四處茫茫毫無人煙，簡直是呼天不應叫地不靈。三個蜷縮在一起的身影，在漫天大雪中顯得卑微而渺小。

「夫人！夫人……妳醒醒、快醒醒啊……妳不要嚇唬奶娘啊……」

年近四十的裴氏，抱著李安然，千呼萬喚卻不見她醒來，身體反而漸漸冰冷，一顆心便越來越沈重。她不敢相信，早上還是活生生的一個人，竟然……竟然就這樣不明不白地走上了死路。

李墨跪在地上，緊緊依偎著裴氏和李安然，滿臉的淚痕，已經哭得上氣不接下氣。

「娘……娘……妳快醒來呀……」

裴氏雙手用力地將李安然往自己懷裡摟，試圖用自己的體溫喚回李安然的生機，可是懷裡的身軀還是越來越冷、越來越硬。

「夫人，夫人啊……」

裴氏心中絕望，猛然抬頭盯著雪花飛舞的灰暗天空。

「老天！祢若有靈，為何讓壞人得以富貴延年，卻讓好人受盡苦痛折磨！我家夫人何辜，先被那狼心狗肺的程家休棄，如今又凍斃在這荒野！老天，祢睜開眼看看哪！」

裴氏的嘶吼如同受傷的野獸，寒風吹在她臉上，淚痕斑駁處更覺刺痛。

李墨撲倒在李安然冰冷的身子上大哭。「娘！不要走，不要丟下墨兒……」

哭聲傳播四野，無人應答，連老天也只是冷酷地俯瞰這窮途末路的三人。

墨兒……奶娘……

漂浮在半空中的李安然，淚流滿面。

她沒有想到，這一跌，就成了她的末日。就在裴氏和李墨還試圖用哭聲喚醒她的同時，她卻眼睜睜地看著自己的靈魂飄起來，抽離了自己的身體。

明明裴氏和李墨就在眼前，明明上一刻她還握著他們的手，這一刻她卻已經跟他們陰陽相隔。

不！不！她若死了，裴氏和李墨怎麼辦？裴氏年紀大了，李墨才三歲，一老一小，日子還這麼長，他們身無長物，又沒有半個親人，要怎麼活下去？

老天！我們做錯了什麼，祢為什麼要這樣懲罰我們！

李安然仰頭望天，心中滿是不甘。

「夫人……」

「娘……」

裴氏和李墨的哭號還在持續，李墨的嗓子已經哭啞了，小小的身體在寒風中瑟瑟發抖，嘴唇都已經被凍得發紫。

「墨兒。」

李安然忍不住伸出手去，試圖想摸一摸李墨的小臉。

就在這時，一股劇烈的力量襲來，猛地一下將她的魂魄從這個茫茫大雪的荒野中扯走了。

一瞬間的跳躍，場景變幻，大雪不見了，官道與荒野不見了，裴氏和李墨也不見了。李安然發現自己身處於陌生虛空之中，周圍如雲層滾滾，一片混沌。

一個散發著光芒的女人影像，正漂浮在她的對面。

「妳是誰？」

女子慢慢地抬起頭，嬌美的臉如李安然一樣蒼白。

「妳……妳也是魂魄？」李安然感覺到對方與自己有著相同的氣場，出口相問。

女子白皙得如透明一般的臉上徐徐展開一朵詭異的笑花。「我是一縷魂魄，妳也是一縷魂魄，我們都是一樣的。」

這女子雖然笑著，笑容背後卻有股冷意，讓李安然心生惶恐。

「妳究竟是誰？」她不安地詢問。

女子仍舊微笑著。「妳不必知道我是誰，不久之後，我就是妳，妳就是我了。」她眼中閃爍出一絲快意來，說完之後，左手便徐徐抬起，手掌一翻，對準了李安然。

李安然一驚，只見那女子手中一朵蓮花綻放，光彩斑斕，美得令人目眩神迷，然而緊接著那花心中猛地射出一束紅光，強烈的光線讓李安然雙眼劇痛，下意識地閉上眼睛。

下一刻，那紅光便如同破空的長槍一般射來，一下子籠罩住她，開始環繞著她遊動起來。

「啊……」

隨著紅光的遊動，李安然彷彿被一股巨大的力量撕扯著，四肢百骸無一不感到疼痛，就連心口也翻絞起來。

李安然痛苦地呻吟，而那女子臉上卻顯出一種可怕的期盼，口中喃喃低語。「奪魂重生，哈哈，我真的可以奪魂重生……」

李安然疼得渾身蜷縮，「奪魂重生」四個字，如同一柄大錘擊中她的心房，她猛地抬頭，盯著那女子，厲聲喝道：「妳、妳要奪走我的軀體重生?!」

女子的全副心神似乎都已經投到那紅光之中，眼中是不加掩飾的瘋狂執念，她聽到李安然的話語，哈哈大笑起來。「對，沒錯，我要打散妳的魂魄，奪走妳的軀體！我已經等了很久，找了很久，才終於碰到剛剛死去的妳，只要妳魂飛魄散，我就可以附身在妳身上，重回陽間！」

話落，女子猛地收攏手掌，那紅光一斂，如同疋練一般裹住了李安然的魂體，猛地將她抽離原地，直直地撲到女子面前。

李安然清楚地看到了女子雙眸之中可怕的神色——

毀滅與新生，殘酷與掠奪。

「不，不要……」李安然痛苦地搖頭，她不要就這麼死去，不要就這麼魂飛魄散。

可疼痛越來越強烈，就在她感覺自己的魂體要被撕裂之際，耳邊傳來那女子冰冷的話語。

「臨死之前，不妨告訴妳我的名字，我叫——林鳶！」

女子彷彿大發慈悲，但當她說完這句話時，李安然感受到死亡的迫近，卻反而爆發出更強烈的求生意志。

「不！我不要死！」李安然猛烈掙扎起來。「我要活……我要活！」

原本包裹著她的紅光竟顫抖起來，甚至發出了碎裂的聲音。

「怎麼回事?!」林鳶驚疑不定，紅光的顫動似乎讓她始料未及，她眼中顯露出驚慌。但更讓她驚懼的是，她掌心的蓮花竟也開始出現了一絲絲的裂縫。

「這是怎麼回事？蓮花寶鏡，蓮花寶鏡怎麼會破裂！」

林鳶的神情彷彿是天塌了，滿臉不可置信，還未來得及反應，那朵蓮花竟然發出一聲巨響，轟然爆裂。

五光十色的蓮花碎片四散飛射，林鳶的魂體也被爆裂產生的巨大力量衝擊，向外飛退。與此同時，一片細小的蓮花碎片朝李安然飛射過來，她下意識地抬手，手心一疼。

隨後，以兩人為中心，爆出一團劇烈刺目的光。

李安然只覺胸口被一股衝擊力重重地擊中，龐大的能量衝擊著她的魂體，這一瞬間的劇痛，遠比之前紅光撕扯的痛楚強烈百倍千倍，意識便在這一剎那被打散，整個世界都陷入了黑暗之中——

「夫人，夫人……」

「娘……」

這是哪裡？李安然魂遊太虛，四周一片混沌，難辨真實與虛空。裴氏和李墨的哭泣彷彿就在耳邊，卻觸不到看不見。

「奶娘？墨兒？」

她放聲呼喚，卻四顧茫然。

一點紅光突然於混沌之中出現，逐漸形成輪廓，那是個蓮花的花苞，花苞以肉眼可見的速度生長，開放，一片片蓮葉綻開，又迅速掉落，新舊交替，一遍一遍又一遍。

李安然不知自己魂之所繫，只覺滿眼滿心都被那蓮花佔據，隨著那花瓣盛開凋零，花心汩汩而出一眼金色靈泉，一縷縷金色的靈氣便從蓮花的花心氤氳舒展過來，一直延伸到她的眉心。

轟然一聲，一個從未見過的世界在她腦海中紛然呈現——五光十色的影像，高聳入雲的摩天大樓，許多四個輪子飛跑的箱子，光怪陸離的幻象之中男男女女都穿得古怪而驚世駭俗。這個世界太陌生太離奇了，李安然不清楚自己是到了地獄還是天堂。

直到一個少女的影像出現，她才認出，那正是林鳶。

她忽然有些明悟，這些奇妙景象，恐怕就是蓮花寶鏡以自有的神識，帶著她遊歷於寶鏡主人林鳶的意識神海。

林鳶所在之處乃是凡塵二十一世紀的現代都市，她本是一名普通少女，意外得到蓮花寶鏡，參透了寶鏡法門，運用起這眼金色靈泉，以販賣神奇的飲料起家，創造出橫跨飲品、保健、化妝、美容等行業的宏偉商業王朝。

李安然便如旁觀者，見證著林鳶從發跡到輝煌的一生，經歷著她的種種心跡變化，直到林鳶二十八歲的時候，寶鏡與凡塵因果太深，引來天劫，林鳶被九天神雷懲罰，肉身消散，只留魂魄遊蕩於虛空之中。

但蓮花寶鏡並非凡物，林鳶雖然只有魂體，卻仍然持有這件異寶，令她又想出了這奪舍之法，只是沒想到，蓮花寶鏡早已傷痕累累不堪負重，林鳶所做的事情又是違背天理，再加上李安然當下爆發出的強大求生意念，蓮花寶鏡最終承受不住，才會在關鍵時刻爆裂了。而林鳶的魂體，也在寶鏡爆裂的同時，被衝擊得魂飛魄散。

李安然慨然之際，一股巨大的力量撲面而來，所有光怪陸離的大千世界轟然倒塌——

「夫人……」

「娘……」

裴氏和李墨的聲音忽然重又浮現在耳邊。

她在哪裡？林鳶未能奪舍成功，那她呢？她是不是也魂飛魄散了？

如果是魂飛魄散，為什麼還能聽到奶娘和墨兒的聲音？

她到底是死了，還是活著？

「娘！」

「夫人！」

越來越清晰的呼喚聲，讓李安然越來越急切，左掌心猛地一熱，她低頭看去，見自己掌心竟然有一朵蓮花，花心射出一道金光向她打過來。

「啊！」

李安然忽地一聲大叫，睜開了眼睛。

冷，刺骨的冷。

伴隨著寒冷的，竟是裴氏和李墨驚喜的聲音。

「娘！娘！」三歲的李墨看到李安然張開眼睛，又驚又喜地叫起來，情不自禁地抓住她的胳膊。「娘沒有死，娘沒有死！」

裴氏原本不敢置信，李安然的身子一直被她抱在懷中，她明知道這具軀體已冰冷多時，可是現在，李安然居然真的張開了眼睛。

「老天開眼！老天開眼！」裴氏欣喜若狂，又哭又笑，抱著李安然，渾身都激動得發抖。

「奶娘……墨兒……」

李安然艱難地嚅動嘴唇，從乾涸的嗓子裡發出了微弱的聲音，讓裴氏和李墨更加確信，她是真的活過來了。

「娘！」李墨哭著撲進李安然的懷裡。「娘再也不要離開墨兒了，墨兒害怕……」

李安然摟住了李墨嬌小柔軟的身軀，心中全是感激。

感謝老天！真的讓她還陽重生！

往事猶如一世，重生便是新生，她一定要好好活著，活得比從前好千倍萬倍，否則如何對得起這得來不易的第二次生命？

她抱著李墨，心緒翻湧，無意中卻發現自己左手手心竟莫名多出一塊淺紅色的印記，那印記如銅錢大小，形狀好似一朵蓮花，淺淺的紅並不顯眼，跟她手掌原本的肉色很接近。

原來，剛才那一切幻象都不是夢，她真的差點被林鳶奪舍，手心也真的被蓮花寶鏡的碎片擊中。這麼說來，方才那道金光就是蓮花寶鏡發出來助她還陽的？她掌心的這個印記，莫非就是蓮花寶鏡的化身？

第三章　羞辱

李安然沈浸於掌心的蓮花印記，裴氏和李墨則因為她的復生欣喜不已。

「老天有眼，到底沒有奪去夫人的性命。」裴氏一面擦眼淚，一面對李安然道。「夫人妳要不要緊，地上涼，老奴扶妳起來吧。」

她攙扶著李安然的胳膊，李安然試圖站起來，但她雖然死而復生，身體卻仍然孱弱，手腳都沒有力氣，掙扎了幾下，竟然沒法站起。

裴氏心中一苦，幾乎又落下淚來。

「娘，我來扶妳。」三歲的李墨十分懂事，見李安然虛弱，裴氏又力氣不足，便迅速地擦掉臉上的淚痕，乖巧地跟裴氏一起攙扶李安然。

李安然身上寒冷，心中卻很溫暖。老天雖然奪走了她的一切，卻還留給她兩個親人，還有最寶貴的生命，她發誓要好好的活，從此刻開始。

她咬著牙，掙扎了一番，終於在裴氏和李墨的共同幫助下站了起來。

一陣北風裹捲著雪花呼嘯而過，三人身上的衣服都有點單薄，又在雪地裡待了半日，這風颳在臉上，猶如鋼刀一般，渾身都是止不住地哆嗦。

李墨的小臉更是凍得發紫。

李安然連忙將他的小身軀摟緊了幾分。

裴氏抬頭看了看晦暗的天空。「這雪怕是要越下越大，我們還是儘快趕路吧，清溪村離這裡還有七、八里地，若是再不走，天就要黑了。」

李安然也知道耽誤不得，雖然此時的身體狀態很糟糕，但也強忍著道：「好，我們這就走。」

裴氏忙撿起地上的包袱，李安然淨身出戶，這個包袱是他們三人僅有的財物，雖然只是幾件不值錢的舊衣服和一點銀子，卻是他們往後生活的唯一希望。

三人正要頂風冒雪前行，身後卻隱約傳來車馬的聲音，趕車的馬鞭子揮舞在空中，發出銳利的破風聲。

「喂，前面的人快讓開！」

三輛馬車在路上跑得飛快，第一輛馬車的車夫看見李安然三人蹣跚行走在路上，便直接大聲地呼喝起來。

其實李安然三人已經走在官道邊緣，官道寬敞，足以讓馬車通行，但既然人家粗魯要求，他們也只好往旁邊再讓一讓。

馬車正要從他們身邊過去，雪花飄揚，視線不佳，李安然也沒有力氣抬頭去看。

而此時，第一輛馬車上一個少女正好撩開車簾，看到路邊的李安然三人，瞇了下眼，似乎認出了什麼，眼珠子一轉，衝趕車的車夫低語了一聲。

車夫眉頭一皺，很是為難的樣子。

那少女便立刻板起臉，說了一句什麼。

車夫似乎有些害怕，終於還是點了頭，揚起鞭子，狠狠地抽了一下馬屁股。趕車的馬兒悲鳴一聲，撒開四蹄。

李安然三人只聽到背後馬蹄踢踏聲，驚愕回頭，發現那馬車居然氣勢洶洶地朝他們撞來，揚起的馬嘴將熱氣都噴在他們臉上。

魂飛魄散之際，李安然下意識地摟住了嬌小的李墨，高高抬起的馬蹄就要踹到了李安然的腦袋——

關鍵時刻，裴氏狠狠地推了李安然一把。「夫人快走！」

李安然只感到肩頭一股大力襲來，不由自主地朝旁邊倒去，身體重重砸在雪地上，餘勢不歇，又打了好幾個滾。

「啊！」

一聲慘叫劃破長空。

馬蹄紛沓，人喊馬嘶，車輪刮著地面，發出刺耳的聲音。

一片混亂之後，三輛馬車終於都停了下來。

李安然回過神來，第一反應便是去看懷中的李墨，見他小臉一片慘白，連忙上下摸索，唯恐他受了傷。

「姥姥……姥姥……」三歲的李墨張大了眼睛，驚恐地指著前方。

李安然心頭一跳，猛地回過頭去，眼前的一幕讓她幾乎停止呼吸。

白茫茫的雪地上，裴氏滾倒在地，猶如被撕壞了的布娃娃，一條腿以異常的角度扭曲著。

「奶娘！」李安然悲號一聲，跌跌撞撞地衝過去。

裴氏的左腿一片血肉模糊，顯見約莫是斷了。

「夫……夫人……」裴氏還未從巨大的衝擊中回過神，只是感覺腿部麻木，還沒意識到斷腿的劇痛。

那輛馬車！李安然憤怒地抬頭，眼神銳利如小刀。

而此時，三輛馬車都已經停住，這裡是個三岔路口，車隊正好將整條官道佔據。第一輛馬車上的人打開了車門，一個穿著杏黃棉襖的少女露出臉來，皺眉道：「怎麼回事？車子怎麼停了？」

車夫低聲道：「撞到人了。」

少女眉頭微挑，揚高了聲調。「這麼寬的路，竟然也有不長眼的人往車上撞，真是晦氣。你去看看是怎麼回事。」

車夫聽命下車，走上前幾步，匆匆掃了一眼，奔回去道：「似乎是斷了腿。」

少女撇了一下嘴，縮進車裡，跟車裡的人說了一會兒，才重新掀開簾子。「夫人說了，給二兩銀子做湯藥費，你拿去打發了，叫他們快點讓路。」

車夫取了銀子過來。

李安然連看都沒看一眼，站起來冷冷道：「你們撞了人，一句道歉都沒有，程家的人什麼時候變得如此囂張跋扈了？」

車上的少女咦了一聲，捏著嗓子道：「喲！我當是誰呢，原來是剛剛被我們老爺休掉的李娘子啊。」

李安然看著她裝模作樣，心中更是冷笑。

冤家路窄，眼前這個少女，竟然就是在她離開程家時，故意刁難他們的春櫻。她是姚舒蓉身邊最得力的大丫鬟，她既然在此出現，那姚舒蓉必然也在這個車隊之中了。

李安然想起昨日她還在程家時，莊子上來報，入冬後幾場大雪，莊子上遭了雪災，農戶們都飢寒交困。想必是姚舒蓉聽了管事上報，想盡快坐穩當家的位置，等不及雪停，就帶了三輛馬車頂風冒雪出行，去莊子上視察災情了。

只是，程家人出行便罷，官道這樣寬，而且方才他們三人都已經往路邊避讓了，絕對足夠馬車通行，可如今裴氏竟然被馬車撞斷了腿，春櫻還故作姿態，分明就是故意欺辱。

此時馬車上的人也聽見了外頭的對話，一個女人的聲音悠悠響起。

「既然是李娘子，那便多加一倍湯藥費吧。」

李安然聽出，正是姚舒蓉的聲音。

姚舒蓉這話顯然是吩咐春櫻，春櫻應了聲「是」，又多拿出一個銀錠。「四兩銀子，就算是兩條腿都撞斷，也足夠醫治了。我們夫人心善，李娘子還不趕緊拿了銀子，帶裴媽媽看大夫去，我們夫人還要去莊子上視察災情，你們就別再擋著路耽誤時間了。」

她一面說，一面還用嫌棄的眼神瞄了下躺在地上的裴氏。

李安然怒道：「我們方才已經讓路，官道這樣寬，馬車卻仍然撞上來，若說不是故意，實在教人難以相信。」

春櫻瞪大眼睛，哈了一聲。「笑死人了！我們程家的車夫可都是老把式，怎麼可能無故撞到人。依我看，說不定是你們想故意訛錢，誰知道這裴媽媽的腿是真斷了還是假斷了，我看啊，多半是裝的！」

李安然沒想到她居然顛倒黑白，賊喊捉賊，不由怒道：「妳不要血口噴人！」

春櫻尚未說話，馬車上一直未露臉的姚舒蓉卻先說道：「怎麼還不走？一點小事還沒解決嗎？」聲音裡已然透出不耐。

春櫻順勢高聲道：「聽到沒有，我們還要趕路呢，沒空跟妳廢話，趕緊拿了銀子，讓開道路！」

「壞人！」

一個清脆的童聲響起。

原來李墨不知何時也走到李安然身邊，此時正繃緊了小臉，瞪著春櫻。

春櫻臉色一變。「你說什麼！」

李墨高高地仰著頭，捏緊了兩個小拳頭。「你們欺負娘親，還撞傷姥姥，就是壞人！」

春櫻是姚舒蓉身邊的大丫鬟，就算是姚舒蓉也對她禮遇有加，此時居然被一個三歲小兒喝斥，不由大怒，脫口道：「你胡說什麼，沒教養的野種！」

「啪！」

她話音才落下，一聲脆響，臉上就被甩了一個重重的耳光，她不敢置信地撫住臉。

「妳敢打我?!」她聲音尖銳，就像被踩了尾巴的貓。

「打妳又如何！」李安然面罩寒霜。

春櫻下意識地張口，但在接觸到李安然的眼神時，卻忍不住打了個顫。

她原本以為自己能仗著姚舒蓉的寵信，對李安然這程家棄婦任意欺辱，然而，李安然的一巴掌，彷彿一盆冷水澆在她頭上，那嚴厲又冰冷的目光，竟讓她忍不住想退縮，不敢再上前。

「妳……」春櫻又羞又憤，旁邊的車夫還一直看著她，眼中似乎有些幸災樂禍。

正當她難以下臺之際，馬車的車門打開，姚舒蓉終於現身了。

不同於李安然清秀普通的樣貌，姚舒蓉能夠讓程彥博千里迢迢帶回家，還為了她休掉李安然，進門第一天就讓她成為程家的女主人，不說心性智慧，至少容貌的確十分出挑。

而為了視察田莊，增加自己當家夫人的氣勢，出門之前她更是刻意打扮過，金邊秋香色的棉襖，蝶戲牡丹的石榴裙，梳著墮馬髻，尖俏的瓜子臉妝容描繪得十分精緻，右嘴角下小小的美人痣，更是平添幾分妖嬈風情。

的確是個風情萬種，如同波斯貓一樣的女人。

馬車撞到裴氏的時候，姚舒蓉就已經知曉，是春櫻故意讓車夫撞上去的，而春櫻敢這麼做，自然也是揣摩了她這個主子的心思。此時春櫻被打了一耳光，她這個主人再不出面，別人豈不以為她怕了李安然。

姚舒蓉一推開車門，也不下車，就冷笑著對李安然道：「李姐姐，我是看在妳服侍過我們程家老夫人的分上，才對妳禮讓三分。妳如今可不是程家的當家夫人，我的丫頭，還輪不到妳來教訓！妳若再敢放肆，可別怪我不客氣。」

李安然緊緊抿著嘴。形勢比人強，姚舒蓉人多勢眾，她卻有受了傷的裴氏和幼小的李墨要顧忌，當然投鼠忌器。

不過要她向這個女人認輸低頭，那也是絕對不可能的！

而在姚舒蓉心裡，自然是不把李安然放在眼裡，也不屑跟對方多糾纏。「春櫻，既然人家不領情，我們也不必浪費銀子，上車！老張，把裴氏拖走，清理道路，繼續走！」

「是。」

被稱作老張的車夫下車大步走過來，伸手就要去拉裴氏。

「你做什麼！」李安然沒想到他們竟然這麼狠心，她立刻阻擋老張。

李墨更是衝上去，在老張手臂上狠狠咬了一口。

老張吃痛，一把甩開李墨，大叫：「你們都是死人啊，還不快來幫忙！」

李安然被休出府的時候，姚舒蓉就已經見識到她在程家下人中的威信，這次出門，自然不會帶還念著李安然舊情的下人，眼下身邊全是她進程家時帶來的自己人。

老張一聲招呼，立刻便有四、五個人衝過來，一起去拖裴氏。

裴氏斷了腿，被他們一折騰，自然呼痛不已。

李安然又是心痛又是憤怒。

「放開！不要碰她！」她拚命地打開家丁們的手，可是對方人多，又都是孔武有力的男人，哪裡是她阻攔得住的？

家丁們還故意這個推一把，那個絆一腳，李安然被折騰得跌來倒去，狼狽不堪。

小小的李墨更是拚命地抱住一個家丁的大腿，帶著哭音也仍倔強地叫著。「不要碰我姥姥！不要碰我娘！壞人！」

姚舒蓉和春櫻在馬車上冷冷地看著這一幕，主僕兩人嘴角都是嘲諷的冷笑。

雙方撕扯糾纏之際，官道上雪花與塵土一起飛揚，又有一隊人馬快速地向這三岔路口行進過來。

十幾名勁裝漢子，騎著高頭大馬，將一輛其貌不揚的馬車簇擁在中間，快速前行的同時，隊形卻井然有序，頂著刺骨的寒風和鵝毛般的大雪，人人卻神情肅然。

然而行到路口，因為程家馬車的阻擋，這支隊伍卻不得不停了下來。

「前面怎麼回事？」被騎士們簇擁在中間的馬車上，駕車的錦衣男子孟小童高聲詢問。

有人回道：「似乎是有馬車撞了人，雙方正起爭執。」

孟小童皺眉道：「侯爺有傷在身，我們急著趕路，不能耽擱。劉高、李虎，你們去看看。」

「是。」

劉高、李虎是一高一矮的兩個漢子，兩人一起翻身下馬，越眾而出。

此時程家的家丁正在將裴氏往官道旁邊拖，裴氏痛得哀嚎。

李安然又急又怒，撲上去道：「你們不能這樣！裴媽媽的腿已經斷了，你們還有沒有人性，快放手！」

她抓住了一個家丁的胳膊，手心都是汗水，一打滑，指甲在家丁胳膊上劃出好幾道紅痕。

家丁吃痛大怒，反手一巴掌甩在她臉上。

「啪！」

李安然被打得半邊身子都擰了，臉頰瞬間腫得老高。

「不許欺負我娘！」李墨的小身體猛地撲上來，對那家丁拳打腳踢。

「小雜種！」家丁大罵，抓住李墨的領子用力一甩，李墨便撲通一聲摔在道旁的石堆上。

「墨兒！」李安然驚叫一聲，向李墨跑去，卻有人故意伸出腳，讓她狠狠地跌了一跤，兩隻手掌擦在粗糙的石子地面上，頓時鮮血淋漓。

這些家丁個個孔武有力，卻欺負毫無反抗之力的老弱婦孺，拳腳相加，肆意凌辱，讓劉高、李虎看得怒火中燒。

「欺人太甚！」

「住手！」

第四章 姚舒蓉的難堪

劉高、李虎兩人齊聲大喝，同時人已經衝上去，抓住那些家丁便往旁邊摜。他們是有功夫在身的高手，這些家丁哪裡抵得住，眨眼間便被摔得七葷八素，倒在地上鬼哭狼嚎。

劉高扶起了李安然，李虎則將李墨抱了過來，見這對母子傷痕累累，身上青一塊、紫一塊，在寒風之中瑟瑟發抖，越發狼狽可憐。

而馬車上的姚舒蓉和春櫻卻看傻了眼。

春櫻驚怒喝道：「你們是什麼人！竟敢動手傷人，難道不認識這是程家的馬車嗎？」

劉高冷哼。「程家，是什麼東西。」

此言一出，不說春櫻，就連姚舒蓉都不敢置信地張大了眼。

程家雖然只是商賈之家，但做為靈州首富，財大勢大，在靈州地界上聲名顯赫，不說普通人，就是官府中人對程家也是禮遇有加，逢年過節都與程家人有往來，在她倆的認知中，從來沒有人敢不給程家面子。

春櫻尖聲道：「程家是靈州首富，難道你沒聽說過嗎？真是沒見識的鄉巴佬！告訴你，連縣令老爺見了我們程家都要好言問候，你們竟敢對程家人動手，信不信我讓縣衙把你們都抓起來！」

她聲音尖銳，神情更是張狂。而那些被摔的家丁也都已經從地上爬起來，圍成一個圈子，對劉高、李虎兩人虎視眈眈。

春櫻一番狐假虎威，倒是真讓劉高和李虎面面相覷。

劉高對身邊的李虎道：「稀奇了，我們三年沒回來，世道都變樣了，一個賣香料的居然成了靈州的土皇帝。」

李虎皺著眉，輕聲道：「程家產業倒也確實大，我們侯府似乎也有摻一分子，不要魯莽，還是先請示一下侯爺。」

春櫻見他們竊竊私語，以為他們害怕了，便得意道：「快去叫你們的主人來拜見我家夫人，再好生賠禮道歉，我們夫人心善，你們若是真心求饒，說不定夫人大發慈悲，還能放你們一馬！」

劉高想冷笑，李虎已經轉身返回隊伍中。

孟小童坐在車轅上，見李虎回來，便道：「怎麼？前面是哪家的人，還沒讓路？」

「是靈州程家，車上的是程夫人。我們府裡不是與程家有生意來往嗎？不知交情如何，我跟劉高不敢魯莽，回來請示侯爺。」李虎道。

孟小童微微皺眉，略微思索後，還是回身拉開了車門。

馬車外觀看著其貌不揚，車廂裡面也十分簡陋，只是勉強鋪得軟和一點，車內只有一名男子，正靠在車壁上閉目養神，濃黑的眉毛斜飛入鬢，睫毛低垂，在眼底投下一片陰影，即便閉著眼睛，都透出一股逼人的氣勢。

他穿著一件寶藍色的袍子，領口微微扯開，露出小麥色的肌膚，腿上蓋著條薄毯，毯子下面一條腿蜷曲弓起，一條腿平伸，極為修長。

因為車門打開，幾許寒氣撲進車廂，男子眉頭微皺，似有不滿。

「侯爺，前面的是程家的馬車。」孟小童道。

男子卻不睜眼。

孟小童和李虎耐心地等著，半晌。

「程家？」

不過兩個字，沈穩略帶暗啞的男中音，華麗得如同一疋頂級絲綢。

「就是做香料生意的程家，咱們府裡也有摻一分子，一直都是大小姐打理的。」孟小童道。他說完又等一會兒，男子才微微啟唇。

「程家，因何攔路？」

李虎忙道：「程家的馬車撞了人，還對傷者動了手，雙方正在糾纏。」

他一面說，一面觀察男子的神色，見男子眉頭又微微皺起，就知道是對程家的行為有所不滿，便接著說道：「被撞的是個老婦，同行的是一個年輕婦人和一個幼童。程家撞了人，毫無歉疚，還要將受傷的老婦從官道上拖走，那婦人和幼童也被打得遍體鱗傷。我和劉高看不過眼，便動了手，那程家的丫鬟倒十分囂張，聲稱車上是他們程家的夫人，要我們道歉求饒，否則就要動用縣衙，將我們抓起來吃官司。」

孟小童挑眉，聲音揚高。「好大的口氣！縣衙是他程家開的？」

李虎也點頭表示憤憤不平。

車廂內的男子哼了一聲。「程家，一介商賈而已……這點小事你們都處理不了，還要本侯親自過問嗎？」

男子語速不快，聲音也是淡淡的，但一字一句背後，卻已透出對程家極大的不耐。

孟小童和李虎常年跟隨他身邊，對他的脾氣早已熟知，當下便領會了男子的意思，兩人都是精神一振。

李虎雙手一拱，回道：「屬下明白了，請侯爺放心，即刻便可上路。」

他轉身便要去，孟小童忙道：「等等，我跟你一起過去，倒要看看程家是怎麼個囂張法。」

另一頭，在李虎前去請示的同時，劉高則護著李安然三人。

裴氏倒還好，方才只是因為斷腿被拖動而疼得哭喊，如今坐在地上，還能忍得住。但是李墨被家丁摔在地上，腦袋卻磕到了石頭，臉上也有好幾處擦傷，傷口處都是鮮血和泥巴。

「墨兒？墨兒？」李安然抱著李墨，叫喊他的名字。

李墨似乎有點神志不清，兩顆眼珠子不停地動，卻沒有焦距。

李安然在他腦後一摸，滿手的血。

「墨兒！」她頓時慌了，腦袋上的傷可大可小，萬一有個好歹，李墨這輩子可就毀了，她急得哭了出來。

不遠處的馬車上，姚舒蓉卻微微皺眉。

春櫻最能體察自家主人的意思，立刻道：「李娘子妳何必裝模作樣，不過是一點小傷，要錢就直說，裝什麼可憐，我們程家難道還賠不起湯藥費嗎？」

李安然一聽，滿腔的悲痛都轉化成憤怒，猛地仰起頭，怒喝道：「誰稀罕妳的臭錢！你們故意撞傷裴媽媽，還對我們拳腳相加，如今更是把墨兒摔成重傷，要是墨兒有個萬一，我就是豁出這條命，也絕不與你們善罷甘休！」

孟小童和李虎正好過來，見狀連忙走近。

孟小童托著李墨的脖頸，在他腦後傷處摸了摸，表情凝重，沈聲道：「必須馬上看大夫，腦袋上的傷最是要小心，一個不好，是要丟了性命的。」

他這麼一說，本來就心慌的李安然更是六神無主了。

車上的姚舒蓉和春櫻聽了，心中也是打了個突，她們仗著程家的權勢，自認為高人一等，可若是出了人命，也不是小事。

姚舒蓉忍不住道：「不過是碰了一下，沒有這麼嚴重吧。」

「一定是裝的！奴婢看得清楚，就是在石頭上擦了一下而已，姓李的賤人一定是不甘心被老爺休棄，故意裝作重傷以便獅子大開口，就是想訛詐、敲竹槓罷了！呸！」春櫻故意把聲音抬得高高的，讓所有人都能聽清楚。

孟小童臉色一沈，他跟著侯爺走南闖北這麼多年，還沒見過這麼欠教訓的女人。

「孩子的傷耽擱不得，這位媽媽的腿也要趕快救治，我們只有一輛馬車，坐不了這麼多人。」孟小童先是對李安然說，然後轉頭對李虎道：「你跟劉高，去向程家『借』輛馬車過來。程家人蠢如豬狗，借他們馬車救人，就當給他們積德了。」
他一個「借」字，意味深長。
李虎心領神會，大聲道：「明白。」
他跟劉高打個眼色，兩人一起朝姚舒蓉和春櫻乘坐的馬車大步走去。
姚舒蓉見兩人莫名其妙地奔過來，自然感覺到他們不懷好意，眉頭一皺，喝道：「攔住他們！」
家丁們尚未反應過來，劉高已經高喊一聲。「借馬車一用！」
話音未落，他跟李虎便一同躍起，飛腿連環，將圍上來的家丁三兩下便全踢開。而李虎速度更快，將擋在面前的兩個家丁摔開，腳底一彈，便跳上了馬車，衝著姚舒蓉和春櫻一咧嘴，白生生的牙齒像是要吃人。
姚舒蓉和春櫻嚇得尖叫起來。
李虎哈地一聲，一手一個抓住她們肩膀，一提一甩，兩個女人便如同斷了線的風箏一樣飛了出去。
「啊！」姚舒蓉撲通一聲摔到地上，痛得差點昏過去。
「夫人！」程家的家丁大驚失色，往姚舒蓉跑去。
而還留在馬車這邊的人，早已被劉高打得落花流水，個個都成了滾地葫蘆。
程家的人哪見過這樣的陣仗，被打了的不敢上前，沒有被打的也都傻了眼向後退縮。
李虎哈哈大笑，駕著車到李安然等人旁邊，大喝一聲。「上車！」

孟小童抬手給他一個大拇指，對李安然道：「這位夫人，家在何處？」

從劉高、李虎出手到馬車過來，兔起鶻落迅速至極，這變化實在太快，李安然一下子反應不過來，只能愣愣地道：「清……清溪村。」

孟小童笑道：「正好，我家主人在清山有別院，離清溪村很近。你們先上車，隨我家主人去別院，請大夫給你們醫治，然後再送你們回家。」

他不由分說，兩手在李安然腰間和肋下一托，李安然身子一輕，馬車上的李虎順勢一接一拉，便將李安然連同她懷裡的李墨一起弄上了馬車。

待孟小童將裴氏也抱至車上，李虎便在拉車的馬屁股上輕拍一掌，馬兒稀溜溜一叫，撒腿跑起來。路過劉高，劉高一拔身子，跳得老高，腳尖一點車轅，身子一旋，也坐上了車。

程家的人都目瞪口呆，剛被人扶起的姚舒蓉更是又羞又怒，尖叫。「不要讓他們跑了！」

家丁們雖然懼怕孟小童三人的身手，但更怕姚舒蓉淫威，只得又圍上來。

卻見孟小童右手在腰間一抹，掌中便多了一條烏沈沈的鞭子，他揚手一掄。

「啪！」鞭子抽在地面上的聲音巨大而駭人，雪花和塵土齊飛揚，程家家丁中膽子小的，都嚇得差點跳起來。

孟小童面色冷冽，眼神更是冰涼。「護國侯在此，再敢上前，殺無赦！」

護國侯?!

殺無赦?!

這幾個字眼的衝擊力實在太大，程家的家丁手足無措、呆若木雞，竟無一人敢再上前一步，眼睜睜地看著孟小童和那輛馬車併入隊伍之中，然後整支隊伍啟動，繞過路口，沿著通向清山的那條道路揚長而去。

半晌，程家的家丁才灰溜溜地回來，其中一個走到姚舒蓉跟前，剛要張嘴，姚舒蓉抬手便是一個耳光，清脆響亮。

「廢物！」姚舒蓉嬌媚的臉都扭曲了，再也不復此前的妖嬈風情。

一句殺無赦，就把所有人都給嚇住了，她才不信，對方分明就是誇大其詞故意恐嚇。

這真是她生平遭受的最大羞辱，尤其還是在李安然面前。

「夫人，就這麼讓他們跑了？那個李安然還打了奴婢一耳光呢！」春櫻憤憤不平，對剛才挨的一巴掌耿耿於懷。

姚舒蓉哼了一聲。「我會就這麼放過那個賤人嗎？看著吧，她如今已經不是程家人，沒錢沒勢，還拖著一個老貨和一個拖油瓶。我倒要看看，她能過什麼日子！」

在李安然面前丟臉，姚舒蓉一樣難堪，她絕不會就這麼算了！

然而憤怒之餘，她卻忍不住懷疑和擔憂。

護國侯？剛才那個男人，說的是這三個字嗎？

難道搶了她馬車的人，竟然是位侯爺?!

第五章　侯爺有疾

車輪滾動在粗糙的砂石路面上，吱吱嘎嘎的聲音令人牙酸。

雪似乎下得更大了，被壓過的路面迅速結起薄冰，孟小童不得不放慢車速。

車廂內，護國侯雲臻仍舊微微閉著眼，隨著車身的晃動，眉頭不時微蹙，似乎在忍受著某種難以言喻的痛楚。

孟小童三人打了程家的人，搶了程家的馬車，他並不在意，程家不過是一介商賈，除了有錢，沒有任何值得稱道的地方。方才的一場風波，不過是一點小插曲，不值得他思考半分。

他在想的，是另一件事。

靈州是王興之地，大乾朝皇族雲氏發跡於此，大定天下之後，雖然將京都定在雍京城，但靈州卻仍是祖陵所在之地。大乾立國之後，雲氏一族作為皇室宗族，自然分封了不少勛貴，數代以降，靈州城內公侯之家不少，都是列代的貴族。

護國侯雲臻的府邸，也正是在靈州城內。

三年前，先帝駕崩之時儲君未定，雍京爆發奪位之爭，雲臻作為宗室嫡系，臨危入京，參與了這一場浩大凶險的戰爭。這三年來，雍京城中不知發生了多少風波，直到今年才算穩定了大局。

可雲臻還沒來得及喘口氣，便接到了靈州護國侯府的急報，知道侯府內發生了大事，情況緊急危在旦夕。他連馬車都來不及安排，只跟皇帝說了一聲，便帶著十幾個侍衛，千里奔波趕回靈州。

雖然他也長年練武，但這三年周轉於朝堂之上，少有長途奔波，兩天下來，大腿內側都被磨破了，鮮血淋漓，這才在半路上臨時買了輛馬車，將就著坐了。

好在這會兒已經進了靈州地界，再幾里路，就能到雲家在清山的別院。

雲臻強忍著腿間的不適，重重地呼出一口濁氣。

馬車忽然一個劇烈的晃蕩。

山路難行，路面凹凸不平還遍布砂石，孟小童已經非常小心了，但車輪還是被一塊石頭給絆了一下，馬車頓時失去平衡，馬兒被轡頭扯動，發出尖銳的長嘶。

「小心！」跟在車旁的劉高、李虎當即撲上去，幫助孟小童一起控制馬車，其他侍衛們也都紛紛跳下馬來幫手控制局面。

一番折騰，好不容易將馬車給停穩，但車輪卻已經歪掉了。

孟小童下車看了看，道：「不行，車輪得卸下來重裝。」

他打開車門，想請雲臻下車，卻見雲臻倒在車廂角落裡，臉色蒼白，正在倒抽冷氣。

「侯爺！怎麼了？」孟小童頓時一驚。轉念間，他想到了什麼，忙上車掀開雲臻腿上的毛毯，拉開袍子，見他大腿內側的血跡已經滲透了白色中褲。「糟糕，傷口黏住衣裳了。」

因為急著趕路，雲臻的傷口本來就沒怎麼處理，他一直強忍著，傷口不免就黏住了衣裳，方才馬車晃動得厲害，令他的傷口扯開，比原先更痛幾分。

「侯爺，還是先上藥吧。」孟小童沈聲勸道。「這裡距別院還有七、八里的山路，不上藥的話，根本沒法等到上山。」

雲臻眉頭緊鎖，最終還是點了點頭。

孟小童暗暗鬆一口氣，先下了車，安排劉高、李虎和其他侍衛先找東西把馬車墊高，卸了車輪重裝，然後又取了金創藥，鑽進車裡。

雲臻穿的是長袍，孟小童將袍子下襬掀開，接著伸手去解他的中褲，褲子剛褪到大腿根處——

「嘶……」

傷口黏著褲子，被這麼一扯，火辣辣鑽心地疼。

雲臻惱怒地看著他。

孟小童硬著頭皮道：「不脫褲子，沒法上藥啊，侯爺，您忍忍吧。」

他又將褲子往下褪了一點，一片痂被扯了下來，疼得雲臻又一哆嗦，捏著拳頭強忍著。

「長痛不如短痛。」孟小童安慰了一句，捏著褲子用力往下一拉——

「嘶……」

「啪！」

孟小童委屈地按著腦袋，像個小媳婦一樣可憐巴巴地看著雲臻。

雲臻牙齒縫迸出一個字。「滾。」

孟小童看了看掛在他大腿上的褲子，被褪下的地方血肉模糊，好幾片痂黏在褲子上，都是他剛才用力一扯給扯下來的。

怪不得雲臻疼得直接拍他一巴掌。

孟小童唉聲嘆氣地下了馬車。

「侯爺的傷怎麼樣？」劉高問。

「我這大男人，太笨手笨腳了，藥還沒上，倒把侯爺弄得傷上加傷。」孟小童嘆氣道。

「可是山路還有七、八里，侯爺不上藥怎麼動身？不如叫侯爺忍一忍，好歹上了藥吧。」劉高皺眉道。

孟小童把手裡的藥瓶往他手上一塞。「好，你去！」

他粗手粗腳地把劉高塞進車裡，然後就趴在車旁等著。

「啪！」

果然，劉高也被一巴掌搧出來了。

「怎麼樣？你也不行吧？」孟小童嬉皮笑臉道。

劉高嘆氣。「我老劉的手是拿刀拿槍的，這種細緻的活兒怎麼做得來，若是侯府裡的丫鬟，必定細心，不至於弄痛侯爺。」

說者無意，聽者有心，孟小童眼睛一亮。「有了！」

他忙掉頭往隊伍後邊走，後邊是從程家搶來的馬車，車上乘坐的是裴氏、李安然和李墨。

孟小童走到車前，先在車門上敲了敲，不一會兒車門便打開了，李安然清秀的面容露了出來。

「李娘子，侯爺的馬車被石頭絆到，需要卸了車輪重裝，故在此耽擱一會兒。」孟小童道。

李安然雖然擔心李墨和裴氏的傷勢，但對救命恩人還是不敢露出焦急之色，只能點點頭。

「李娘子放心，我方才看了小公子的傷，雖然看著流了許多血，不過並沒有傷到要害，應該是無妨的。至於裴媽媽的腿是骨折，並沒有斷，我們侯府別院裡養著大夫，上了山就可以替他們醫治了。」

「多謝孟領隊。」李安然道。

孟小童做完了這些鋪陳，才道：「只是眼下有件事，要求李娘子幫忙。」

李安然忙道：「救命之恩尚未答謝，有什麼能夠幫得上的，小女子一定幫忙。」

孟小童立刻笑道：「這就最好了，請李娘子下車，跟我去前面。」

李安然安撫了一下裴氏和李墨便下了車。

兩人一起走到前方雲臻乘坐的馬車旁邊，孟小童示意李安然上車。

方才搶車的時候，孟小童自報家門，李安然已經知道這輛車裡坐的是護國侯，見孟小童讓她上車，略略猶豫了一下，還是登上車去。

孟小童等她上了車，便迅速將一個藥瓶塞在她手裡。「拜託李娘子了。」然後便在她背後一推，將她推入車廂中。

孟小童誤會了一件事。

李安然雖然梳著婦人的髮髻，但那只是因為她名義上曾經是程家的少夫人、程彥博的妻子。可事實上，程彥博新婚之夜就離家出走，三年後回來卻帶著新婦，從頭到尾都沒碰過李安然。

她還是一個徹徹底底的黃花大閨女。

眼前的景象，實在讓李安然面紅耳赤、手足無措。

雲臻的外袍已經解開，小麥色的肌膚在中衣領口微露，雖然只是簡單地坐著，他的氣息卻瀰漫籠罩著整個車廂。

李安然感覺，自己像是闖入了某種雄性動物的禁地。

她剛想退縮，孟小童的聲音就在車廂外響起。「李娘子，我家侯爺連日趕路，腿都磨破了，請妳替他上藥。」

手上的藥瓶像是燒紅的烙鐵，燙得灼人。

雲臻的雙眼已經睜開，烏沈沈的眸子，幽深得如同夜空下的大海。他仰靠著車壁，一錯不錯地看著李安然，如同盯著獵物的獵人，眼底有一抹類似捉弄的饒富興味之色。

李安然莫名覺得心虛，咬了咬嘴唇便想轉身。

孟小童的聲音卻再次響起。

「李娘子放心，我會安排人照顧裴媽媽和李墨小公子。」

李安然身形一頓。

孟小童故意提起裴氏和李墨，就是提醒她，侯府剛剛救了他們三人，如今要她替侯爺上藥，投桃報李，無可厚非。

捏緊了手中的藥瓶，她深吸一口氣。

不過是上個藥罷了。

她往車廂裡面坐了坐，避開雲臻的眼神注視。這個男人的目光未免也太亮了，彷彿能窺透人心底最深處的秘密。

「小女子來為侯爺上藥，請侯爺告知傷勢所在。」李安然低著頭，聲音回蕩在車廂裡，顯得悶悶的。

她這副鵪鶉樣，讓雲臻有點想笑。

不過一觸及她盤起的婦人髮髻，他的目光便微微一斂，伸手將蓋在腿上的毯子一掀。

「啊……」李安然毫無防備，被他裸露的雙腿驚得叫了一聲。

雲臻面無表情道：「煩勞這位夫人了。」

李安然心中一頓。

是啊，人人都以為她是已婚的婦人，連孩子都生過了，應該不需要太過避諱，所以才會請她過來給侯爺上藥。

想到裴氏和李墨還得仰仗侯府的大夫醫治，李安然便把心一橫。

只是上個藥而已。

她湊上去，先檢查傷處，為了鎮定心神，努力繃緊了臉。

被一個陌生女人研究自己大腿內側，對雲臻來說，也著實尷尬。不過公侯之家的男子，從小便有貼身丫鬟服侍，平時連沐浴都是丫鬟伺候的，對於跟女人近距離接觸並不陌生。

問題在於，眼前這個女子，並不是侯府裡的丫鬟。

「傷口結痂，黏住了褲子，沒法上藥，必須先將褲子脫了。」李安然檢查了傷口便如此說道，說完也不等雲臻回答，她便開了半邊車門，冷空氣立刻從外面撲進來。

「孟領隊。」

孟小童就在車邊上，立即回道：「李娘子有何吩咐？」

「侯爺的傷口黏住了衣裳，不能直接上藥。我乘坐的馬車上有個小炭爐，溫著一壺水，請你拿過來。」

那輛從程家手裡搶來的馬車原本載著姚舒蓉，姚舒蓉愛享受，這樣冷的雪天出行，車上自然備有炭爐，以便燒水泡茶之用。

孟小童過去看了，果然有一個小砂壺，裡面的水還是溫的，立刻送入雲臻的馬車之中。

李安然取出一方自己隨身攜帶的錦帕，用溫水沾濕，然後一點一點地擦拭雲臻腿上的傷口。原本被血痂黏住的衣裳，被溫水泡軟之後，用手一點一點地拉開，好不容易才跟肌膚分離。

這是細活，李安然做得很小心，生怕扯痛了對方，身體也隨著動作越來越靠近雲臻。她自己沒有發覺，眼下的姿勢是多麼地曖昧。

雲臻雙腿張開，她則跪坐在他的兩腿之間，纖細柔嫩的手指在他腿上不住動作。

她的臉離他腿間的要害，只有兩個拳頭的距離。

雲臻低下頭，看著她。

烏黑油亮的長髮綰成了一個圓髻，用一支很普通的銀簪固定，幾絡髮絲散落在耳邊，小巧的耳朵上沒有任何的飾物。

他見過無數美麗的女子，江南佳麗、北地胭脂，眼前這個女人，並不是那種第一眼就能令人驚豔的美女，頂多算得上清秀而已。

許是因為專注，她的鼻頭和雙頰都微微泛紅，只是有一邊的臉頰腫了起來。

雲臻皺了一下眉，將目光重新移到她頭上，突然有種想伸手抽掉那根銀簪的衝動。他想看看，散落長髮的她，會不會跟現在有所不同……

李安然感覺車廂內的溫度似乎越來越高，身上彷彿都出汗了。

這個侯爺，為什麼一直盯著她，像要從她身上看出一朵花來，目光也未免太灼人。

李安然深深地呼了一口氣，試圖緩解自己緊張的心跳。

雲臻的肌膚卻猛地一緊縮，眸子也在瞬間變得黯沈。

這個女人！她難道不知道自己現在跟他距離很近嗎？還敢這麼粗重地喘氣！

呼出的氣息透過薄薄的褻褲，像是一種故意的撩撥。

雲臻擰著眉扭過頭，壓下心頭那一絲彆扭。

「好了，總算脫下來了！」李安然欣喜地叫了一聲，傷口與褲子的黏連處終於都處理完畢，她順利地將雲臻的褲子褪到了膝蓋以下。
腰背繃得太久，都痠了，她直起身子放鬆身體，腦袋很自然地上仰，嘴唇微微張著，身體的發熱讓她的嘴唇也顯得紅潤欲滴。
這一抹紅嫩，在狹小的車廂裡，顯得異常耀眼。
雲臻眼睛微微一瞇，瞳孔收縮。
李安然這才發現自己跟雲臻之間的姿勢有多麼地尷尬，她居然蹲在一個男人張開的雙腿之間，而且還靠得這麼近，近到幾乎可以看清他褻褲下面微微賁起的輪廓。
那是男人的……
雲臻發現她在一瞬間紅得像隻煮熟的蝦子，連耳根和脖子的皮膚都是紅通通的，紅暈一路延伸進她月白色的領口裡。
他忽然有些疑惑。
大乾朝的女子，婚前、婚後一向是兩種狀態。婚前的處子，連多看男人一眼都會臉紅；婚後的婦人，則在一夜之間便彷彿失去了所有的避諱禁忌。
這個女人，不是已經結婚生子了，怎麼看一下男人的大腿還會臉紅？
馬車中的氣氛一時詭異而尷尬。
「李娘子，打算讓本侯一直光著腿嗎？」最終，雲臻淡淡地開了口。
李安然本來就緊張，下意識脫口道：「當然不是……」
雲臻默默地看了她一眼，不再說話，上身靠住車壁，閉上了雙眼，果然便聽到她輕輕地鬆了口氣。

沒有了雲臻的目光注視，李安然變得從容許多。她先繼續用溫水潤濕錦帕，仔細地為他擦拭傷口上的血跡和膿水，等都清理乾淨了，才拿起藥瓶，仔細地在傷處塗抹金創藥。最後，她拿起孟小童此前留在車裡的一卷紗布。

不知是不是蹲得太久，腦袋似乎有點暈。

她搖了搖頭，開始用紗布繞著雲臻的大腿包紮，因為要將紗布繞過整條腿，李安然伸長了胳膊，身體也隨之前傾。

雲臻感覺到膝蓋頂到了一處柔軟的所在，心中一頓，微微睜開眼。

女人近乎趴伏在他腿上，雙臂的舒展使得衣裳繃緊，胸前的飽滿和腰部的凹陷形成了誘人的曲線。而因為膝蓋的擠壓，胸部有些變形，領口也被撐得鬆垮，從雲臻的角度，正好可以看到衣領裡面——

淡紅色的抹胸、雪白的肌膚，柔軟的豐盈因為擠壓而形成一條深深的鴻溝，在抹胸邊緣若隱若現。

他瞳孔猛地一縮。

「妳是故意的嗎？」男人的聲音低啞暗沈。

李安然不明所以地抬頭，見他眯著眼睛，眼底是一抹難以言喻的複雜神色，她順著他的目光低頭一看。

「啊！」她如同受驚的小兔般跳起來，雙手緊緊地抓住自己的領口，慌亂又驚怒。

「你……」

雲臻毫無愧疚地直視著她，目光坦蕩近乎無賴。

李安然又羞又怒，脫口道：「民女好心為侯爺上藥包紮，侯爺如此對待，不覺得過分嗎？」

「本侯怎麼過分了？」雲臻嘴角揚起一絲嘲諷的弧度。

「你……」李安然咬住了嘴唇。難道非要她直說他在偷看她嗎！

雲臻看著她臉色忽紅忽白變幻不停。

「李娘子，妳還沒有做完該做的事。」他用下巴點了點，示意自己腿上的紗布尚未包紮好。

李安然惱恨道：「侯爺是腿受傷，手卻完好無損，完全可以自己包紮！」

雲臻挑高了眉毛，目光中彷彿有置疑和譴責。

這時，外面的孟小童聽到動靜，推開了車門，把腦袋探進來，問道：「李娘子，侯爺的傷勢可處理妥當了？」

李安然沒好氣道：「你自己看！」

她將衣領用力地一掩，拉開車門便要下車，未料一股冷氣撲來，已經適應了車廂內溫度的身子猛地打了一個哆嗦，雙眼一黑——

第六章　當雲璐遇到李墨

「小心！」雲臻驚呼。

幸虧孟小童眼明手快，雙手一伸便將李安然抓進了懷裡。

雲臻驚魂未定，若是孟小童慢上一步，這個女人就要一個倒栽蔥摔下去了，說不準還會跌得腦袋開花。

孟小童感覺懷中的身體溫度高得異常，伸手在李安然額頭上一按。「好燙，似乎是發燒了！」

雲臻眉頭微皺，也過來將手背貼在李安然脖子上，皮膚傳來的溫度果然燙得灼人。

「車子修理好了沒有？」

孟小童微微一愣，回道：「已經好了。」

「把人放下，即刻上路。」

「哦，是。」孟小童扛起李安然。

「把人放下！」雲臻道。

「啊？」孟小童疑惑道：「可這是侯爺的車……」

雲臻瞪他一眼。

孟小童頭皮頓時一麻，立刻從善如流，把李安然小心地放進車內，關好車門，然後才粗著嗓子大喊道：「該上車的上車，上馬的上馬，侯爺吩咐了，馬上走，天黑之前一定要趕到別院！」

眾侍衛轟然答應，立刻翻身上馬，孟小童也迅速駕車前行。

後面馬車上，李墨的腦袋經過簡單的包紮，正在昏睡。裴氏見隊伍重新出發，李安然卻沒回來，不由疑惑，撐起身子將車門推開一絲縫，對駕車的李虎道：「請問小哥，我家夫人呢？」

「在侯爺車上。」李虎隨口道。

「啊？」裴氏剛要追問，馬車正在上山，輪子被一塊小石子絆了一下，車子一顛，她便不由自主地倒回車裡去了。

山風凜冽，所有人都不願意張口說話，隊伍沈默地向著山上行進。

鵝毛般的大雪紛紛揚揚，將清山裝點成了銀裝素裹的琉璃世界，山舞銀蛇，原馳蠟象，蔚為壯觀。

馬蹄和車輪在白雪覆蓋的山道上壓出深深的痕跡，被壓得緊實的地面，迅速就結成了冰渣。

清山並不高聳，地勢已算平坦了，饒是如此，隊伍也走了將近一個時辰才到雲家的別院。清山上有好幾處溫泉泉眼，靈州城內的豪富貴族之家，有好幾家在山上修建了別院，雲家的別院便佔據了一個泉眼，修築成溫泉池子。

李安然醒來的時候，天早已經黑透了。

屋內燈燭煌煌，亮如白晝，溫暖如春，地下並沒有炭盆，應該是燒了地龍。室內陳設雖不奢華，卻十分雅致，顯得主人品味非俗。

她醒了醒神，才發現自己躺在床上，裹著柔軟暖和的被子，一隻手伸出床沿，有個大夫正坐在床邊為她把脈。

見她醒了，大夫又翻了翻眼皮，看了看舌苔。「不過是普通風寒，好在燒已經退了，再吃幾劑藥，好生休養，兩、三日也就恢復了。」

隨後丫鬟請大夫到一旁開藥方，裴氏和李墨便撲到了床前。

「我的好夫人，妳可總算醒了。」

「娘！」

裴氏和李墨都是淚眼矇矓，一個拄著枴杖，一個頭上纏著一圈白紗。

李安然便張開嘴。「墨兒……」嗓子又乾又啞，像是被人塞了個大核桃般難受，但想到剛才大夫說她是風寒，也就釋然了。

「墨兒的傷怎麼樣？奶娘的腿接好了嗎？」

李墨包子般的臉上都是淚痕，嗚咽著將腦袋鑽進她的被窩中，緊緊抱著她的手臂不放，像怕被主人拋棄的可憐小狗。

倒是裴氏答道：「都已經處理了，大夫說，墨兒的傷雖然看著凶險，卻沒有傷到要害，已經包紮了，只要十二個時辰內沒出現頭暈噁心的症狀，便沒有大礙。奴婢的腿倒是萬幸，竟沒有骨折，只是皮外傷，也都包紮好了，夫人請放心吧。」

原來裴氏的腿當時看著鮮血淋漓，十分可怖，樣子又歪斜著，令眾人誤以為是骨折，等大夫診斷才知只是皮外傷嚴重。

李安然鬆了口氣，紅著眼睛道：「幸虧你們都沒事，不然我就算死而復生了又有什麼用。」

裴氏沒聽出她「死而復生」的涵義，只是點頭認同，想起這一天先被程家趕出家門，又被姚舒蓉羞辱折磨，心中已是難過；再想到三人往後的日子，該怎麼生活，都是大問題，便更加難過了幾分。

李墨聽到死而復生四個字，又將李安然的胳膊抱緊了幾分。

李安然感受到他內心的恐懼，輕輕撫摸著他的頭，柔聲道：「墨兒放心，娘很快就會好起來，再也不會離開墨兒了。」

李墨用力地點點頭，嬌小柔軟的身子依偎進她懷裡。

「大小姐呢？」雲臻將外面披著的大氅甩給孟小童，劈頭問迎上來的一個丫鬟。

丫鬟叫紅歌，削肩細腰，頗有幾分姿色，只是眉宇之間一股鬱鬱之氣。

「侯爺總算回來了，大小姐還是住凝翠軒。」

她話音還沒落，雲臻已經抬腳往凝翠軒的方向走去。他龍行虎步，速度極快，紅歌只能小跑著跟在後面。

「大小姐現在怎麼樣？」

「奴婢給侯爺寫信的時候，大小姐已經絕食三天了。奴婢怕出事，昨天硬是給她灌了一碗燕窩粥，可也吐了個乾淨，侯爺若是再不回來，只怕……」紅歌沒敢再說下去。

雲臻的臉冷得如同冰塊。

一行人走得很快，一會兒便到了凝翠軒。

小年都已經過完，眼看就除夕了，凝翠軒裡卻冷冷清清，如同冰窟，可走進去，卻發現屋裡的人其實並不少。

裡外四個丫鬟，人人臉上都是哀戚之色，直至看到雲臻進來，才驚喜道：「侯爺回來了。」

雲臻沒工夫看她們，直接進了內室，兩個大丫鬟守在床前，見到他都趕忙行禮。

床上躺著一名年輕女子，蓋著被子，只能看見一張蒼白瘦削的鵝蛋臉，一把烏黑的青絲散在枕上，更襯得她毫無生氣。

雲臻眉頭皺了起來。

紅歌趴到床頭，在女子耳邊輕聲道：「大小姐，侯爺回來了，妳快睜開眼看看吧。有侯爺在，誰也不敢欺負妳，妳的委屈，妳的傷心，都不會再有了，侯爺一定會為妳作主的！」

年輕女子嘴唇一點血色也沒有，睫毛卻微微顫抖，一顆豆大的淚珠從眼角滾落下來。

這顆淚珠如同滾燙的火焰，灼傷了雲臻的眼睛，他往前一步，猛地一伸手，掰著肩膀把女子從床上直接提了起來。

女子身體在他手裡晃動，就如同一個沒有重量的布娃娃，眼睛雖然睜開了，眼神卻還是空洞。

「哥，你回來啦……」

長久沒有進食，她的聲音也弱得如游絲，嘴角微微揚起，露出一絲討好的笑容，旁邊看著的紅歌鼻頭一酸，差點哭出來。

雲臻下顎肌肉猛然收緊，手上青筋爆起，突然抬起右掌，從空中一揮——

「啪！」

紅歌和兩個丫鬟都驚呆了。

「誰允許妳這樣虐待自己！妳信不信，如果妳死了，我絕不會放過害了妳的那個男人！我一定會將他碎屍萬段，永世不得超生！妳要是想讓他死得更慘，就儘管餓死自己！」雲臻咬牙切齒，目光沈痛又滿含憤怒。

被他抓著的女子似乎被他這番斬釘截鐵的恐嚇給嚇住了，呆呆地張著嘴，因為臉頰已經凹陷下去的關係，兩隻眼睛大得有點可怕。

雲臻眼中滿是紅血絲，臉色比她還要難看。

兩兄妹就這樣互相瞪視著，誰也沒有說話。

紅歌在旁邊看著，一動也不敢動，手心裡都已經出汗了。

終於，雲璐睫毛一顫，兩行清淚滾落下來。

「哥……」

這一聲好似杜鵑泣血，雲臻手一鬆，雲璐的身體便如乳燕歸巢，倒進他懷裡。他緊緊地抱著她，感覺到她瘦得只剩下一把骨頭，如同被掏空的皮囊，他臉上嚴厲鎮定，心裡卻是一陣陣的後怕。

若不是他當機立斷地趕回來，只怕這個妹妹，就真的要失去了。

李安然在雲家別院只住了兩天，雲家的大夫醫術極好，開的藥見效很快，才兩天的工夫她便已恢復了元氣，雖然還有點虛弱，但外出是無妨了。

於是，她便決定跟雲家主人告別。

請雲家的丫鬟去通報後，李安然和裴氏、李墨便收拾好了他們那少得可憐的行李，然後在丫鬟的帶領下，前去花廳同雲家主人辭行。

花廳門口等著兩個小丫鬟，見到他們三人，便笑道：「裡面是我們大小姐，李娘子請進。」

李安然點頭致意，牽著李墨，和裴氏一起走進去。

屋裡一圈的丫鬟，上面坐著一個不施粉黛的年輕女子，洗淨鉛華卻仍然美麗得如同謫仙子，只是臉上有點不健康的蒼白之色，衣裳下的身體也有些過分纖瘦。

沒有看見那個眼神凌厲、面容冷酷的侯爺雲臻，李安然心中微微放鬆了一點。

「民女李氏安然拜見大小姐。」她帶著李墨行禮，裴氏是下人，便跪了下來。

雲家是皇族宗室，侯門之家，李安然三人只是平民，這樣的大禮，大小姐雲璐完全受得起。

「紅歌，快將李娘子扶起！」

紅歌上前，李安然當然不會等著人家來扶，便已經趕忙起身了。

「承蒙貴府救民女三人於危途，收容在府內，又替民女三人請醫問藥，大恩大德，民女銘感於心，如今身體恢復，不敢再叨擾，今日求見大小姐，一來感謝，二來便是辭行了。」

雲璐情緒不高，嘴角動了動，似乎是想露個笑容，但臉色蒼白，這個笑也有些勉強。

「李娘子不必多禮，不過是舉手之勞罷了。只是我看李娘子還有些虛弱之色，不如多歇息幾日，之後再走不遲。」

「多謝大小姐關懷，只是畢竟已到年關，民女不便打擾，還是今日就告辭吧。」李安然道。

雲璐正要回答，喉嚨卻一股濁氣上來，她用帕子捂嘴，咳嗽了起來。

這時候，旁邊丫鬟用托盤端著一個小瓷盅過來，輕聲道：「大小姐，吃點東西吧。」

雲璐止住了咳嗽，看都不看那瓷盅，扭過頭去，卻正好看到了被李安然牽著的小男孩李墨。

在李安然跟雲璐說話的時候，李墨就安安靜靜地牽著李安然的手站著，一雙黑白分明的眼珠卻靈活地動著。他本來就長得好看，在雲家這兩天又吃得好，更顯得粉雕玉琢。

此時見雲璐看過來，李墨便乖巧地笑了笑。

這個笑容讓雲璐有些意外，她愣了一下，李墨粉嫩的小臉、明亮的眼睛，似乎有一種奇特的吸引力，讓她捨不得挪開視線。

屋子裡的人都發現了雲璐的異常。

李墨被雲璐直直的目光看得有點害怕，往李安然身邊縮了縮，李安然低頭衝他笑了一下，李墨仰著頭，也對李安然揚起笑容，母子之間的默契，溫暖得像是冬日的陽光。

「娘，我們回家吧？」李墨小聲道。

李安然滿臉都是柔情。「好，我們現在就回家。」說完她抬頭對雲璐道：「雲大小姐，我們這就告辭了。」

雲璐沒有反應，只是下意識地點頭。

紅歌心中一動，俯身在她耳邊輕聲說道：「小姐腹中的孩子如果出生了，一定會像李家小哥兒一樣可愛。」

雲璐眼中一暖，慢慢回過頭看著她。

紅歌從丫鬟手中接過瓷盅。「小姐，吃點東西吧，不為自己，也為了孩子。」

所有人都期待地看著雲璐，緊張得屏住了呼吸。

雲璐是護國侯府雲家的大小姐，是雲臻一母同胞的親妹妹。兄妹倆幼年失怙，雲臻是長兄如父，從小到大都極為愛護這個妹妹。

未出閣的女孩子在家裡都是嬌客，但雲璐一直掌管著雲家的產業，是雲家實質上的內管家，尤其在雲臻去京城的這三年，一直都是她頂著護國侯府的門戶。

雲臻之所以冒著寒冬臘月，不顧一切地從京城急匆匆地趕回靈州，就是因為接到了侯府的緊急信函，上頭寫道雲璐出事了。

她懷孕了。

一個未出嫁的黃花大閨女竟然懷孕了，本已經非常嚴重。更嚴重的是，那個讓她懷孕的男人卻沒辦法對她負責。

心高氣傲的雲璐，在感情上卻是極為執著的人，一旦投入進去，便無法自拔。

她開始絕食。

若非雲臻在第一時間趕回來，後果不堪設想。

而雲臻回來之後，感受到哥哥的力量，不再絕望的雲璐終於放棄絕食，可是仍然吃得極少，長久下去，身體還是會拖垮，更不用說雲璐腹中還沒成形的胎兒。

紅歌擔心且焦急，不過現在因為李墨的關係，雲璐似乎感覺到了孩子的可愛和生機，她多麼希望，雲璐能夠就此恢復對生活的希望。

所有人都看著雲璐的手。

彷彿過了很久很久，那雙纖細蒼白的手終於慢慢地抬起來，握住了紅歌手中的瓷盅。

眾人都鬆了一口氣。

紅歌只覺心中一塊大石頭猛然落地，她扭頭看著已經出了門口，走入光影中的李安然和李墨，心裡生出了一絲感激。

第七章 生計艱難

清溪村，位於清山腳下，從山上蜿蜒而下的一條溪流，將村子分成東西兩半，東邊是密集的村舍，西邊只有破落的幾戶人家以及大片荒廢的山坡地。

裴氏的祖屋就在清溪西邊，旁邊寥落的幾戶也都已經是衰敗的空屋，杳無人煙。

北風瑟瑟，李安然牽著李墨的小手，打量眼前這個小院。黃泥牆的外表在風雨侵襲之下，已經坑坑窪窪，屋頂上的茅草也單薄凌亂，因為長久沒有主人在家，院子裡衰草遍地，半扇柴門苟延殘喘地掛在籬笆牆上，擋不住尋食的野狗。

「屋子破舊了些，好歹是個容身之地……」裴氏侷促道，她很羞愧，本來想著還有兩間祖屋可以安頓，沒想到竟然已經破成了這個樣子。

李安然笑了笑。「沒關係的，能有個遮風擋雨的屋頂就已經很好了。奶娘，我們進去吧。」

溫和的聲音，安撫了裴氏愧疚的心。「好好，我們先進去。」

三人先進了院子，滿地衰草都長到李安然的膝蓋高了，左邊有一間大約原來是廚房，已經倒塌了。進了正房，房門破舊不堪，推門時門軸發出令人牙酸的吱呀聲，塵土搖落，嗆得三人一陣咳嗽。

堂屋不大，樑柱都已經破舊不堪，屋頂上的茅草被風捲走了泰半，光線漏進來，那個角落裡還積著前幾日下的雪。一張四方桌子，兩條斷腿的條凳，幾個破了的陶罐，這就是堂屋的全部擺設了。

堂屋左邊有一道掛著布簾的門，簾子也只剩下半幅，下半截被野狗扯得稀爛。李安然低頭進去，見是一間臥房，靠北牆盤了一個土炕，炕上左邊捲著一捆竹蓆，就別無一物了，好在屋頂還是完整的，不至於頂風冒雪。

裴氏看完了這個跟乞丐窩差不多的祖屋，心中越發過意不去。「自老奴進府服侍夫人，這屋子就沒人住了，沒想到破成這個樣子。」

李安然已經轉了一圈，安慰道：「奶娘不用愧疚，我跟墨兒被程家掃地出門，如今能夠有個容身之所就已經很幸運了。屋子雖然破舊了些，但只要整頓一番，我們三人居住還是不成問題的。」

不管怎麼樣，除了這裡，他們也沒有別的地方可去，屋子雖破，也只有接受現實了。當下，李安然和裴氏便動手收拾起屋子來。

裴氏從角落裡找來一把笤帚，雖然模樣七零八落，勉強也能用。李安然則用陶罐從清溪打了水來，擦拭屋子裡的灰塵。

李墨年紀小，卻不肯休息，也要幫忙，李安然便給了他一塊抹布，讓他擦拭土炕上鋪著的一床竹蓆，小小的人兒跪在蓆子上，擦拭得很仔細，小鼻子幾乎都貼到竹蓆了。

好不容易將屋子收拾乾淨，裴氏勉強又翻出兩床棉被，放得太久，有一股霉味。好在先前下了三天的雪，今日出了太陽，裴氏便拿出去先曬一曬。

時近中午，三人都餓得饑腸轆轆。

裴氏道：「原來有個廚房，只是已經塌了，沒法子生火做飯，我在村子裡還有幾個老姐妹，先去看看，討要一些熱食來。」

在程家的時候，李安然是當家少夫人，就算不是衣來伸手飯來張口，也算得上錦衣玉食了，如今淪為棄婦，竟然連一口飯食都要向人伸手乞討，說不難過當然是假的。

只是她自己倒也罷了，挨上一、兩頓不怕，但墨兒才三歲，正是長身體的時候，不能挨餓。

因此，李安然雖然臉上發燒，卻也只能對裴氏道：「辛苦奶娘了。」

裴氏點了點頭便出門去了，清溪村的人家都在溪對岸，兩岸之間只有一座石板橋，得繞一些路才能過去。

「娘。」

小小的身子依偎在腿邊，李安然低頭，李墨正仰著小腦袋，烏溜溜的眼睛看著她。

她柔聲問：「墨兒餓了嗎？」

李墨咬了咬嘴唇，輕輕搖頭。「墨兒不餓。」

三歲的小孩子已經懂得體會大人的心思，明明肚子餓，也知道現在吃飯已經成了問題，便故意說不餓，不想讓母親為難。

看著兒子乖巧的樣子，李安然心中柔軟，蹲下來環住他嬌軟的身子，輕聲道：「墨兒放心，娘不會讓墨兒挨餓受凍的，就算離開了程家，娘也一定會讓你過上好日子。」

李墨大大的眼睛眨了眨，把小腦袋靠在李安然肩窩裡。

「娘親放心，墨兒也會努力長大，變成男子漢，保護娘親。」

雄心萬丈的字眼，語氣卻稚嫩得一塌糊塗，李安然又想笑又鼻酸，只能將李墨緊緊按在懷裡。

母子相擁，四下安靜，李安然不由自主地想起了自己復生還陽的情景。

抬起左手，掌心的蓮花印記赫然在目，林鳶依靠蓮花寶鏡裡的金色靈泉開創龐大商業帝國的一幕幕影像，在她腦海快速閃過。

林鳶生活的世界，跟大乾朝有很大的不同，李安然雖然不能完全代入那樣的時代，可卻不妨礙她吸收林鳶殘留在蓮花寶鏡中的記憶。

林鳶不過是一個普通的小女子，依靠蓮花寶鏡就能成就那樣一番大事業，她李安然好歹也做過靈州首富程家的少夫人，三年來程家的大小產業她都親自過問，經商能力未必比林鳶差。就算掌心這蓮花靈泉殘破不全，也應該能為她的生活帶來大機遇和大變化吧？

想到這裡，李安然心中火熱，迫不及待想要驗證這靈泉的奧妙。

她鬆開墨兒。「墨兒在家等著姥姥，娘親去外面看看。」

李墨眼神清澈，也不多問，只是點點頭。

李安然撫摸一下他的頭頂，便起身走出了茅屋。

院子裡衰草竹籬，北風淒淒，雖然是晴天，卻也冷得令人瑟瑟發抖。她緊了緊身上單薄的衣裳，出了院門，繞到了屋子後面。

這裡有一株梅樹，粉白的梅花開得正好，凌霜傲雪，孤豔芬芳。

環顧前後左右的人家都已經荒蕪，四周再沒有一個人影。

她攤開掌心，心中默默想著夢中看到的蓮花和金泉，不過片刻，掌心一熱，那朵蓮花印記竟然真的緩緩盛開，就像在她手心中活了過來。

李安然驚喜地捂住嘴，深怕自己控制不住喊出聲來。

掌心的蓮花開放到極致的時候，花心便浮現了氤氳水氣，金色的靈泉汩汩湧動，無聲無息。

李安然心中狂喜，一下子根本沒想到這靈泉能夠用來做什麼。

正在這時，一陣風過，頭頂的梅樹枝微微顫動，幾片花瓣隨風落下，有一片正好掉在她的指尖上，被水氣一浸染，一股幽幽梅香立刻散發開來。

李安然忍不住用力嗅了一下，只覺這香氣沁人心脾，遠比她聞過的任何香味都要清幽雋永。

她站在這裡這麼一會兒，頭頂上雖然都是梅花，卻沒有聞到明顯的花香，現在一片梅花花瓣，僅僅被靈泉的水氣浸染了一下，便散發出這樣濃郁又清新的香味。

這靈泉，果然是一件寶物。

想到這裡，她眼前一亮。

是了！林鳶不就是依靠蓮花寶鏡和靈泉，先製作了一種叫做香水的女子用品，然後才開啟了商業傳奇嗎？

眼下看來，這靈泉雖然只是寶鏡碎片幻化，但依然有著神奇功能，如果她得以製作出這種香水，是不是也能夠以此做為立身之本呢？

想到將來可以讓墨兒、奶娘住上溫暖舒適的屋子，吃飽穿暖，不必再向人乞憐求助，李安然心中一片火熱，一時間竟然神遊起來，直到裴氏的聲音從後面傳來。

「夫人！叫老奴好找，妳怎麼在這裡呀！」裴氏剛剛討了熱食回來，發現屋子裡只有李墨，便出來尋找李安然，已經叫了好幾聲，都沒有人回應，找到屋後來，這才發現了她。

李安然猛地一驚，手掌下意識地一握，掌心靈泉瞬間消失，鮮活的蓮花重新變回了手心平平的印記，那瓣梅花也從指尖掉落。她略有一絲慌亂，幸好看裴氏的樣子，似乎並沒有發現她掌心的秘密。

裴氏走近幾步，剛要說話，鼻中聞到一陣幽香。

「咦？好香呀。」她不由自主地四處張望。

李安然忙指著頭頂道：「這株梅花開得正好，倒是香得很。」

裴氏看向那梅花樹，點頭道：「果然如此。老奴已經討了熱食回來，夫人趕快一起去吃吧。」

李安然點點頭，讓她先行，自己則回頭看了一眼掉落在地上那瓣被靈泉浸潤過的梅花瓣。

原來即便靈泉消失，已經被泉水滋潤過的花瓣，依舊保持著襲人香氣。

這蓮花寶鏡裡的金色靈泉，果然是稀世寶物！

回到屋子裡，卻見除了李墨之外，還有一對衣著樸素的中年夫婦。

裴氏對李安然道：「這是老奴的一個老姐妹，姓田，她丈夫是清溪村本地人，叫裴三石。」

裴三石和田氏早就知道李安然的身分，大概因為李安然身上的氣質與這小山村格格不入，夫妻倆顯得有點拘束，裴三石尤其老實，都不知道怎麼說話，還是田氏衝著李安然笑道：「見過程少夫人。」

「不敢，如今我已不是程家的少夫人了，請稱呼我李娘子吧。」李安然道。

田氏答應了，當場改口說道：「裴姐姐說這屋子長久不用，廚房都塌了，問我要些熱食，我就說光有吃的哪成呢？這天寒地凍的，你們又才來，各種東西都是缺的，怎麼熬得過這個年。所以我就自作主張，叫我家男人拿了些棉被炭火、鍋碗瓢盆過來。李娘子是嬌貴人，可別嫌棄我們東西粗糙才好。」

李安然忙道：「我們感謝都來不及，怎麼還會嫌棄？真是謝謝田大姐了。」

她說著便向田氏道萬福，又要對裴三石道謝，田氏趕忙擺手，拉了裴三石出去說是要給他們劈點柴火來，裴氏不好全讓客人動手，便一起去幫忙。

李安然見桌上放著一個食籃，掀開來看，裡面是一碗鹹菜豆腐，一碗炸小魚，還有一大碗粟米飯，雖然簡單卻都是熱氣騰騰。

這時，李墨正站在桌子旁邊，用兩隻小手攀著桌沿，仰著頭眼巴巴地看著食籃。

「墨兒餓了吧？快吃吧。」李安然笑道。

「娘親一起吃。」李墨歡喜道。

「好。」李安然將飯菜都拿出來。

墨兒已經乖乖地坐好，又道：「姥姥呢？姥姥吃了嗎？」

「姥姥一會兒就來，墨兒先吃。」李安然將菜都挾到李墨的飯碗裡，小魚刺多，得一點一點挑開。

李墨已經會用勺子，就自己一勺一勺地吃著，頭都幾乎埋到飯碗裡去了。

屋子裡只有碗筷相碰的聲音，顯得很安靜，外面的聲音便都傳了進來。

「妳說程少爺一回來就把你們娘子休了？這是什麼道理！你們娘子還替他奶奶送終了呢！」

田氏的聲音有點尖銳，李安然聽了，下意識地從門縫向外望去，見院子裡，裴氏和田氏在說話。

田氏正在感慨。「這話可怎麼說，你們娘子還這麼年輕，我瞧著二十歲都不到，日子還長著呢，她一個女人家可怎麼過？再說，她還帶著那麼個小人兒——咦，那孩子可是程老爺的，怎麼他連自己兒子都不要了嗎？」

「不是，那是我們娘子收養的義子。」裴氏道。

田氏跌足道：「哎喲！這就更難了！住的問題還好說，妳這屋子雖說舊些，修一修倒也能用，可妳當年走的時候已經把地都賣了，妳這把年紀了，你們娘子又是個細皮嫩肉的弱女子，還帶著一個小孩子，沒錢、沒地，吃什麼用什麼，以後的日子怎麼過？」

當年程家給李安然招奶娘的時候，正是靈州地界上大發天花的那一年，裴氏的丈夫和剛剛生下來還在襁褓中的孩子都死於天花，她這才受雇傭進了程家。當時她便已經將地賣了，如今過了十幾年才回來，除了還有兩間屋子，在清溪村早已失去了根基。

大約是田氏聲音有些大了，裴氏怕被李安然聽見，趕忙阻止。「妳小聲點兒。」末了，自己也嘆氣道：「大不了我去找份工來做，總不至於餓死。」

話是這麼說，但裴氏臉上卻是一片憂愁，田氏也陪著唉聲嘆氣。

這些話，李安然在屋裡一句不落地全聽見了，田氏說的沒錯，他們三人，老的老、小的小，生活的重擔還是得由她扛起來才行。

田氏和裴三石走的時候，留下了滿滿一小垛柴火，還替李安然他們鋪好了床，點好了炭盆。

天已然黑透，小小的茅屋裡，點著一盞油燈，燈光昏黃如豆，在這寂靜的黑夜裡顯得極為渺小。

土炕上鋪著剛曬過的褥子，上面蓋的則是田氏借給他們的兩床棉被，李安然、李墨和裴氏躺在被窩裡，互相依偎著。白日累得狠了，李墨和裴氏很快便睡著了，輕輕地打著鼾，李安然卻張著一雙眼睛，毫無睡意。

窗戶上塞著的茅草被風吹得獵獵作響，缺少燈油的燭火眼看快要熄了，明明點了炭盆，屋子裡卻還是颼颼地冷。

明天就是除夕了啊！

往年的除夕，程家總是熱熱鬧鬧，明天這個時候，肯定已經給下人們發了過年的年禮，今年卻……

這幾天的事情，一幕一幕在腦海中重播。在程家生活了十九年，一朝離開，竟是淨身出戶。

從心底說，她跟程彥博並無感情，女人的終身大事素來是父母之命，程老夫人對她有養育栽培之恩，她要她嫁給程彥博，她也就嫁了。如今被程彥博休棄，說傷心倒不至於。可是她自問立身清白，程家對她有恩，她也已用盡所能來報答。這些年她沒有任何錯處，程彥博卻毫無理由地休了她，寒冬臘月，不顧她生著重病，便將她趕出家門，連一針一線都不許她帶走，害她凍死路旁；而姚舒蓉搶走了她的丈夫，搶走了她的家庭，甚至還想用馬車撞死她和墨兒。

他們一步一步，都將她逼往絕路。

若非林鳶和蓮花寶鏡的出現，她如今已成了孤魂野鬼，墨兒也成了無依無靠的孤兒，不知要受盡多少苦楚；而若非護國侯救了他們，只怕裴氏的腿也會因救治不及而瘸了，墨兒腦袋上的傷也說不好會變成什麼樣子。

程彥博！姚舒蓉！

這兩個人，她會牢牢地記住，她一定會證明給他們看，即便離開程家，她一樣能活得很好！總有一天，她會以最自信高貴的姿態站到他們面前，讓他們知道，她李安然再也不是任人欺辱的人，她有能力保護所有她想保護的人！

臘月的夜晚滴水成冰，李安然心中卻像燒著一個火爐。

她再也睡不著，乾脆披衣而起。

地上的炭盆已經熄滅了，外面的天色，像被一層紗布蒙住了，灰濛濛欲亮不亮。

走出房，撲面而來的冷氣令她打一個激靈，腦子瞬間像被冰鎮過一般清醒。

拿了一只食籃，又找了一支瓷瓶，她出了屋子，穿過院子，再次繞到了屋後的梅樹下。

梅樹姿態依然，樹枝上的梅花在凌晨的寒風中顫顫巍巍。

她將雙手圈到嘴邊呵氣取暖，然後開始採摘梅花，放入食籃之中，很快，食籃中便鋪了一層梅花瓣。她細細地篩選，挑出了幾片最嬌嫩的，打開瓷瓶，小心地放了進去。

接著，她右手托著瓷瓶，左手則慢慢地攤開，隨著心中默念，掌心的蓮花再次復甦鮮活，一層一層開放，水氣氤氳，靈泉再次出現。

她試著用心意去指揮靈泉。靈泉無聲湧動，一股極細的水流從花心中流出，沿著蓮花層層疊疊的花瓣一層一層地流下來。她將瓶口放到花瓣邊上，那細細的水流落到最外面一層花瓣後，便從花瓣微微蜷曲的凹處緩緩地滴落，正好落入瓶口之中。

瓷瓶細小，很快泉水便要滿了。

李安然心念一動，那靈泉便驀然止住了水流，靈泉下陷縮入花心，花瓣層層收攏，將靈泉裹得嚴嚴實實，直到最後一片花瓣合攏，蓮花再次幻化成她掌心淺淺的印記。

她將瓷瓶舉到面前，打開瓶塞，一股清幽的梅香立刻蔓延開來，從鼻端一直沁入胸腔之中。她自覺身心彷彿被一種神奇的力量揉撫，靈臺清明，神清氣爽。

李安然將瓷瓶塞住，猛地按在胸口，一連深呼吸好幾次，才將雀躍不已的心安撫下去。

成功了！

她成功了！

蓮花靈泉，真的可以為她所用！

她的所有希望，所有夢想，一下子獲得了最強大的動力。

第八章　賣香過年

天亮了。

裴氏已然起身，李墨還在沈睡之中。當她出門打水準備洗漱的時候，看到早已洗漱穿戴好的李安然，差點把眼珠子都瞪了出來。

「娘子什麼時候醒的？怎麼這麼早？」

「奶娘是要打水嗎？我已經燒了熱水在鍋裡。」李安然笑吟吟地說。

裴氏被李安然臉上的笑容弄得摸不著頭緒，自從離開程家之後，自家娘子都是心事重重的樣子，還沒笑得這麼舒心過。

「娘子這麼早穿戴好是要出門嗎？」她看著李安然的樣子，不由得問。

李安然點頭道：「年關到了，我們雖然離開了程家，但乞丐都要過年，我們還不至於窮困潦倒到連乞丐都不如。我準備進城去，先賺些銀錢，過了這個年再說。」

「進城？娘子要去哪裡？上哪兒賺錢去？」裴氏驚訝道。

「這妳就不用問了，我自有計較。妳在家好好看著墨兒，順利的話，日頭下山之前我準能回來，妳別擔心。」李安然說著，將一個早已準備好的小包袱挽在臂彎便出了門。

清溪村離靈州城約莫十五里路，路上不耽擱，走個把時辰也就到了。

今日是大年三十，家家戶戶都掛起了紅燈籠，貼上了紅通通的斗方和對聯，院子裡飄著煮雞鴨豬羊的香味，年味已是瀰漫在所有人的心頭。

路上沒有半個行人，所有人都早早地回到家，準備過年，哪裡還會有人外出呢？

李安然挎著小包袱，獨自走在官道上。

天公作美，前幾日又是風又是雪，今天居然日頭很大，照在身上暖洋洋的。但她畢竟不是做粗活的人，走了五、六里路之後，便累得氣喘吁吁了，腳步也變得沈重起來。

正在這時，後面車馬粼粼，一支隊伍趕了上來。

李安然往路邊讓了一些，下意識地扭頭看了一眼。

隊伍之中有一輛裝飾華貴的朱篷大馬車，車內的人正巧掀開窗簾，看見了李安然的面容，咦了一聲。

「是李娘子嗎？」車內人高聲喊。

李安然詫異地停下腳步，隊伍也慢慢地停了下來。

這輛朱篷馬車正好停在李安然旁邊，一個長辮垂肩的女子探出車窗。「果然是李娘子！」

「原來是紅歌姑娘。」

李安然也認出這女子正是護國侯府大小姐的貼身大丫鬟紅歌，如此看來車內坐的定然就是雲大小姐雲璐了。

「李娘子這是要去哪裡？」紅歌對李安然很有好感，親切地詢問。

李安然便道：「去城裡置辦年貨。」

「今日是除夕，店家只怕都已經關門歇業了吧。」紅歌略感疑惑。

李安然只微微笑了笑，並不說話。

紅歌身在護國侯府，自然也見過許多人情世故，見李安然的樣子，便知道對方不想多說，她也不追問，只轉頭跟車內的人說了幾句話，然後便回頭，隔著窗子對李安然道：「此去靈州城還有十來里路，我們也是要回侯府過年的，正好順路，可以搭載李娘子一程。」

以李安然現在的腳力，要走到靈州城只怕還得兩個時辰，既然雲家願意搭載，她也不矯情，向紅歌道：「那就多謝了，粗野之人不便登貴人馬車，請紅歌姑娘代我向大小姐致謝。」

「娘子不必客氣，請上前面那輛青篷馬車。」紅歌笑道。

李安然點點頭，沿著隊伍向前走去。

雲璐乘坐的朱篷馬車位於隊伍中央，前面有一輛烏篷馬車，雖然外表裝飾並不華貴，李安然卻是識貨之人，看出這馬車的用料做工一樣非常考究。

她微微低頭，從烏篷馬車旁邊走過，沒注意到車窗的簾子掀開了一條細縫。

一雙烏黑銳利的眸子，目光恰恰落在她的身上。

是她。

雲臻眉尖微微舒展。他已經聽紅歌報告過了，雲璐原本仍不思飲食，可在看到李安然的義子李墨之後卻改變了想法，李墨的可愛乖巧讓她對自己的孩子開始有了期待，心態日漸穩定、積極。

李安然……

他默念了一次這個名字，腦中飛快閃過一幅畫面——那女人蹲在他的雙腿之間，纖細柔軟的雙手輕觸他的肌膚，潔白的貝齒輕輕咬著鮮潤的紅唇，小心翼翼的臉上，悄悄地漫開了羞怯的紅雲。

呵！雲臻自嘲地笑了一下，收回了挑起窗簾的手指，那道纖細的身影也隨之消失。

李安然走到隊伍最前面的青篷馬車，這車上坐的是雲家有頭臉的下人，雖是家僕，卻比一般百姓穿得更加體面。車上人已經知道是大小姐的吩咐，對李安然自然客氣，不但請她上了馬車，還倒熱茶給她。

隊伍重新啟動，向著靈州城進發。

有了車馬代步，速度自然快了很多，日近中午，一行人便已進入了靈州城高闊的東城門。

靈州城的格局與京都相仿，橫平豎直的街道將整座城劃分成許許多多整齊的豆腐塊，城西住的都是達官貴人，靈州上的勛貴之家也都在城西；城南普遍是商賈富戶，城東則是普通百姓聚集地，遍布作坊和集市，至於城北，則以風月場所出名。

李安然要去的是城西和城北的交界處，便在貫通東西的玄武大街上與雲家道別分手。

放眼望去，齊整的玄武大街上，兩旁的店鋪紅燈籠一路掛到底，滷豬頭和灌米腸的味道飄散在空中。

大乾朝的風俗，除夕下午祭灶神，祭品中必備滷豬頭和灌米腸，一聞到這味道，就知道，年已經到了。

李安然走在城北的大街小巷，不同於清溪村的寂靜曠遠，街頭巷尾隨處可聽到人聲，主婦們尤其顯得忙碌，吆喝著家裡的下人準備祭灶神和年夜飯的各種東西，還要約束著小孩子不要提早燃放了夜裡要放的煙火。

城北有幾條巷子是出名的風月場所，長柳巷就是其中之一，不過李安然並沒有進入長柳巷，而是在巷口左拐進入了胭脂斜街。

胭脂斜街臨水，一面是齊齊整整、青瓦白牆的獨門小院，一面是柔波泛綠、垂楊如絲的靈州河，地價稱得上寸土寸金。住在這裡的人，身分很是特殊，多半是城中最為出名的花魁娘子。這些花魁娘子不同於長柳巷的青樓姑娘，她們是花國之中的佼佼者，本身已積累了足夠的人氣和財富，不用再受青樓老鴇壓榨，自立門戶，有自己的產業和僕從，身後也都有極有力的靠山金主。

這樣的姑娘，身價自然非常高昂，能到她們小院來往的，不是家財豐厚的富戶，便是身分尊榮的貴人，最不濟也得是風雅清高的才子，很多時候她們也不用奉獻自己的皮肉，客人來這裡，常是借地方做一個東道，用她們的長袖善舞來調節氣氛而已。

李安然來的是胭脂斜街東頭第一家，院門口有兩株龍爪槐，如同兩把大傘。

她上前在只刷了桐油的原木色門上輕輕叩了兩下門環，不多時便有一個青衣小童過來開門，見了她，臉上現出一絲驚喜。

「李娘子！」

李安然微笑道：「你們姑娘在嗎？」

「在，在，當然在！」小童歡喜地將門拉開。「李娘子快請進來，我去通報小姐。」說著便一溜煙地跑了進去。

門內先是一片小花園，花木極為繁密，雖然因冬天而有些枝葉蕭條，但也充滿了疏朗美感，若是到了夏日必定綠林成蔭。

沿著一條半尺寬的青石板路前行，轉過一座小巧的假山，便看到了簡潔矮闊的屋子，屋前簷下是寬闊平滑的遊廊，極盡樸素自然之美，碩大的一個粉彩落地花瓶就立在路邊，幾枝嬌黃的臘梅插在瓶中，任由寒風吹拂。

那個開門的小童早已大呼小叫，聲音響徹了整個院子。「小姐！小姐！李娘子來了！李娘子來了！」

他這一喊，四面八方一下子湧出來好多年輕的小姑娘，全都穿著紅紅綠綠的新衣裳跑過來，李安然頓時眼花撩亂起來。

「李娘子怎麼今日來？」

「娘子是來跟我們一起過年嗎？」

「娘子快進屋子來，外面冷得很！」

一群小女子嘰嘰喳喳環繞著李安然，將她拉進屋子裡，屋子裡果然非常暖和，窗明几淨，入目均是矮足家具，連茶具也是古藤根雕，頗得古人遺風。就是這些眉清目秀的小姑娘太吵鬧了些，像是幾百隻喜鵲同時在叫，李安然只覺頭都快暈了。

正當她頭暈目眩之際，一道清麗圓潤得如同出谷黃鸝般的聲音響起。「妳們這些妮子，李姐姐一來就都跑來聒噪，別以為我不知道妳們在偷懶！」

一位黃衣麗人隨著這聲音，從屏風後面緩緩走出。

外面還是寒冷的冬日，這麗人卻只穿著一襲鵝黃紗衣，長長的裙襬如雲絮一般堆在她的腳邊，隨著她的步伐而在地板上輕柔袘動。她的肌膚白皙晶瑩得接近透明，眉如遠山黛淡淡如煙，不施胭脂的櫻唇卻自然地紅潤如蜜桃。

「小姐來了，快跑快跑！」

小姑娘們一看見她，立刻像被母雞轟了一下的雛雞群，亂糟糟地四散奔逃，跑得最慢的那個女孩子，還被這麗人在屁股上拍了一巴掌。

「小妮子再吃就成豬了，跑都跑不過人家！」

這麗人美得不食人間煙火，卻做出拍屁股這種舉動，偏偏她做出來卻讓人覺得一點也不突兀，反而像是看到自家的潑辣大姐，令人更生親近。

李安然站起來，上前拉住了麗人的雙手，笑道：「師師姐，好久不見，妳還是這麼美。」

麗人抿嘴一笑。「好久不見，妳的嘴巴倒是甜了許多。」

這位麗人，便是靈州城當前最炙手可熱，素以雪膚玉肌出名的花魁娘子——紀師師。

紀師師少年入風塵，先是在長柳巷打滾了五、六年，憑著一身欺霜賽雪的肌膚，還有長袖善舞的手段，闖出了偌大豔名。五年前便有金主捧她做了靈州頭牌花魁，她身價暴漲，金主又願意花銷，替她贖身，在胭脂斜街買了這個大院子給她。她為人豪爽，在風月圈中有許多好姐妹，交際的圈子也非常可觀，靈州城內大戶人家的夫人小姐，幾乎沒有不認識的。

闖出了名號的風月女子，便跟普通的青樓賣笑人不同了，她們多是成為固定圈子內美人的代表。紀師師便是如此，她這個小院，她的居住環境佈置，她身上所穿的衣裳、戴的首飾、用的胭脂水粉，無一不代表著女人的最高檔次。

而李安然跟紀師師的相識過程也是一個傳奇。

當年將程彥博迷得神魂顛倒，害李安然最終被扔在花堂上的青樓女子，正是紀師師。

只是程彥博雖癡迷紀師師，紀師師卻根本看不上他。那年她上京都，也只是因為風月場中的一些爭鬥，不願留在靈州蹚渾水，便去京都一個好姐妹那兒避風頭而已。

程彥博雖跟到京都，紀師師卻對棄家拋妻的男人沒有任何好感，處處避著他。程彥博也沒個長情，不久之後便被京都的繁華奢靡晃花了眼，混跡浪蕩去了。

紀師師回到靈州之後，則出人意料地上門拜訪李安然，也不知兩人之間說了什麼，李安然竟然對這個破壞了她婚姻的女人毫無仇恨，彼此反而成為了知己好友。這在當時，的確讓很多人詫異不已，但日子一久，兩個女人的友情卻越來越深厚。

而李安然被程彥博休棄的事情，紀師師自然早就已經知道了，身處風月場最不缺的就是消息。她倒是十分擔心李安然，只是又不知道她去了哪裡，這幾日白白擔心，也是著急得很。因此今日聽說李安然來了，也未梳洗，便急匆匆地跑出來相見。

兩人之間十分熟稔，完全不需靠敘家常來進入話題。

「今日除夕，妳怎麼有空過來？」紀師師招待李安然重新落座，一面為她添茶，一面詢問。

李安然自嘲地嘆口氣。「我如今已不是程家少夫人，除夕日也不像往常一樣忙碌，自然有空來看妳。」

紀師師冷笑一聲。「要我說，那程彥博是生了一雙狗眼，錯把珍珠當魚目！妳這樣好的女人打著燈籠也難找，他竟然棄如敝屣！哼，我倒要看看，他巴巴地娶回來的那個又是什麼貨色！」她美豔清雅，說起話來卻實在潑辣。

李安然笑道：「被休的人是我，怎麼妳比我還氣憤？」

紀師師哼了一聲。「算了，妳的性子我是知道的，看似柔弱卻比任何人都倔強，我倒用不著勸妳。只是妳離開了程家，還帶著墨兒吧？你們母子倆現在住哪裡？」

「我的奶娘裴氏在清溪村有兩間祖屋，如今我和墨兒都在那裡容身。」

紀師師微微一愣。「清溪村……是在清山腳下吧，妳奶娘的祖屋……怕是也破落得很了。聽說妳離開程家的時候是淨身出戶，那你們靠什麼生活？妳一個弱女子，總不可能去種地，墨兒又那般小，你們今後的日子要怎麼過？」

她是風月出身，並非清白女子，雖然交遊廣闊，但多半都是場面上的朋友。她也認識許多高門大戶的夫人小姐，但在那些人眼裡，她只不過是一個資訊的渠道，穿衣打扮的風向標，雖說見面也會稱呼一聲紀小姐，但內心卻是看不起她的出身。真正能做知己的，只有李安然一個。

所以，她這一問，是真的關心李安然。

兩人相交多年，李安然自是感受得到她的真心，便笑了起來，抬高聲音道：「所以呀，我這不是來敲妳竹槓了嗎？我如今可是一貧如洗，家裡一老一少等著我養活呢！我可知道妳有多少家財，今日就是來求妳接濟接濟我了！」

「我原還怕妳放不下面子不肯開口，妳這樣說我倒放心了。」紀師師高興地轉頭高聲道：「朵兒，把我梳妝檯上的多寶匣子拿來。」

屋外一個女孩子應了一聲，腳步聲動，不多時便端了一個紫檀木嵌多寶的匣子過來放在矮桌上。

紀師師用兩根手指搭著匣子，輕輕地推到李安然面前。

「妳真以為我是來借錢的？」李安然微微一笑。

紀師師搖頭道：「這錢我不是借給妳。我做了妳幾年的朋友，墨兒也好歹叫我一聲姨，這是我給墨兒的壓歲錢。」

李安然知道紀師師這麼說，只是怕她要強不肯接受，為她顧面子罷了。她還是搖頭微笑。「所謂授人以魚，不如授之以漁。妳若真心要幫我，便先看看這一瓶東西。」

她從身邊的小包袱中取出一個潔白的小瓷瓶，端端正正放在桌上。

紀師師看了看這瓶子，平平無奇，不解問道：「這是什麼？」

李安然示意她打開。

她便將瓶子拿在手，塗著紫紅蔻丹的指尖拈住瓶塞，輕輕一拔。一股幽香，立刻從瓶口嫋嫋而出，瀰漫了整間屋子。紀師師不由自主地閉目輕嗅，只覺靈臺一清。

「疏技橫玉瘦，小萼點珠光。一朵忽先發，百花皆後春。好清雅的梅香！」紀師師畢竟是識貨之人，立刻便意識到瓶中幽香不同凡響，她握著瓶子，凝視李安然，眼中妙光點點。「安然，這瓶子裡究竟是什麼？」

紀師師的反應，正如李安然事先所預料。

大乾朝立國已久，天下承平。身為商賈，最能清晰感受到時代發展脈搏。程家的香料產業中，就有胭脂水粉鋪，李安然在程家十九年，又親自掌管了三年產業，對於大乾朝的女性消費市場有著靈敏的感知。女人愛美是天性，美麗的衣裳、精緻的首飾、永保青春容顏的化妝品等都是她們最最關心的東西。

而香水——還是大乾朝從來不曾出現的物事。

以她的商業眼光來看，香水這東西，如果出現在大乾朝，必定能受到女人們的歡迎。這東西不僅有增加女性體香的作用，更能彰顯氣質，而且還有其他諸多用處，比如安神、醒腦、催情等等。

試想，若是在一場具有規格的上流聚會之中，某位小姐舉手投足之間，香氣四溢，令人神醉，是何等的優雅脫俗；而其他夫人小姐就算再怎麼塗脂抹粉、盛裝打扮，也只能落入平庸之流了。

而問到誰才能代表女性消費市場，身為靈州花魁，引領靈州時尚圈的紀師師，正是最佳人選。

時尚圈這個詞，還是李安然從林鳶的記憶中吸取而來的。

現在，大乾朝的第一瓶香水已經放在紀師師面前了。

「妳說這叫香水？嗯，倒是名副其實。」紀師師已經將瓶蓋塞回，空氣中卻仍然飄著淡淡雋永的梅香，令人如置身於碎金皓玉的梅林之中。

「這東西，妳看著如何？」李安然問。

紀師師微微側頭看著她，似笑非笑。「妳是單指這一瓶呢？還是指香水這個東西呢？」

李安然也笑道：「妳我早已心意相通，我所思所想，妳自然是最明白的。」

紀師師也笑了起來。「好吧，妳倒是坦白，我便也實話跟妳說。妳的心思，我自然是明白的，妳從來都是好強的性子，程老夫人死後，妳獨自一人撐著程家的門戶，三年來程家蒸蒸日上，自然都是妳的功勞。如今離開了程家，我也知道，妳絕不甘淪為一個窮困潦倒的棄婦，尤其妳還帶著墨兒。既然妳有心自立門戶，經商致富，那我自是義不容辭要幫忙。

「話說回頭，香水這東西我是頭一次見。香水？嗯，這也只能算是一個統稱，就好比胭脂一般。我也不問妳如何製作，那是妳的商家機密，妳若是要以此來作為立身之本，我倒覺得是個不錯的主意。」

「當真？」李安然驚喜起來。她的驚喜不單單是因為紀師師對香水的點評，更是因為紀師師實在太瞭解她的心思。

「以我的眼光來看，這東西是個精貴物，不是平民百姓可以用得起的，而那些高門大戶的夫人小姐，絕不會吝嗇銀子，這東西越是昂貴，便越能代表她們的身分地位。這般可以令她們芳香永久的絕妙佳品，她們必然趨之若鶩。」紀師師道。

李安然聽得連連點頭。「看來我找妳是找對人了，妳和我想的一樣。」

「這東西，妳準備賣多少銀子？」紀師師問。

說到價格，李安然頭一次露出了跟清秀樣貌不同的狡猾來。「妳是頭一個看到香水的人，也就是我的第一位顧客了，我倒是想請妳估個價，依妳看，這一瓶香水，能賣多少錢？」

紀師師仰天哈了一聲，用豐潤白皙的手指在她額頭輕輕一點。「原來在這裡等著我呢，怪不得妳方才說是來敲我的竹槓！」

李安然微笑不語。

紀師師略略思索，再次開啟瓷瓶，在李安然的指點下，倒出幾滴晶瑩的水滴，塗抹在兩隻手腕內側和耳後。

她長長地吐出一口氣。

「果然幽香脫俗……」她捏著瓶子對李安然道。「如此佳物，不知有多少女人要為它著迷了。」

思索了半天，她才最終說道：「既然是妳要做生意，開門紅我總要捧的。這樣吧，我出這個數。」

她舉起兩根手指。

「二十兩？」李安然微微一笑。

「怎麼，還嫌少？」紀師師挑眉。

李安然失笑。「貨賣與識家，要說別人，倒還有砍價的可能，既然是妳說的，那必然是公道價。」說著她又笑了一聲。「二十兩一瓶，果然是價比黃金了。」

紀師師曼妙一笑，揚著瓷瓶。「那是自然！」

李安然知道她故意將價格叫得這麼高，仍是想藉機貼補她。

若說估價，李安然自己才是真正的行家，掌管程家產業三年，一瓶香水該定多少價，她自己最清楚，紀師師的出價，已經超出了她心裡的價位。

不過她並不想拒絕紀師師的好意，二十兩銀子對紀師師來說，不過九牛一毛，若是連這麼一點心意都拒絕掉，那就過於矯情，不配叫做知己了。

「既然妳是第一位買主，便再讓我討個口彩，給這瓶香水起個名字吧。」投桃報李，李安然提出了這樣的要求。

紀師師略略想了一下，便微笑道：「梅花素有香雪海之稱，梅香雋永，凌寒獨自開的姿態最是令人心折。既然如此，便叫做雪裡香吧。」

雪裡香——大乾朝第一瓶香水的名字，便在靈州花魁紀師師的口中誕生了。

紀師師知道李安然趕在除夕這日來兜售香水，必然是家裡境況不好，急需銀子過年，所以在付了二十兩銀子之後，還體貼地派了兩個小童、一個丫鬟，幫她出去採買東西。

原本除夕店家都是不開門的，不過紀師師派來的丫鬟朵兒十分機靈，帶李安然去的都是紀師師經常光顧的店家，這些店家都是本地人，雖說已經關張，但看紀師師這大主顧的面子還是要賣的。

因此，李安然倒是各種東西都置辦齊全了。

她打發了朵兒和那兩個小童回去，自己雇了一輛牛車，帶著一車的年貨趕回清溪村。

日頭將將墜在西山頂上的時候，終於到了清溪村。

裴氏和李墨早已翹首企盼多時，見到她回來，欣喜不已，李墨更是歡呼一聲，撲進了李安然的懷抱。「娘給墨兒帶了好吃的嗎？」

「好吃的多著呢。」李安然笑著應道。

裴氏看著一大車的東西，有點傻眼。「這……這些都是娘子買來的？」

「我去了一趟胭脂斜街，問師師姐借了一些銀子。」李安然說道。

紀師師和李安然的交情，裴氏是知道的，這才放下心來。「到底還是紀姑娘念著娘子。」說著，她便上前卸貨。

車上的東西著實有些多，遠遠超出了裴氏和李墨的想像，連李安然和車夫在內，四個人也來回搬了好幾趟，才把東西都拿完。李安然付了銀子，打發車夫走。

當下，老少三人都動起手來，整理年貨的整理年貨，收拾食材的收拾食材，開始籌備年夜飯了。

夜幕低垂，籠罩四野，清溪村家家戶戶都掛著紅燈籠，闔家團圓共同守歲，年夜飯的誘人香味混雜著爆竹硝煙、紙馬燭香，飄散在空中，成為每個人記憶中最傳統、最溫暖的年味兒。

李家小小的茅屋裡，紅燭煌煌，大門外掛著兩個大大的紅燈籠，都寫著「福」字，地下炭盆燒得火紅火紅，屋內屋外不僅明亮如白晝，更是充滿了溫暖和喜慶。

子時正，歲末交替，除舊迎新。

李墨在李安然的保護下，將一掛長長的鞭炮掛在簡陋的院門邊上，然後點上引線，興奮地邁著小短腿跌跌撞撞地跑回門口。未等李安然將他耳朵捂好，噼哩啪啦的爆竹聲便響徹了夜空。

如同一聲號角，同一時間，溪對面的村莊裡也響起了熱熱鬧鬧的鞭炮聲，夾雜著小孩的歡呼，在夜空下傳得很遠很遠。

第九章　造謠生事

正月初一，靈州城內到處都是新年的氣氛，人人都穿著新衣裳，滿面的紅光。家家戶戶門口掛著紅通通的大燈籠，地上隨處可見鞭炮燃放後的碎屑，硫磺硝煙的味道也是最經典的年味兒。

程家大宅年前就灑掃除塵，粉飾一新。男主人外出三年終於回歸，又換了新的女主人，少不得要有一番新氣象。短短幾天之內，曾經的當家女主人李安然的影子便已經被掃得乾乾淨淨了。

姚舒蓉懶洋洋地躺在鋪著柔軟白熊皮的躺椅上，看著底下的丫頭跪在地上，小心翼翼地給她的指甲塗蔻丹。

春櫻掀了門簾走進來，站到姚舒蓉旁邊。

「夫人，奴婢已經打聽清楚了，李安然他們下了清山之後，就住進了山腳下的清溪村，裴氏在村裡有兩間祖屋。」

姚舒蓉微微抬起眼皮。「她運氣倒好，還能有瓦遮頭。」

「她不會總是這麼好運的，奴婢想起她打的一巴掌，到現在還疼。」春櫻撇嘴道，她用手捂住自己半邊臉，臉上的神情又是怨恨又是可憐。

姚舒蓉看她一眼。「妳不用在我面前裝可憐，就算沒有妳挨的這一巴掌，她加諸在我身上的羞辱，我也絕不會忘記！」
「就是，那李安然屢次羞辱奴婢，分明就是沒把夫人放在眼裡。」春櫻故意煽風點火。
姚舒蓉安靜地想了一小會兒才說道：「春櫻，妳去找個穩妥的人來。」
春櫻忙道：「夫人要做什麼？」
姚舒蓉冷笑。「她李安然不是住到清溪村去了嗎？我們總該讓清溪村的人都知道這位李娘子是個什麼人物。」
春櫻眼珠子一轉，就猜到了姚舒蓉的用意，驚喜道：「夫人是想……」
她沒有再說下去，主僕倆對視一眼，心照不宣，嘴角都泛起了一絲冷笑。
這時候門簾一動，程彥博走了進來。
「喲！妳們主僕說什麼悄悄話呢！」他見了姚舒蓉慵懶的樣子，眼睛一亮，走過來故意擠著她道：「讓我也躺躺。」
躺椅太小，根本躺不下兩個人，姚舒蓉任由他在自己身上挨挨蹭蹭。
春櫻臉色泛紅，覺得不好意思，可又不願意移開視線。
等到程彥博在她身上掏了好幾把，姚舒蓉才一把按住他的手，噘嘴嗔道：「你這個沒良心的，就知道折騰我，我叫你打聽的事情，都打聽清楚沒有？」
程彥博手被按住，心裡卻癢得不行，只得急急討好。「打聽了打聽了，護國侯早就從清山下來了，如今就在侯府內，我叫人遞了拜帖，過了初九我們就去拜訪。」
「這還差不多。」姚舒蓉心頭一鬆，放開了手，任由程彥博在身上揉弄。

她雖然記恨李安然讓她出了醜，但對救了李安然的雲臻卻不敢記恨。那日事後她派人去打聽，才確定原來搶她馬車的竟然真是靈州城的護國侯，名副其實的皇室宗族，大乾朝頂尖的貴族階級，頓時後怕起來。

因此從莊子上一回來，她就跟程彥博說了這件事，並催著程彥博去打聽侯府的行程，好上門拜訪，消除誤會。

此時得到了程彥博肯定的答覆，她心裡也就放下了一塊石頭。想來侯爺跟那李安然不過萍水相逢，也沒什麼交情，不至於因為這麼點小事就跟程家過不去。

過了正月初三，日子開始有了點暖意。

初四這日，田氏便張羅著為李安然他們建廚房，裴三石叫了三個關係好的伴當，在李家忙活，和泥、夯牆、搭灶臺，一直幹到日斜西山，最後還剩個屋頂沒鋪好，便約好隔日再來半天工夫完工。

初五一大早，李安然和裴氏便起來了。裴氏準備上市集買點好肉好菜，等完工了好答謝田氏夫婦以及那三位村民。

「娘！我出去啦！」李墨也跟在李安然屁股後頭早早地起了床，穿好衣裳，隨便吃了早飯，便歡天喜地地準備出門。

裴氏正在洗衣裳，忙不迭地叫道：「幹什麼去？」

沒等她問完，李墨早就屁顛屁顛地跑出院門了。

去。

「他昨日認識了幾個小夥伴，瘋玩了半日，眼下肯定又是找他們去了。」李安然笑道。

裴氏扠著濕漉漉的手，嘆了口氣。「也難為這孩子了，從來都沒個伴兒。」

說話間，就看見田氏和裴三石遠遠地走了過來，裴氏忙把手在圍裙上擦了擦，迎了上去。

「今天來得這麼早呀！」

田氏笑呵呵應著，裴三石的臉色卻有點古怪。

「田姐姐早安。」李安然迎上去，先向田氏打了聲招呼，接著又對裴三石道：「辛苦三石大哥了。」

裴三石脹紅臉，僵硬地擺手。「沒，沒什麼……」

田氏斜瞟了他一眼，然後才對李安然道：「到底娘子是大戶人家出身，禮數就是比我們周全。我這男人笨得很，娘子可別笑話。」

「怎麼會呢，來到這裡，全靠田姐姐和三石大哥幫忙，我們感謝還來不及呢。」李安然笑道。

「可別這麼客氣，我跟裴姐姐可是手帕交，哪有不幫忙的道理？」田氏說著便拍了一下丈夫的胳膊。「還愣著做什麼？還不幹活去！」

裴三石最是老實，田氏一吩咐，便趕緊去了尚未完工的廚房那邊，挽了袖子就開始忙活。

田氏對李安然笑笑道：「我也幫忙去。」說完也過去幫忙。

李安然看著他們夫婦倆忙碌的身影，心裡感到有點怪怪的。田氏平日是個很熱情的人，最大的特點就是愛說話，沒事都要說上半天話的，今日卻好像不願多說；而裴三石的表情也有些僵硬，眼神總不敢跟她對視。

她只當是自己多心，搖了搖頭。

此時，裴氏剛晾完衣裳，邊擦著手邊道：「那娘子先照應著家裡，我去買些肉菜來。」

李安然剛要點頭，就見李墨小小的身影風一般的從院門口跑進來，也不叫人，埋著頭就往屋裡衝。

她一眼瞄到他身上、臉上似乎都有些污跡，忙叫道：「站住！」

李墨平時最聽她的話，正常的話早就站住了，可今日卻一反常態，聽到叫聲反而跑得更快。

李安然越發覺得不對勁，衝過去一把攔住他。

李墨才多大的人，被她抓住之後，頓時慌張起來，恨不得把頭埋到褲子下面去。

李安然上下一掃，就見他頭上、衣服上都是泥巴污痕，衣裳也揉得亂七八糟，眉頭一皺，雙手捧住他的臉蛋施力抬起，就見他左邊顴骨上方像是被什麼東西打了一下，紅紅的，還擦出幾條血絲。

「怎麼回事?你跟誰打架了?」

李墨眼睛紅紅的，卻抿著嘴不說話。

裴氏聽見李安然的話，也走過來，一見之下，頓時叫嚷起來。「哎呀我的小祖宗，這是怎麼弄的！」

「到底怎麼回事？你是不是跟人打架了？」李安然嚴肅地道。

李墨小臉蛋憋得紅紅的。「是他們先動手的！」

「他們？」李安然猜應該是他昨天認識的幾個小孩。「他們為什麼打你？是你惹了他們嗎？」

「才沒有！」李墨一下子激動起來，淚水在眼眶裡打轉。「他們說娘親是不要臉的壞女人，還說墨兒是野種！」

「什麼?!」裴氏驚叫。「是誰這麼說？」

李墨又委屈又生氣地道：「就是他們，虎頭、小牛和狗子！」

裴氏怒道：「這些臭小子，怎麼能亂說，誰教他們的！」

打李墨被李安然抱養進程家，就不斷被人說閒話，從前李安然是程家少夫人時，別人還不敢當面說，但自從李安然被休出程家，先是姚舒蓉，再是春櫻，都說過李墨是野種，現在幾個不相干的小孩也這麼說，怪不得裴氏生氣。

李墨看李安然的臉色非常難看，以為她是在生他的氣，嗚嗚地哭了起來。「他們說娘親是壞女人，我才跟他們打的，可是他們有三個人，我打不過……」

小小的包子臉上涕淚橫流，看得裴氏心疼死了。

她一面幫他擦眼淚一面哄道：「墨兒不哭，姥姥在呢，沒人敢欺負墨兒。」

李安然卻從李墨的話裡聽出來一些端倪。小孩子怎麼會突然說出什麼「不要臉的壞女人」、「野種」這種辭彙，歷來這種話都是大人說了，教給小孩子，或者小孩子自己聽到，才會這麼說。

她抬起頭，正好看到廚房牆下的田氏慌張地扭過頭去，立即聯想到田氏和裴三石今日的異常，事情恐怕不簡單。

李安然站起來走到田氏身邊。「田姐姐。」

「啊？」田氏一副茫然的樣子。「娘子叫我？」

她雖然刻意裝作才聽到的樣子，但慌亂的眼神卻瞞不過李安然的眼睛。

「田姐姐素來是實誠人，給我們家幫了許多忙，我對田姐姐是感激不盡的。只是今天的事，關乎到我家的名譽，連墨兒都挨了打，還望田姐姐告知。」

田氏臉色變了幾下，長長地嘆了口氣。「好吧，我說，只是娘子聽了可別生氣。打你們來到清溪村，村民們都在猜測你們的身分，原來都以為是裴姐姐帶著兒媳婦和孫子在這兒落戶。但就在昨天，有人來我們家打聽妳的事，問娘子是不是靈州程家的夫人，還一連好幾波。我覺得奇怪，出去問了問，這才知道，原來不知哪個缺德的到處造謠，說什麼娘子因為偷人，讓程家捉姦在床，才被休了出來，而墨兒就是妳跟姦夫生的野種。」

「什麼?!」裴氏聽了，震驚地瞪起眼睛。「是誰爛舌根造的謠，我們娘子清清白白，怎麼可能偷人！」

田氏早料到她會生氣，忙安撫道：「是是，我們都知道娘子是清白的。可是那些人不知聽了誰胡說，現在都當是娘子做了不名譽的事情，才被程家休了。我們自然要幫你們解釋，可是他們以訛傳訛，說得有鼻子有眼，哪肯聽我們的。」

「怪不得連小孩子都敢說什麼野種，把我們墨兒打成這樣。我要去問問，到底是誰在誣衊我們娘子的名聲，他們這麼胡說八道，難道不怕天打雷劈嗎？」裴氏越想越憤怒，說著就要往外衝。

田氏忙一把拉住她。「哎喲我的老姐姐，妳這是要幹架的氣勢啊，那不是更說不清楚了嗎？」

「田姐姐說的沒錯，妳現在出去，人家只會以為我們惱羞成怒，越發說我們心虛了。」李安然也跟著阻止。

「可要是由著他們亂說，娘子妳以後還怎麼做人，我們家還怎麼在這村裡立足？」裴氏憤憤不已。

「無風不起浪，空穴才來風，要想闢謠，就得先知道謠言的源頭在哪兒。」李安然道。

田氏忙道：「是了是了，娘子說得對，這謠言昨天白天的時候還沒有，怎麼昨晚我們回去，就滿村子都傳遍了，說不定就是有人故意散播。」

「也不知什麼人，居心歹毒，要害我們娘子。」裴氏不平。

「奶娘，妳先帶著墨兒進屋去洗漱一下，看看還有沒有哪裡傷著。」安排了裴氏，李安然又對田氏道：「田姐姐，有勞妳再去打聽打聽，看大家都是從誰那裡聽來這些謠言的。」

田氏忙點頭。「娘子放心，我省得。」

她說完便離開小院，回村裡去打聽。

李安然回到屋子，見裴氏已經給李墨脫了衣服，檢查過身體，除了胳膊上的瘀青和臉上的擦傷，倒沒有別的傷痕，只是李墨的情緒還有些不好。

「墨兒怎麼了？挨了打，難過了？」李安然蹲在孩子面前，柔聲問。

李墨任由裴氏在他的臉上搽藥，說道：「不是的，他們打了我，可我也打了他們。但是他們罵娘是壞女人，墨兒才生氣。」

李安然心中感動，從裴氏手中接過藥粉和帕子，輕輕地給李墨上藥。李墨乖乖地偎在她懷裡，用一隻手牽著她的裙襬。

屋內親情濃郁之時，院子外面卻來了一輛馬車，青篷油壁，車門上方掛著兩個小小的香囊，別緻又好看。

這樣的油壁香車在清溪村可是十分少見，正在幹活的裴三石忍不住多看了幾眼。

馬車到了院門口，車門打開，一名紅衣少女從車上跳下來，細細的一把小腰，白色羅裙底下露著小小的兩個鞋尖。

裴三石頓時覺得多看一眼都是冒犯，趕忙低下頭去。

少女走到院子裡，高聲叫道：「李娘子在家嗎？」

李安然從屋子裡走出來，驚喜道：「朵兒！妳怎麼來了？」

朵兒輕快地走過去，先向她福了一下。「娘子新年好。」

李安然笑咪咪地回了禮。

「我們小姐叫我來給娘子拜年，還有要事跟娘子相商。」朵兒一面說著，一面吩咐車夫將馬車上的年禮搬下來。

李安然便叫裴氏出來接東西，自己則牽了朵兒進了屋子。

「你們小姐叫妳來，可是為了香水一事？」

「娘子料事如神，上回您送來的那一瓶雪裡香，我們小姐用了，說比原先預料的還要好，她說了，要送娘子一場大買賣！」朵兒笑道。

「大買賣？」李安然饒有興趣。

朵兒從袖口裡取出一封桃紅色灑金的請柬，遞給她。「我們小姐養的幾盆蘭花開了，籌備著初九那日辦一個蘭花宴，邀請了交情好的幾位姑娘，還有一些大戶人家的小姐夫人。今日奴婢來，就是請娘子提早準備，多釀一些香水，到時候一展風采，必然就能做成大買賣了。」

請柬做得十分精緻，李安然展開一看，果然是初九日蘭花宴。

紀師師如此慎重籌辦，並不是真的為了請人賞花，而是為了替她的香水生意鋪路，這個宴會上來的都是靈州城風月場裡當紅的姑娘，還有上流的貴族女眷。若是能在宴會上將香水推銷出去，李安然籌劃中的香水生意，未來自然便是一片光明了。

有知己如此費心籌謀，李安然心中感動，更是充滿了鬥志。

「妳回去跟妳家小姐說，我多謝她費心，必定仔細準備。只是還要請妳家小姐幫忙，替我買幾個瓶子，水晶瓶或是薄胎瓷瓶都使得。」李安然向朵兒形容瓶子的大小。

朵兒捂嘴笑了一下，由腰間掛的一個大荷包裡取出一個晶瑩剔透的水晶瓶，問道：「娘子看，這樣的瓶子可使得？」

這瓶子為淺黃色水晶所製，約莫三寸高，肚大頸細，圓潤光滑，瓶口波浪狀，如同一朵張開的蓮葉，用一顆琉璃珠塞著，琉璃珠五彩斑斕，頂部燒製成一朵梅花。

「好漂亮的瓶子。」李安然驚喜道。

「娘子上次送來的雪裡香，小姐喜歡得不得了，只是覺得瓶子太樸素了一些，便找了一個粉水晶瓶裝了，沒想到意外地好看，小姐就說，香水合該就是用水晶瓶裝，所以叫奴婢拿了一個過來，提醒娘子，沒想到娘子也已經想到了。」朵兒道。

李安然收下這個瓶子。「回去跟妳家小姐說，就要這種瓶子，不只是這個樣式的，若有別的好看的也可以，妳家小姐眼光好，不需我多說，一定也明白我的意思。」

「娘子放心，妳交代的事奴婢一定辦妥。」朵兒笑著應了。

兩人商議完畢，朵兒便坐了馬車走了。

第十章 又見雲臻

程家以香料生意起家，李安然自小跟隨程老夫人，也學了一手調香本領。若要調出上好的香膏、香粉，並非只用一味香料便可以做到。雖然香水並非發源於乾朝，而是她從林鳶記憶中採用來的，但與調香一樣，好的香水，同樣需要多種香料混合製作。

正月初九蘭花宴，是香水打響第一炮的關鍵，紀師師費了這樣多的心思幫她籌劃，她自然也要釀製更好的香水。

只是她如今缺少資金，若要購買許多香料原料，負擔未免太重。思來想去，她終於想到一個方法——清溪村離清山不遠，山上說不定有一些奇花異草，可以用作製造香水的原料。

所以第二天，李安然一早起來，跟裴氏說了一聲，便揹了一個竹簍獨自上了清山。

人間四月芳菲盡，山寺桃花始盛開。外面還是春寒料峭，清山因為有溫泉，山裡比外面還要暖和一些。

李安然在僻靜的山路上走著，四處張望尋找合適的香花。

乾朝人愛梅，清山上的梅樹好找，不多時，她便已經採摘一小筐臘梅的梅枝。繼續尋找了一會兒，竟又在一處山泉邊上，發現了一叢野生的金盞銀台水仙，白色的小花簇擁著一抹濃黃，清香撲鼻。

山中安靜，只聞鳥語花香，微微濕潤的空氣令人神清氣爽。此時正好走到一處山坡之下，彷彿靈犀一動，她抬頭往那坡上望去，驚喜地發現，竟然有一叢碧綠從山石後面露出來，葉片中間隱約藏著一抹淺黃色，似乎是一株蘭花。

這山坡並不算陡峭，李安然便乾脆挽起裙襬繫在腰間，攀著山坡間突出的草木石塊，一點一點地往上爬去。

山坡看著不算高，居然也爬了有兩刻鐘。

等到她上到坡頂，才發現原來坡後是一小片竹林，蘭花喜陰，正合適生長在這裡。方才她在山崖下，視線被石頭阻隔，只看到一抹淺黃，如今站到崖上，才發現碧綠的葉叢中間簇擁生長著七、八枝花梗，每一枝上頭都長著八、九朵花，花朵為淺黃綠色，分窠半硬捧心，芳香濃郁，婀娜高雅，正是一株品相上乘的蕙蘭。

李安然欣喜地將背簍解下來放在一邊，從簍裡取出一柄鐮刀，準備將整株蘭花連根挖起。

正當她彎腰下去，準備撥開葉叢尋找根莖的時候，一角寶藍色的衣襬從蘭花旁邊的大石頭後一閃而過。

有人?!

李安然一驚，腰一挺就準備起身，一隻手突然從她腦後伸過來，快速捂住了她的嘴，同時飛快地將她拽入了石頭後面。

「唔……」李安然感覺到自己背後靠到了一堵結實的胸膛，身體被一雙有力的胳膊給箝制住，鼻間聞到的都是屬於男人的雄性氣息。

她心中驚慌至極，以為遇到了山匪強盜，下意識地掙扎起來。

「噓，別出聲……拜託拜託，千萬別動。」身後的男人壓低聲音，語氣中帶著懇切。

也因為他語氣溫和，似乎不像壞人，李安然心中微微鬆了一些，想問對方為什麼抓住她，可是嘴巴卻被他捂住了。

男人察覺到她的動作。「哦，妳想說話啊。」

李安然便感覺到嘴上的手微微鬆開，但下一刻又猛地一緊，同時身體也被他往懷裡一帶，兩人貼得更加緊密。

她頓時緊張起來，正待掙扎，耳邊忽然聽到沙沙的動靜，像是很多人在草叢中飛快奔走。

「快快，我看到他往這邊跑了！」

「這回非得抓住他不可！」

腳步聲嘈雜，快速地往他們的方向移動過來。

是衝著這個男人來的——李安然本能地意識到這個事實。

腳步聲來到大石頭附近便停住了，那些人似乎在四處搜索。

「怎麼不見了？」

「我明明看見他的，跑得跟兔子似的。」

幾個人對話著，草叢被撥得簌簌作響。

這幾個聲音……好像有點耳熟。李安然蹙眉思索，是在哪裡聽見過呢？好像就在不久前。

而與此同時，她身後的男人卻不住地往後縮，彷彿恨不得把自己縮成一隻烏龜。李安然身體被他箝制著，他的胳膊力氣很大，她一動也動不了，嘴巴也被捂得緊緊的，呼吸都有些困難了。

過了一會兒，草叢變得安靜起來，外頭似乎一點聲音也沒有了。

難道那些人已經走了？

就在李安然剛剛生出這個想法的時候，一道聲音幾乎就在頭頂上響起。

「趙大公子原來喜歡躲貓貓啊！」

李安然和身後的男人同時驚訝地抬頭，就見一個年輕男子蹲在大石頭上面，正笑咪咪地看著他們。

孟小童！

竟然是孟小童！

李安然瞪大眼睛，怪不得她剛才覺得聲音耳熟，原來是孟小童，另外兩個聲音她也想起來了，正是劉高和李虎——護國侯雲臻身邊的「三劍客」。

而不同於李安然的驚喜，她身後的男人卻是全身洩氣地一垮，無比頹喪。

「真是倒楣，這都被你們找著了。」他雖然說著話，卻依舊沒有鬆開李安然。

孟小童從石頭上跳下來，抱著胳膊笑嘻嘻地看著石頭後面的男人。

男人垂頭喪氣地從石頭後面走了出來，手裡還緊緊地抓著李安然，把她當擋箭牌一樣地擋在身前，只是不再捂著她的嘴了。

李安然側過頭，才看清楚，這也是一個年輕男子，穿著寶藍色的長衫，面容算俊朗，只是以男人來說，眉毛略細了一些，加上頭髮抹得比女孩子還要光亮，正好符合油頭粉面這四個字。

而隨著他們兩人走出來，外面幾個人也都圍了上來。

孟小童、劉高、李虎，李安然猜得一點也沒錯。

可除了這三個人之外，還有一個男人，一身黑色繡暗紋雲錦的長衫，烏黑的頭髮都梳在頭頂，用一頂金冠攏住，濃黑的眉毛斜飛入鬢，兩隻眸子深邃得猶如黑水晶，薄薄的嘴唇只是微微抿著，便透出一股逼人的氣勢。

正是護國侯雲臻。

對於在這裡碰見李安然，雲臻也有些意外，下意識便多看了兩眼。

「李娘子怎麼也在這裡？」倒是孟小童先道出了疑惑。「莫非……李娘子也認識趙大公子？」

李安然這才知道挾持著自己的男人姓趙。

「我若是認識這位趙公子，還會被他這樣挾持嗎？」

孟小童用食指撓了撓臉，感覺自己似乎問了個傻問題，便轉而問她身後的趙大公子。

「趙大公子，你挾持這位娘子做什麼？我們又不打算對你動手。」

「你們不打算動手，還把我追得跟狗一樣滿山跑？哼！」趙承哼哼道。

這時候，雲臻才淡淡開口。「趙承，我只要你說出趙焉的行蹤。」

趙承搖頭。「不用費心了，雲臻，我知道你想幹什麼。我弟弟對不起你們雲家和你妹妹，他是作了孽，可是我們兩家的關係你心知肚明，我弟弟不可能對你妹妹負責，趙家的男人不可能娶雲家女子為妻。」

他前面說的話都還好，到了最後一句時，雲臻臉色便是一冷。

「你不必自作多情，就算你們趙家願意，我雲家也絕不會與你趙家結親。」

趙承納悶道：「你不是要我弟弟娶你妹妹？那你為什麼打聽他的行蹤？」

雲臻面無表情，一字一字道：「自然是為了要他的命！」

說出最後一個字時，他眼中殺機一閃。

趙承頓時打了個哆嗦，有點不敢相信。「你、你是開玩笑的吧……」

他們兩人的對話雖然沒頭沒尾，但李安然還是聽出了些端倪。

先前她在雲家別院養病時聽過一些風聲，也見過雲璐，知道她未婚先孕的事情。此時聽雲臻和趙承的對話，莫非害雲璐懷孕的正是這位趙大公子的弟弟，雲臻口中的趙焉？

可是這兩家又是什麼關係，為什麼看起來跟仇人似的，還說趙家絕不娶雲家女為妻，雲家也絕不與趙家結親？

李安然不明白兩家的恩怨，一頭霧水。

雲臻還是那副沒表情的冰山臉，冷冷道：「你看我，像是開玩笑嗎？」

趙承沈默了。

孟小童和劉高、李虎都抱著胳膊，悠閒地站在旁邊觀望，臉上帶著一絲捉弄的笑意。

突然間，趙承像隻被踩了尾巴的貓一樣跳起來，尖著嗓音道：「那我就更不能告訴你我弟弟的行蹤了！我趙承雖然文不成、武不就，卻絕不會出賣自己的親人。你雲臻有本事，就天涯海角去查，要能殺了我弟弟，就算你厲害！」

他這一跳一吆喝，手舞足蹈，偏偏卻還抓著李安然不鬆手，把她也扯得東倒西歪的。

李安然看出來了，這位趙大公子看似輕浮，實則奸猾得很，雲臻未必是真想殺趙焉，趙承也未必真有膽量跟雲臻撕破臉。只是他們之間的恩怨，把她拉在這裡旁聽卻是什麼道理。

被趙承又扯了一下，差點摔倒之後，她終於忍不住說道：「這位趙大公子，雲侯要殺你弟弟也好，你要為你弟弟講義氣也罷，與我都沒有干係，是不是請你先放開我再說？」

她這話音一落，旁邊孟小童便先忍俊不禁地嗤笑了一聲。

趙承很意外地看著她，臉上有點愣愣的，像是才發覺自己一直拽著人家。然後再轉頭看看雲臻四人，都是一副看傻子一樣的神情看他。

李安然見他沒反對，便自顧自地撥開他抓住她衣袖的手。

「不，不對！」趙承突然間反應過來，重新抓住李安然。「你們是認識的！」

他想起剛才孟小童跟這個女人打過招呼，顯然是舊識，頓時興奮起來，不僅沒有放開李安然，反而抓著她的胳膊一把拉到自己跟前，用另一隻胳膊勒住她的脖子，衝雲臻四人喝道：「別過來啊，再過來我就對她不客氣了。」

這個變故把李安然弄得莫名其妙，她不明白，怎麼自己忽然間又成了這位趙大公子的人質了。
雲臻也是皺起了眉頭。
「趙承，你不要胡鬧了，這女人跟我一點關係也沒有。」
趙承嘿嘿笑道：「別騙人了，你要不認識她，怎麼還不上來抓我？你不是武功高強，我躲到哪兒你就追到哪兒，什麼時候對我客氣過，怎麼現在倒不上來動手了？」
他一面說，一面不動聲色地往後退，李安然自然也被他帶著一路往後挪。
孟小童一臉納悶。「趙大公子，我們侯爺只是要問你弟弟趙焉的下落，又不是要你的命，你這又是挾持又是威脅的，演的是哪一齣？」
「我演的是哪一齣？我呀……」趙承一面說，一面用眼角餘光注意著身後的地形，眼看著已經退到山坡邊上了。「我呀，就是不能告訴你們……」
他裝作還在說話，卻猛然間把李安然一推，縱身就朝山坡下跳去。
這一下變化可謂兔起鶻落，至少李安然是一點預料也沒有，她只覺得肩膀和腰背上同時一股大力襲來，身體便狠狠地朝前栽去，而眼角餘光則看到趙承寶藍色的身影義無反顧地往山坡躍下。
頓時她明白了，原來他剛才東拉西扯都是在為逃跑做掩護。
這個山坡因為被一塊大石頭擋住，以雲臻四人的角度，看不到坡勢如何，不過李安然卻知道，這山坡並不陡峭，就算直接滾下去也最多弄點皮外傷，絕不會有什麼危險，因為她就是從下面爬上來的。

就在趙承已經跳出山坡頂，身體凌空的同時，呼地一聲銳響，一根細長的鞭子破風而來，像長了眼睛一樣朝趙承射去，鞭梢往回一捲，如靈蛇般捲住了趙承的腰，然後趙承的身體就像一隻煮熟的大蝦一樣弓著被拉了回來。

另一邊，李安然被趙承推了一把之後，整個身體向著前方堅硬的地面栽了過去。這要是摔實了，不傷筋動骨也要破相。

而此時，站得離她最近的就是雲臻。

雖然兩人第一次見面的經歷並不算愉快，不過出於貴族的風度和男人的擔當，總不可能眼睜睜看著一個弱女子摔在自己面前。

所以雲臻還是出手了。

在李安然即將撲向地面之際，他一個箭步上前，單手一探便抓住了她的後脖領子。

然後，所有人都聽到了清晰的「咔吧」一聲。

第十一章 此男惡劣

如果說，雲臻的出手相救，讓她避免了摔個狗吃屎甚至於破相的危險，李安然覺得，自己是應該感激他的。

但當腳踝處唠吧一聲，傳來清晰且鑽心的疼痛時，她覺得，這種感激似乎也不是很有必要了。

而此時此刻，雲臻的心情，絕不像他臉上的表情那般淡然。

從小習武的他，擁有一副好身手，即便面對十倍於己的敵人，他也有把握全身而退。然而現在，因為一時的疏忽，不過是救一個女人而已，竟然鬧出了令對方腳踝脫臼的烏龍。

如果要用一個比方來形容，那麼他此時的心情，就好比吃飯吃到一隻蒼蠅，後悔不該伸這一筷子。

於是山坡之上出現了這樣一幕尷尬的場面。

天神一樣英偉俊朗的雲侯爺，像提一隻雞仔一樣提著李安然，臉黑得如同鍋底。而被他提著的李安然，則因為疼痛而抿著嘴唇，嘴角不住地抽動。至於深知自家主人脾氣的劉高和李虎，此時明智地選擇了沈默。

這時候，孟小童拽著趙承走了過來。方才用鞭子將趙承從空中拉回來的正是他，而趙承此時則一副死狗樣。

他費了這麼多心思，好不容易找到一個逃跑的機會，沒想到人家早有防備，才跳起來就被孟小童用鞭子捲了回來，還摔了一屁股，現在渾身都痛呢。

「咦？侯爺、李娘子，你們這是在做什麼？」無知的孟小童，問出了一個最不合時宜的問題，卻也幸好有這一問，才打破了這詭異的僵局。

雲臻慢慢道：「女人，妳可以起來了。」

李安然側頭抬起，嘴角微扯。「多謝侯爺相救，侯爺真是好、身、手。」

她是很想起來，但脫臼的右腳沒有辦法使力，而目前這種半凌空的姿勢，單靠一隻腳又無法站起。

她語氣裡的嘲諷，誰都聽得出來。

雲臻板著臉。

「咳咳。」厚道的劉高走了過來，伸手扶住了李安然。

在他的幫助下，李安然終於順利地站起來，而雲臻也適時地放開了手。

劉高扶著李安然，小心地坐到地上，雙手握住她右腳踝，輕輕地捏著。

李安然悶哼了一聲。

「還好，只是脫臼了。」檢查完的劉高如是說道。

孟小童這才知道，自家武功高超的侯爺救個人，居然把人家給弄傷了，不由瞪大眼睛看了他一眼。

雲臻背著手，凶狠地瞪他。

孟小童趕緊把目光移開——惱羞成怒的男人真是太可怕了。

「哈哈……」另一個看明白情況的男人不知死活地笑了起來。「太好笑了！雲臻你不是武功蓋世嗎？你不是英明神武嗎？救個人居然還把人腳弄脫臼了，哈哈哈，笑死我了！」

趙承捂著肚子，笑得直打跌，彷彿這是天底下最好笑的笑話。

雲臻把手從背後移到前面，抱著兩條胳膊，冷冷道：「你是不是還想體會一下，被追得像狗一樣滿山跑的滋味？」

趙承的笑聲戛然而止。

他明白了，雲臻雖然不會真的要他的命，但要折騰他，實在是小菜一碟。

不過他的犯傻並不是沒有作用，至少李安然忍不住向他看去，而就這一眼的工夫，劉高捏著她腳踝的雙手一緊，嗒地一聲便將腳接了回去，李安然只感覺到了一瞬間的疼痛。

「多謝劉大哥。」她感激地對劉高說道。

劉高微微笑了笑。「娘子的腳踝雖然已經接好，但現在還不宜使力，需要休息。」

「可是我上山已經有半天了，若再不回去，我的家人一定會擔心。」李安然露出了為難的神色。

劉高也有點為難，抬頭看了一眼雲臻。

雲臻回給他一個淡淡的眼神。

別人或許沒法體會他這個眼神的含義，但作為跟隨雲臻十幾年的貼身侍衛，無論是劉高還是李虎、孟小童，都能從雲臻的一個動作、一個眼神，甚至於一個最細微的表情變化中，領會到自家主人的意思。

接收到他這個眼神的劉高，便回頭對李安然道：「娘子家在哪裡？我們送妳回去。」

李安然抬頭看了看雲臻，雲臻則扭開了頭。

雖然他什麼也沒說，但她也想得到，若不是他同意，劉高也不會這樣作主。

「那就多謝劉大哥了。」她故意不說感謝雲臻，只感謝劉高。

劉高轉頭對李虎道：「你過來揹李娘子。」

一直在旁邊看戲，什麼也沒說，什麼也沒做的李虎，一副茫然的表情，用一個指頭指著自己。「我？」

「當然是你。」劉高道。

「憑什麼一有累活就是我？」李虎鬱悶道。

劉高笑了起來。「誰讓你塊頭最大最有力氣，能者多勞嘛。」

三人之中，孟小童是雲臻的侍衛長，一向是做指揮的；劉高心思細密，處事老練；而李虎的特點便是身形魁梧，特別孔武有力，體力活總是輪到他。

看來李虎自己也已經習慣了這種分配，雖然發了一句牢騷，但還是老老實實地過來，揹起了李安然。

李安然伏在他背上，歉然道：「辛苦李大哥了。」

李虎嘿嘿一笑，顯得很憨厚。

李安然又轉向劉高。「還得麻煩劉大哥一件事，我上山是為了尋一株蘭花，劉大哥可否幫我將那株蕙蘭挖起，放到我的背簍裡。」

劉高點點頭。「小事一樁。」

他走到大石頭旁邊，用李安然掉在草叢裡的鐮刀，將蕙蘭連根挖起，放進背簍裡，揹在自己肩上。

從始至終，雲臻就一直抱著胳膊，看著這山裡的景色，一句話也沒說。

李安然也沒搭理他，等劉高挖好蕙蘭，她便說了自己在清溪村的住址，劉高點點頭，走到雲臻跟前。

「侯爺？」

雲臻這才回過頭，淡淡道：「好了？」

「是，都處理好了。」劉高回道。

雲臻點了一下頭。

於是，李虎揹著李安然，劉高揹著裝了梅枝、水仙和蕙蘭的背簍，兩人走在最前面；雲臻背著手，從容地走在中間；孟小童則拖著趙承，跟在最後面。

「你們送人回家，我為什麼要跟著？」趙承愕然道。

孟小童一副看傻子的表情看著他。「你要是說出你弟弟的下落，我們自然不用帶著你。」

「嘿！」趙承面露鄙夷。「說來說去還是為了這個，我就不說，你們能把我怎麼樣！」

「是，我們也不能把你怎麼樣，只有帶你回府，請忠靖侯他老人家來贖人了。」孟小童笑咪咪道。

「你……」

趙承正要開罵，走在前面的雲臻很適時地回頭看了他一眼，於是他聰明地閉上了嘴。

六人就以這樣奇怪的組合，一路下了清山，在山腳下騎了馬。馬匹是雲臻主僕四人上山的時候留在這裡的，如今多了兩個人，自然需要共騎，趙承只得跟孟小童共乘一騎。

「雲臻，我好歹也是忠靖侯府的大公子，難道連單獨騎馬的待遇都沒有嗎？」趙承氣急敗壞地嚷了起來。

雲臻坐在馬上，居高臨下斜睨著他。「你若告知趙焉下落，我便送你一匹馬，隨你離去。」

趙承頓時翻了個白眼。「當我什麼也沒說。」

他主動地上了馬，坐在孟小童屁股後頭。

雲臻又轉頭看著李安然。

李安然右腳不能使力，被李虎扶著，也不搭理雲臻，只對李虎說道：「請李大哥幫我一把。」

「娘子客氣了。」李虎憨厚一笑。他用手在她後腰上一托，李安然的身子便輕盈地飛上了馬背，他再縱身一躍，坐在她前面。

雲臻默默地將頭轉了回去。

「哎，這個李娘子是什麼來路？」坐在孟小童後面的趙承輕聲詢問。

「你問這個幹什麼？」孟小童懶洋洋道。

趙承嘿嘿一笑。「你們侯爺素來面黑心冷，這靈州城中勛貴眾多，哪個看到他不是畢恭畢敬。我看這個李娘子，應該只是一個普通的民女，可對你們家侯爺好像是愛答不理的，很能擺臉色嘛。」語氣中頗有些嘲諷。

孟小童用手指撓了撓臉，也覺得有些奇怪。按理說，李安然一介民女，出身商賈，而且還是個棄婦，見到護國侯這般大貴族，就算不是誠惶誠恐，也該恭恭敬敬，他回憶了一下，李安然在自家侯爺面前好像一直都是冷冷淡淡的。

事實上，若是換個別的公侯，李安然的表現未必跟一般平民不同。至於雲臻，那實在是因為第一次見面的情況太過奇特了。

那時候李安然剛剛死而復生，又慘遭羞辱，前途未卜、心緒極不穩定時，卻被請去為雲臻上藥。就算再高貴的人，脫了褲子也就跟常人沒什麼兩樣了，大約正是因為李安然一上來就看過了雲臻沒穿褲子的模樣，近距離的接觸反而讓她忽略了對方的身分，加上雲臻當時過於直接的言語，讓她留下了一個「此男惡劣」的印象。

正因如此，今日再遇雲侯爺，李安然還停留在上次的惡劣印象之中，而這次雲臻又害得她腳踝脫臼，更加深了這個印象，她對雲侯爺缺乏敬意也就順理成章了。

這組合怪異的一行人，順著山路一直到了清溪村。

清溪村的西岸除了李安然一家三口，再也沒有別戶人家，一直都是冷冷清清，不過今天卻有些異常。

眾人回到茅屋小院的時候，茅屋外的大樟樹底下聚集著三、四個婦人，正在對著茅屋指指點點。看到他們這一行人又是高頭大馬，雲臻、趙承的穿著又一看就是非富即貴的，幾個婦人越發驚異起來，竊竊私語個沒停。

不過李安然並沒有理會她們，因為在茅屋前停著一輛精緻華麗的油壁香車，跟破舊衰敗的茅屋小院格格不入。

雲臻等人下了馬，李虎將李安然抱下馬背，院子裡的人聽見了外頭的動靜，都一起湧了出來。

打頭的就是裴氏，她見一下子來了這麼多男人，還有這麼多高頭駿馬，先是愣了一愣，認出了雲臻和孟小童三人。

「侯爺?!」緊接著她又看見了人群中的李安然，立刻便叫道：「我的娘子，妳可總算回來了。」

她走上來兩步就發現李安然的樣子有些奇怪，只用一隻腳站立，另一隻腳則虛點著地，靠旁邊人扶著才能站穩。

「娘子怎麼了？莫不是受傷了？」裴氏緊張地問，有心上來扶李安然，卻又礙著雲臻這個侯爺，不敢放肆。

「沒什麼，只是不小心扭傷了腳，幸好遇到護國侯，將我送回來。」李安然對李虎點點頭，李虎便放開了手。

裴氏趕忙上來扶住。

李安然對裴氏身後的一名女子微笑道：「師師姐，妳怎麼來了？」

「來看看妳呀。」紀師師巧笑嫣然。

她身後站著丫鬟朵兒，也向李安然笑著點頭致意。

紀師師跟李安然打完招呼，上前兩步，對雲臻行了個禮。「侯爺怎麼有雅興到這個小村莊來？」

雲臻微微點頭。「紀姑娘怎麼也在這裡？」

紀師師既然是靈州花魁，自然經常出入公侯勛貴之家。高門大戶但凡有個宴飲，總要請幾個風月班頭調節氣氛、增加情趣，紀師師能夠認識雲臻也就不奇怪了。

「師師與安然妹妹原本就是舊識知己。」紀師師一面說，一面目光流轉，看到了旁邊的趙承，微微一笑。「原來趙大公子也在。」

趙承此刻可一點也沒有氣急敗壞的樣子，挺著胸膛，眉梢流露出自以為風流的騷情，笑咪咪道：「能在這山野之地遇到紀姑娘，趙某今日福緣不淺。」

「趙大公子還是這麼風趣會說話。」紀師師掩嘴一笑，眉宇之間妖嬈萬千，看得趙承眼睛都快直了。

李安然說道：「承蒙侯爺援手，送民女回家，侯爺若不嫌棄，請進來飲杯清茶。」

她本來只是說說客氣話。在她想來，像雲臻這樣心高氣傲又養尊處優的人，是不會走進這麼狹小這麼寒酸的茅屋的。

誰知道雲臻卻點點頭道：「也好。」

話已出口，人家都說好了，李安然想反悔也來不及，只得捏著鼻子認了。

一群人進了這小院，頓時整個院子顯得擁擠不堪。

李安然三人搬進來之後，在田氏和裴三石的幫助下，又是除草又是整地，院子已經弄得乾乾淨淨，原先倒塌的屋子也已經清理掉，能用的材料都用在廚房的建造上了，如今這裡雖然屋子小又寒酸，但比之前卻要乾淨整齊得多。

饒是如此，進了屋子，雲臻還是微微皺了一下眉。

兩個女人一個孩子，竟然住在這樣的屋子裡？

雲臻的表情都落在李安然眼裡。

果然還是嫌棄的——她心中暗想，嘴上卻道：「侯爺暫且請坐，容民女先收拾一下。」她示意裴氏招待雲臻等人，自己則由紀師師和朵兒扶著進了內室，她的衣裳在山上弄髒了，得先換一下。

裴氏趕忙將桌椅擦了擦，怯怯地對雲臻道：「侯爺請坐。」

雲臻看了一眼漆都已經掉光的椅子，沒說什麼，默默地坐下了。

趙承倒是不認生，不等招呼便一屁股坐下，還拉了一下領口道：「渴死了，這位嬤嬤，可有水喝？」

「哦，有的有的。」裴氏忙提了一壺熱水來，沖了兩杯茶給雲臻和趙承，雖然不是什麼好茶葉，但總比白水要好。

至於孟小童、劉高和李虎，便只能乾站著了。

紀師師和朵兒扶著李安然進了內室，李安然一面開箱取衣一面問：「墨兒呢？」

從她回來到現在，都沒看見李墨。

「我讓阿城帶著他出去玩了，一會兒就回來。」紀師師道。阿城是她的僕人，李安然也是認識的。

李安然邊換衣服邊問：「妳今天怎麼會過來？」

「上次朵兒來找妳，回去跟我說了妳住的這個地方，也太困難了一些，我總不放心，還是親眼來看一看的好。要我說，這屋子是有些破舊了，妳怎麼住得慣？」紀師師道。

李安然笑了笑。「等妳到了我這個境地看看，不習慣也只能住。」

紀師師搖搖頭，撇開這個話題，問道：「妳怎麼跟護國侯和趙大公子認識了，還讓他們送妳回家？」

「我哪裡認識他們這些貴人，遇上了也不知是我榮幸還是我倒楣。」李安然將第一次跟雲臻認識的經過和今日的事都簡略說了一遍，最後說道：「那個趙大公子也奇怪得很，瞧著應該也是個公侯家的公子吧，怎麼說話做事有點著三不著兩的。」

「這位趙大公子，本來就是個妙人。」紀師師笑道。

「妙人？」李安然好奇。

「他是忠靖侯府的大公子，浪蕩成性，錢多人大方，偏又憐香惜玉，在我們長柳巷是極有名氣的金主兒。只是這般風流紈袴的他卻娶了一個厲害至極的母老虎，這一套上緊箍咒，再也不敢出來胡天胡地了。」紀師師道。

李安然點點頭。「怪不得他身上自帶一股風流之氣。不過這人看著油頭粉面，倒也義氣得很，雲侯爺要他說出他弟弟的下落，他打死也不肯說。」

「哦？雲侯爺要問他弟弟的下落？」紀師師挑眉，略一思索，饒有興味地道：「看來傳聞果然是真的，護國侯府的雲璐大小姐與忠靖侯府的二公子趙焉互相愛慕有了私情，雲大小姐未婚先孕，趙二公子卻不知去向。怪不得雲侯爺要追得趙大公子滿山跑了，這位侯爺素來面黑心硬，妹妹受了這樣奇恥大辱，他怎麼肯善罷甘休。」

說完她忽然笑了一下，又神秘地道：「待我去助雲侯爺一臂之力。」

「妳要做什麼？」李安然問。

「妳姐姐我既然身在風塵，最要緊的便是廣結善緣，有這個機會跟護國侯攀交情，我豈能錯過，妳就等著看好戲吧。」紀師師道。

說話間，李安然已經換好了衣裳，紀師師和朵兒扶著她走出內室。

結果卻見堂屋裡一個人也沒有，三人納悶著走到門口，就看見院子裡上演著一幕很有意思的場面。

雲臻背著手老神在在地站在臺階之上，孟小童和劉高抱著胳膊站在院子裡。離院門口還有一步之遙的地方，趙承面朝外手刨腳蹬，高大魁梧的李虎就站在他身後，用一隻手攥著他的後脖領子。

趙承費了半天勁兒，半步也沒挪出去，還累得氣喘吁吁；而腳下一直沒移動過分毫的李虎則一臉無奈，就像大人看著一個胡鬧的孩子。

李虎說道：「你說你這是在費什麼勁兒，老老實實把你家二公子的下落說出來不就好了嗎？」

趙承喘著氣回過頭。「我好歹也是忠靖侯府的大公子，你這個奴才敢這麼對我，未免太囂張了。」

「你當我樂意呢，我們家侯爺說了，你一天不說出趙二公子的下落，我們就一天不讓你走，反正我們護國侯府不差你這一口飯。」李虎道。

趙承洩氣地垮著身子，連說話的興致都沒有了。

紀師師忍著笑走到雲臻身邊。「侯爺若要趙大公子說出實話，師師倒有一個辦法。」

雲臻看了她一眼。

她微微一笑。「趙大公子生平不怕死不怕苦，卻只有一樣特別害怕，侯爺可知是什麼？」

雲臻顯然也知道趙承的家庭情況，心念一動，就已經猜到了紀師師所指。「趙家大少夫人。」

紀師師笑道：「正是。師師有一個姐妹，原是長柳巷的一個頭牌，上月剛有人替她贖身，並在胭脂斜街給她買了院子，這位金屋藏嬌的人正是趙大公子。侯爺試想，若是這件事叫趙家大少夫人知道了……」

「紀師師！」趙承一聲哀嚎，不敢置信地看著紀師師，表情真是哀怨到了極點。

紀師師掩著嘴，眉眼彎彎。

雲臻走下臺階，站到趙承跟前。「你是準備說實話呢？還是準備承受你家夫人的怒火呢？」

趙承臉上再也沒有任何硬氣了，眼中只剩下絕望。

「算你狠。」事到如今，他也不得不說實話了。「趙焉他動了雲家的女人，觸犯了家規，你們雲家縱然不肯饒他，我家老爺子更不會饒了他，知道這件事的當天，就把他五花大綁送去了邊關。老爺子已經下定決心，除非他死在戰場上，否則絕不會讓他再回靈州來，趙家的男人跟雲家的女人絕不能扯上任何關係。」

「事到如今，可由不得你們趙家作主了。」雲臻冷冷地道，抬腳在趙承屁股上踹了一下。「滾吧！」

趙承被踹得往前趔趄了兩步，也沒生氣，嘴唇動了幾下，想說些什麼，最終還是沒說出口，只留下一聲嘆息，垂頭喪氣地走出院子，牽了一匹馬，默默地離去了。

第十二章　流言可畏

趙承已走，雲臻主僕也沒有再留在這座小院的必要了。

孟小童向李安然拱手道：「李娘子，我們這就走了，告辭。」

李安然點頭。「恕不遠送。」

雲臻轉過頭來，認真地看了她一眼，這大概是今天碰面以來，他頭一次正眼看李安然。

這個男人的目光總是顯得深不可測，李安然沒有辦法忽視他，感覺自己不說點什麼都不行，只好說道：「今日多謝侯爺相救，寒舍簡陋，招待不周，民女身體不便，不能遠送，請侯爺好走。」

雲臻略略點頭，彷彿這才滿意的樣子。

主僕四人便朝小院門口走去，李安然和紀師師等人站在堂屋門口目送。

四人剛走到院門口，還沒走出院子，外面忽然傳來一片凌亂的腳步聲。

原來那幾個原本在大樟樹底下探頭張望的婦人，竟然不知什麼時候到了李家的院子外面，偷偷地朝裡頭張望，見雲臻主僕出來，都忙忙地往後退，眼裡卻滿是好奇和探究，還指指點點、竊竊私語。

「這該不會就是李娘子的姘頭吧？」

「哎喲真不要臉，大白天就偷漢子。」

「我看不像，一看就是大戶人家的公子，怎麼會跟一個棄婦……」

「那可未必，有錢人家的男人更愛偷腥……」

山野村婦最是無知，在傳播流言蜚語、豔史野聞的時候，也最為肆無忌憚。雖然雲臻的氣勢讓她們有些敬畏，但也抵不住她們火熱的八卦之心，當著雲家主僕的面便議論起來。

雲臻聽清了她們的話，立時便是眉頭一皺。

不等他發話，孟小童便先冷著臉喝道：「哪裡來的無知村婦，快走開。」

幾個婦人嘴裡都發出喲地一聲，卻一點也不害怕。

這時，裴氏從院子裡衝出來喝道：「妳們這些長舌婦，胡說八道什麼！」她手裡拿著一柄掃帚，一面說一面朝幾個婦人揮舞。

婦人們都驚叫著往後退。

那幾個婦人原本就是聽了流言，正月裡沒事幹，跑來看流言的當事人，正好見到李家這許多人進進出出的，便在外頭議論猜測。裴氏這一衝出來，不僅沒打消她們八卦的熱情，反而更讓她們以為李家作賊心虛。

其中一個已經上了年紀卻還穿得很鮮豔的婦人，一面躲一面叫道：「自己偷人還不讓人說了！」

「就是！你們這種人家，還敢住到我們村子裡來，真是傷風敗俗！」

「應該叫村長趕走他們！」

「妳們！」裴氏氣得話都說不出來，只能瘋狂地揮舞掃帚。「滾出去滾出去！」

雲臻眉頭皺得更深了，他回頭往院子裡看去，見李安然臉上一團冰冷，紀師師正在低聲和她說些什麼。

孟小童湊在他耳邊，悄聲道：「侯爺，好像有點不對。」

劉高也在旁邊道：「這李娘子似乎有麻煩，那些婦人說的話，不乾不淨的。」

說是這樣說，但畢竟李安然是個棄婦，孤兒寡母，一家子都是婦道人家，他們四個大男人是不好為這種事情插手的。況且他們本身跟李家沒有關係，更是沒有立場。

就在這時候，一個小男孩蹦蹦跳跳地往這邊跑過來，後面還跟著一個青衣打扮的僕從。

小男孩年紀尚幼，身材矮小，皮膚卻很白，兩隻大眼睛烏溜溜地十分可愛，臉上紅撲撲的。他原本還興高采烈，但見了院門外這麼多人，裴氏又揮舞著掃帚追著那些婦人打，那些婦人不停地尖聲叫罵，一團烏煙瘴氣，便站住了腳，有點不知所措。

「快看快看，那小孩回來了！」

「這就是李娘子的兒子？那個野種？長得倒漂亮。」

「聽說通姦生的孩子都好看……」

幾個婦人原本還在躲著裴氏，一看見李墨，立刻就把注意力轉移到了他的身上，這個說一嘴，那個插一句。

雲臻四人的目光自然也就落在了李墨身上。

孟小童三人不是第一次見到他，而雲臻初看到李墨的相貌，卻像是被什麼東西用力打了一下似的，眼神猛然一沈。

「墨兒！」李安然在院子裡看見李墨，忙走出來，朵兒在旁邊攙扶著她。

「娘。」李墨看見李安然，頓時找到了主心骨兒，忙撲了上去。

李安然牽住他的手，對不遠處的裴氏喊道：「奶娘回來！」

裴氏回頭看墨兒也回來了，這才最後揮舞了兩下掃帚，氣咻咻道：「妳們還不快滾！」

那些婦人多少都被她的掃帚刮到過，此時倒也不敢再上前來。

裴氏拖著掃帚回到院門口，胸脯猶自起伏個不停。

「娘子，那些人都是胡說八道，妳千萬別往心裡去。」裴氏見李安然神色難看，怕她心裡難過，忙安慰著。

李安然冷冷地看了那幾個婦人一眼，對裴氏道：「不必理會她們，我們進去。」

她又向雲臻主僕點點頭，不再說什麼，便和裴氏一起牽著李墨進院子裡去，裴氏還用力地關上了院門。

那幾個婦人被裴氏轟了一通，見人家關了門，雲臻四人又站在那裡冷冷地看著她們，到底還是不敢再來鬧，便悻悻然地散了。

「寡婦門前是非多，唉，李娘子的日子過得不容易。」孟小童感慨地說了一句。

他見雲臻還沒動，正打算問一聲，剛要開口，雲臻卻已經先一步扭過頭來，看著他道：「那孩子，就是李墨？」

因為雲臻聽紅歌報告過雲璐的事情，他記得李墨的名字，同時也知道他並不是李安然親生，而是她收養的義子。先前雖見過李安然三次，然而直到今日，他才第一次親眼看見李墨。

這孩子的面容，酷似一個人。

「啊？」雲臻問得有點突然，孟小童先是愣了一下，然後才道：「是呀，他就是李娘子的義子，叫李墨。」說完他看著雲臻。

「義子……」雲臻輕聲咀嚼著這兩個字，眉尖微蹙，若有所思。

「方才那些婦人嘴裡污言穢語，似乎懷疑這孩子是李娘子偷情所生。」孟小童感慨道。

一旁的劉高道：「村婦無知，最愛惹是生非、胡說八道。李娘子好好一個婦道人家，她們這樣亂說，怕是要壞了她的名聲。」

他們都看出今天的事很不對勁，李安然不會無緣無故被那些婦人這樣議論，女人家最要緊的就是清白名聲，她本來就是棄婦，別人已然會用有色眼光看她，若是再被說出什麼偷情生野種之類的話來，那真是要聲名狼藉了。

孟小童和劉高正在談論著，沈默了一會兒的雲臻卻忽然翻身上了馬。

三個侍衛也趕忙扶鞍上馬。

雲臻率先揚鞭，也不等他們，便先策馬跑了出去。

「侯爺還是這麼急性子。」李虎嘀咕了一句，和孟小童、劉高一起追了上去。

結果剛追上馬屁股，前面的雲臻忽然間又是一個勒馬，毫無徵兆地停了下來，弄得孟小童三人手忙腳亂。

「孟小童！」

「啊？」突然間被點名，孟小童又是一驚。

雲臻用馬鞭子輕輕點著馬頭，想了一下，才沈聲道：「你去打聽李安然和李墨的事情。」

孟小童先是下意識地應了聲。「是。」然後問道：「打聽什麼？」

「凡是跟他們相關的，都打聽清楚，三日之內，我要聽回報。」

說完這些話，也不等他回答，雲臻兩腿一夾馬肚子又竄了出去。

「這唱的又是哪一齣？」孟小童有點發愣。

劉高笑了一下。「你管他唱哪一齣呢，侯爺的性子你還不知道，吩咐你的事只管去做就是了。」

三人說著，也趕忙策馬再次追了上去。

李家小院中，李安然打發朵兒帶著李墨去洗臉，這孩子被阿城帶著在外面玩了一趟，身上都是草屑泥巴，衣服弄得髒兮兮的。

墨兒不在，紀師師便握住了李安然的手，問道：「那幾個婦人是怎麼回事？我聽她們說話不乾不淨的。」

「妳既然都聽見了，又何必再問。」李安然苦笑。

「正是聽明白了我才問，妳是如何驕傲的性子我清楚得很，那些人胡說八道我自然不放在心上，可是妳往後還要在這裡過日子，總不能由著這些謠言散播。」說到這裡，紀師師不由蹙眉。「怎麼無緣無故會傳出這樣的話來？」

「妳也覺得不對勁了？我來到這清溪村還沒多久，因住在溪這邊，村民都住在對面，平時也沒有交集，極少有人打聽我家的事情。可就從昨日開始，村子裡便傳起跟我有關的風言風語，按常理來說，若是自然產生的謠言也該有一個傳播的時間才對，沒有一日之間就人人皆知的。妳看今日那幾個婦人的架勢，彷彿全村都已經認為我是個不貞之人。」李安然道。

「妳這麼一說，這其中果然有問題，難不成這是有人刻意要與妳為難？」

「現下我還只是覺得事有蹊蹺，已經託人去打聽了。」李安然道。

剛說到這裡，就聽外頭有人高聲叫著。「有人在家嗎？」

李安然聽著聲音熟悉。

裴氏卻已經先一步道：「是田妹子。」說著便跑去開了門。

田氏風風火火地進來，劈頭便說道：「我聽說有人上妳家鬧事啦，真是一群嘴巴長瘡的長舌婦！」

裴氏拉住她。「妳來得正好，我倒要問問，怎麼村子裡人這樣不分青紅皂白，莫名其妙地跑到我們家門口來說那些污言穢語，這是什麼道理！」

田氏看見了站在堂屋門口的李安然，便對裴氏道：「妳別著急，我來正是為了這件事。」

她拉著裴氏的手走到李安然跟前。「娘子，妳託我打聽的事，我都打聽清楚啦。」

李安然正盼著她來呢。

原本她還打算著，等先把初九日蘭花宴的事情辦完，騰出工夫再來處理這些謠言。她在程家當家三年，深知流言這種東西，若是剛興起的時候就闢謠，壓制不力反而會愈演愈烈；等流言稍稍平靜之後，準備充分一擊必中，這樣才能將流言徹底壓制下去。

只是今日的架勢讓她覺得，若是任由事態發展，恐怕真要影響他們的正常生活。方才那幾個婦人有一句話讓她很是警惕，她們說要向村長提議將他們三人趕出清溪村。

清溪村是目前他們唯一的立身之地，若是被趕走，他們就真的無處容身了。

所以李安然覺得必須儘快搞清楚流言的源頭，解決掉這件事，然後才能安心地開展她的經商計劃。

田氏這一來，正符合她的期盼，當下便忙將田氏迎進屋裡，大家齊坐一堂，聽她道來。

「昨日李娘子託了我，我回去便開始打聽，是找平日交好的姐妹詢問，又順藤摸瓜，才終於知道，原來這些話，都是從三叔婆那裡傳出來的。

「這三叔婆的兒子是個秀才，一直都在外地遊學，三叔婆本來就是個愛嚼是非的，養了個秀才兒子之後更愛在外面招搖。這次她到處跟人家說，李娘子嫁進程家後，程家少爺一直在外地，娘子不甘寂寞，做出了偷人的事情，又生下了野種，結果程家少爺回來發現了姦情，才把李娘子給休了趕出來。哎呀，說的可難聽了！」

「這三叔婆怎麼胡說八道，我們娘子又沒得罪她。」裴氏怒道。

「這事蹊蹺，三叔婆愛說是非，那也得有是非才能說，可她說我李安然偷人通姦，分明是捏造誣衊。」李安然蹙眉。

田氏道：「我也覺得奇怪呢，那三叔婆說得有鼻子有眼睛的，連李娘子是哪年嫁入程家、墨兒多少歲了、長什麼樣子，她都說得很對路，她怎麼就知道得這麼清楚呢……」

這時候，紀師師冷笑了一聲，說道：「這三叔婆不過是一介村婦，怎麼會對程家的事情知道得這麼多，自然只能是別人告訴她的。」她轉頭問李安然。「我問妳，這世上誰最討厭妳，最見不得妳好？」

李安然略一沈吟。「程家？」

紀師師道：「自然是只有程家了。」

李安然長在程家，十九年來都在程家生活，她的人際關係十分簡單，會記恨她的實在不多，唯一能想到的只有程彥博和姚舒蓉了。

「可是，三叔婆就是個鄉下婆子，怎麼會認識程家的人呢？」田氏疑惑了。

李安然點點頭。「這樣說來，就只有一種可能，是程家有人故意跟她說了這些事情，指使她來散播謠言，壞我名聲。」

裴氏立刻插嘴。「一定是那個姚舒蓉！當日她就故意讓馬車來撞我們，若非雲侯相救，我們還不知要遭受怎樣的屈辱折磨，她就是見不得娘子好！」

「我看裴媽媽的猜測不錯。」紀師師點頭附和。

「娘子，我們可不能忍氣吞聲，若是任由他們散播這些謠言，娘子的名聲可就不好聽了，妳難道想讓墨兒被人叫野種，想讓我們家一直被人指指點點嗎？」裴氏生氣地道，她一激動，語氣就變得激昂起來，臉頰也脹得通紅。

李安然微微一笑。「奶娘別急，妳放心，就是不為自己，為了墨兒，我也不會任由他們欺負的。」

紀師師一聽就知道她有主意了，忙問道：「妳預備怎麼做？」

「這事情，還得託妳幫個忙。」李安然俯身到紀師師耳邊輕輕地說起來。

紀師師聽得不住點頭，最後笑道：「好法子，以彼之道還施彼身。」

裴氏和田氏眼巴巴地看著她們倆，卻見李安然跟紀師師只是相視一笑，默契都在不言中了。

如此又閒聊片刻，田氏便告辭離去。

謠言的事情暫且放在一邊，紀師師今日來，並不只是為了看看李安然的住處，更是為了初九日蘭花宴的事。

「蘭花宴的帖子，我已經下給了城內大小貴族女眷，妳要的水晶瓶子我也都帶來了。」紀師師一面說，一面抬手啪啪拍了兩下，叫道：「朵兒。」

朵兒在外面應了一聲，推門進來，身後跟著僕從阿城，阿城雙手抱著一個大木箱。阿城將木箱放在地上，朵兒上前打開，頓時一片琉璃色彩。

只見箱子裡面鋪著紅氈，一個個晶瑩剔透的水晶瓶整齊地立著，瓶與瓶之間的縫隙都用軟布塞著，避免移動時發生碰撞。

李安然伸手取出一個瓶子，見是一個粉色的水晶瓶，觀音玉淨瓶的樣式，頸子細長，瓶口用一顆同色的水晶珠子塞住，珠子上面穿著環，環上還繫著蔥綠色的絲絛流蘇。

「好漂亮的瓶子。」李安然撫摸著光滑精緻的瓶身，愛不釋手。水晶在乾朝雖然不罕見，卻也不是便宜貨，像李安然手中這樣的水晶瓶，一個也要二兩銀子左右。紀師師帶來的這一箱，約莫有二十個，這就要四、五十兩銀子，足夠普通三口之家一年的嚼用了。

工欲善其事，必先利其器。

李安然既然要將香水買賣做成一門精貴生意，用水晶瓶來做盛香水的器皿，也就沒什麼奇怪了。

她檢點了一下箱子裡的水晶瓶，粉色、黃色、綠色都有，形狀也都極為漂亮，知道紀師師是花了心思的，又是欣喜又是感激地道：「師師姐，辛苦妳了，只是這些水晶瓶的銀子，可得等過了蘭花宴，我才好還妳。」

紀師師佯做生氣地道：「妳我之間還這麼客套做什麼？不過是幾個瓶子，哪值幾個錢。」

她不願讓李安然覺得自己受了恩惠，便扯開話題。「蘭花宴的事情妳不必操心，只需好好釀製香水即可。只是我今日看了妳這屋子，都是黃泥矮牆，又年久失修，如今天晴住著還不妨事，可到了雨水時節，恐怕抵擋不住，萬一漏了或塌了，可不是開玩笑的。妳難道真的打算在這裡長住嗎？」

李安然微微一笑。「多謝妳關心，在這清溪村落腳原是權宜之計，我既然打算從商，這地方自然是不能長住的。」

紀師師便高興道：「我看妳不如搬到靈州城裡來，我們姐妹倆住得近了，走動也方便。」

「我也有此打算，等手頭寬裕了，便搬進城裡去。」李安然笑道。

當下，兩人又一起商量了蘭花宴的各種細節，紀師師將自己的佈置都說給了李安然聽，李安然也提了不少意見，直到日薄西山之時，紀師師才告辭。

李安然目送她的油壁香車離去，心裡都是滿滿的鬥志。

「娘子是要大幹一番了。」

嗯？李安然扭過頭，見裴氏正站在她身後，笑咪咪地看著她。

「奶娘何出此言？」

裴氏笑道：「老奴服侍了娘子十九年，對娘子甚至比對自己還要瞭解，自從離開程家，娘子嘴上不說，但臉上卻很少露出笑容。老奴知道，娘子心裡是憋著一股勁兒，非要出人頭地，叫程家服氣，叫程彥博和姚舒蓉都不敢小看娘子。

「今日紀姑娘來，老奴就想著，娘子怕是已經有了將來的籌謀。老奴沒什麼本事，但只要是娘子用得著老奴的，老奴都會拚盡全力。」

李安然鼻頭微酸，握住了她的手。「奶娘……」

李墨突然小跑著衝了過來，抓著李安然的衣襬，高叫道：「我也是我也是，娘親要做什麼，墨兒也要幫忙！」

小豆丁挺著胸膛，一副躍躍欲試的表情。

李安然噗哧一聲笑出來，點了一下他的額頭。「你呀，還是多吃飯快點長大，變成男子漢之後再來保護娘親吧。」

三人相視而笑，暮色中的小院流淌著溫暖。

「娘子餓了吧？老奴這就去做晚飯。」

李安然忙輕輕推一下李墨。「你不是要幫忙嗎？娘親現在有重要的事情做，你先去幫姥姥做飯。」

李墨雙腿並立，大聲道：「得令！」

這孩子，也不知跟誰學的。李安然和裴氏都笑了起來，裴氏拉著墨兒便去了廚房。

李安然稍稍平復心情，這才穿過堂屋，進了內室。

暮色四合，屋內昏暗，李安然點上了油燈。內室的地上放著兩樣東西，一樣是紀師師帶來的木箱子，箱子裡的水晶瓶在燈光的照射下光彩琉璃，美得不可思議；另一樣則是她從山上採摘來的梅枝、水仙和蕙蘭，馥郁芬芳。

她小心地關好門，攤開手掌，掌心的蓮臺金泉慢慢浮現，水氣氤氳，透著聖潔又神秘的氣息。

上一次只是幾片臘梅花瓣做出的雪裡香，便已經令紀師師嘆為觀止，這一次她準備了三種香花，她相信，有蓮臺金泉在手，這次製作出的香水，定可以在蘭花宴上一鳴驚人。

第十三章　蘭花宴

初九日清晨，靈州城內，胭脂斜街。

裴三石趕著牛車，停在街頭第一家門前，看了看門口的龍爪槐，回頭笑道：「李娘子，是這家沒錯吧？」

「沒錯，多謝三石大哥。」李安然跳下車來。

裴三石將車上的木箱子抱下來，放在地上，對李安然憨厚一笑。「那我就先去找活計了，下午再來接娘子。」

李安然點頭道：「好。」

裴三石是個木匠，平日裡他跟田氏都是農忙時種地，農閒時給人做木活兒。乾朝風俗，正月不做活，非得過了初八才可以，今日初九，裴三石打算進城找活計，正好李安然也要進城，他便問人借了輛牛車，捎著李安然和她那只大木箱，大清早一起進城來。

等裴三石駕著牛車走了，李安然才輕輕叩響門扉。

還是上次那個小童開門，見了李安然便道：「娘子來得好早，小姐早有吩咐，請娘子趕快進來吧。」說著便又叫了一個小童出來，兩人合力抬起箱子，和李安然一起進院去。

今日這院子裡要舉辦蘭花宴，宴請許多貴重女眷，自然是要精心佈置。進了院子就是花園，好幾個女孩子正在給樹枝掛流蘇、飄帶、香囊等物，花花綠綠十分好看。她們見了李安然進來，都向她拜年問好，嘰嘰喳喳好不熱鬧。

李安然一路跟她們打招呼，帶著兩個小童，將箱子抬到屋裡。

屋裡已經整理得窗明几淨，窗紗帳幔都換了新的，桐油地板擦得光可鑑人，四面牆角全放著大大的落地花瓶，上面插著濃黃和粉白的梅枝。

小童將木箱放在地上便退下去，李安然在屋子裡等了一小會兒，紀師師便迎了出來。

「我這裡可是萬事俱備只欠東風了。」紀師師笑語嫣然。

李安然指了指木箱道：「東風已至，請品鑑。」

跟在紀師師旁邊的朵兒早已急不可耐，聞言立刻上前打開箱子，伸手取出一支墜著青色流蘇的淡黃色水晶瓶。

只見裡面的液體透明卻充滿質感，因為朵兒的動作，液體在瓶中微微蕩漾，兩片梅花瓣隨之浮沈，一片嬌黃一片粉白，猶如兩個小小的精靈。

「哇——」朵兒近乎虔誠地凝視著水晶瓶，發出一聲羨慕的嘆息。

十五支水晶瓶，紫色、黃色、綠色的瓶身中，不同顏色的花瓣在滿是質感的液體中微微浮沈，明黃、蔥綠、桃紅的流蘇更為原本就已經美妙的顏色再添上一分精緻。

即便是紀師師，也被這些精靈一樣的小東西給吸引住了。

她逐一欣賞完畢，才感慨道：「這些香水，便是不打開使用，光看外表，就已經令人愛不釋手了。對了，梅花香水已有雪裡香這名字，其他兩種，妳可取名了？」

「我將它們命名為玉臺嬌和蘭貴人，姐姐覺得如何？」李安然笑問。

紀師師微微咀嚼，點頭道：「很是貼切。」

驗收完香水，兩人便把話題轉到宴會上來，紀師師道：「妳來得早，我定的宴會開始時間是在下午未時正。不過既然來了，我們來把今日的流程再細細地安排一遍。」

李安然自然無不應允。

兩人又一起商討了半晌，用過中飯之後再檢查了一遍，眼看著將到未時，紀師師便重新更衣梳妝，準備迎客。

今天的蘭花宴安排在正堂正廳，這座小院結構與一般民居不同，效仿古風，房屋的空間都十分寬闊，正廳更是如此。此時正廳中已經按照圓形擺好了一圈的矮足長几，兩頭翹的几案上佈置了花茶和水果點心，几後放著細軟精美的坐墊。

廳兩邊各豎著一道碩大的落地屏風，一面是仕女圖，一面是牡丹圖，十分富貴華麗，屏風前面設著一圈矮矮的鼓凳，這是給樂師準備的。而牡丹圖的屏風後面，又額外設了一個座位，用花瓶、小屏風、落地銅仕女燭檯妝點得十分隱蔽。

紀師師引導李安然在這座位上坐下。「待會兒妳就坐在這裡，我們依計行事。」

李安然點頭。

不等兩人再說些什麼，朵兒便跑進來道：「小姐，客人來了。」

紀師師忙迎了出去。

院門此時已然大開，四名清秀的小童分立兩旁，門外停了兩輛油壁香車，一眾丫鬟僕從簇擁著兩位麗人剛下車。

紀師師笑咪咪地迎出來，揚聲道：「兩位妹妹來得好早。」

「師師姐的宴會，我們豈有怠慢之禮。」兩名麗人笑道。

紀師師一邊一個握住了她們的手，一面引著她們進去，一面說道：「今日妳們可得做我的半個主人，在宴會上替我捧場助興。」

兩名麗人看來已經得了紀師師的關照，紛紛點頭道：「放心，師師姐素來照顧我們，我們一定替姐姐盡力。」

三人親親熱熱地進了院子，穿過花園，繞著寬闊的遊廊，走向正廳。

李安然正在牡丹屏風後面坐著，感覺到身後似乎有人進來，便回過頭，見是一個樣貌清秀端莊的少女，她倒也認得，是紀師師最得力的丫鬟之一，名叫蕊兒。

蕊兒不如朵兒那般常跟著紀師師在外頭走動，但李安然也知道這個丫鬟是十分穩重的，這個時候過來，必定是紀師師有事情交代她做。

果然蕊兒在她旁邊跪坐下來，柔聲道：「小姐讓奴婢陪著娘子，聽從娘子吩咐。」

李安然微微笑著，剛點了一下頭，就聽見一陣笑聲從廳外傳來。

她坐的這個位子是精心設計過的，從屏風外面看不見裡面，但從裡面卻能清楚地看到屏風外頭的景象。她朝外看去，就見紀師師攜了兩名麗人進來。這兩名麗人都長得十分美麗，一個豐滿如月，柔若無骨；一個細腰纖纖，嫋嫋婷婷。

李安然正在觀察，旁邊蕊兒便已經輕聲為她介紹起來。「這兩位是靈州風月場中的佼佼者，也是我們小姐的好姐妹。豐滿的那位，是葉春兒小姐；細腰的那位，是柳小蟬小姐。」

蕊兒這麼說，李安然便明白了，這兩個必定是紀師師特別安排來為這個蘭花宴捧場的。

葉春兒和柳小蟬才剛坐下，外面便來稟報，又有客人到了。紀師師安頓好兩人，再次出去迎接。

陸陸續續的，不停地有客人進來。

小院外頭已經變得非常熱鬧，不斷有馬車在門口停下，客人下車之後，便有小童引導馬車繞到後門進去停放，一切井然有序。

而正廳每進來一位客人，身邊的蕊兒都會為李安然介紹客人的身分姓名。除最先進來的葉春兒、柳小蟬外，後面進來的便都是靈州城中達官顯貴的女眷了。

客人進來之後，自有丫鬟引導她們入座，此時座位已經坐了七七八八，這些女眷是一個圈子的人物，基本上也都互相認識，此時正自發地寒暄聊天。

這時候，紀師師親自陪著兩位客人進來，李安然頓覺眼前一亮。

這兩位客人，一位是年輕少婦，秀美優雅，一雙丹鳳眼，眼角微微上挑，透出一絲精明；另一位則是青春少女，甜美的蘋果臉，渾身散發著春天一般活潑的氣息。

「這是忠靖侯府的大少夫人嚴秀貞和大小姐趙慕然。」蕊兒及時在旁邊介紹。

原來這就是令趙承聞風喪膽的大少夫人——李安然不由多看了兩眼。

此時又有客人來，紀師師只得再去大門口迎接。

李安然在屏風後面觀察著，見嚴秀貞和趙慕然並沒有立刻入座，而是跟迎上來的幾位客人寒暄著。

不多會兒，去而復返的紀師師領著另外兩位客人進了大廳。

而這兩位客人一進門，嚴秀貞和趙慕然臉上的笑容就瞬間消散，廳內氣氛也隨之一變。

兩位剛進門的客人，一個是中年美婦，雖已有些年紀，但風韻猶存，保養得很不錯；另一個同樣是青春少女，跟甜美的趙慕然不同的是，這位姑娘瓜子臉，籠煙眉，明明是嬌柔如花的相貌，卻通身是冷豔的氣派，只是靜靜地站在那裡，便讓人有種不敢褻瀆的感覺。

一方站在廳內，朋友環繞，一方站在門口，背負陽光，雙方的目光在空中交會，旁人幾乎都能看出火花來。

「這兩位又是誰？」李安然好奇地問蕊兒。

「這是刺史夫人楊常氏和刺史千金楊燕甯。」蕊兒輕聲道。

「這刺史府的女眷，怎麼好似跟忠靖侯府的女眷不對盤？」

蕊兒微微一笑。「因為楊小姐和趙小姐都是本屆參選的秀女呀。」

秀女？這是今天聽到最新鮮的詞。李安然問道：「秀女？是皇帝選妃子嗎？」

「是呀。初五那日出的邸報，新皇帝已經登基啦，因為內宮空虛、皇嗣單薄，所以定於今年三月選秀，各地六品以上官身未嫁女子，均可參選。楊小姐和趙小姐都是靈州城年輕小姐當中出類拔萃的人物，在同一屆參選，自然就成了競爭關係，所以互相敵視也很正常。」蕊兒回道。

原來楊燕甯和趙慕然都是待選的秀女，看來這兩位，便是本次蘭花宴的主角了。

說話之間，廳內已經坐得滿滿當當了。嚴秀貞和趙慕然，楊常氏和楊燕甯都已經分別落座，雙方的座位正好面對面。

這時外頭一陣爽朗大笑，紀師師領著一位身材胖胖的婦人走進來，那婦人掃視了一圈廳內情況，大聲道：「大家都已經到齊啦，哎呀真是不好意思，我來晚了，讓妳們久等。」一面說，一面哈哈地笑著。

這婦人長相普通，身材渾圓，穿得富麗堂皇，看來很豪爽大方，但李安然發現廳內眾人的反應卻是冷淡，那婦人笑著說那句話，竟沒有一人應和，只有少數幾個人對她笑一笑。但紀師師卻滿面笑容地將這婦人引到位上坐下，熱切的態度與旁人的冷淡形成鮮明對比。

李安然不由問蕊兒。「這位又是誰？」

蕊兒先捂嘴偷笑了一下，然後說道：「這是威遠伯夫人。威遠伯原是軍士出身，這位夫人鄭氏未嫁時只是個農家女，新帝登基才封了威遠伯的爵位，鄭夫人驟然升級為貴族，少不得有些暴發戶的氣質，別的夫人、小姐們都不願與她為伍。」她頓了頓又補充。「其實我們小姐說，鄭夫人的為人還是不錯的，至少出手很是大方。」說著，她又偷笑了一下。

李安然聽明白她的話了，所謂出手大方、暴發戶，不正說明這位威遠伯夫人鄭氏是個冤大頭嗎？

至此，所有賓客都已經到齊，紀師師吩咐小童關閉院門。

廳內群雌粥粥，相熟的都在互相聊天，清秀的丫鬟們穿梭於几案之間，添茶水、遞手巾。紀師師這個屋子用的都是矮足家具，所有人跪坐在墊子上，各色長裙散在乾淨的桐油地板上，在場的又全是打扮入時的貴人，整個廳內的風景頗為亮麗。

及至紀師師也入座了，便有人笑道：「師師姑娘，妳巴巴地下帖子請我們來，就是叫我們吃這些水果嗎？說好的極品蘭花呢？」

「賞花急什麼，我前些日子剛排了一齣新舞，曼妙無比，眾位都是眼光獨到的貴人，還請賞鑑一二。」紀師師微笑說著，抬手啪啪拍了兩下。

隨後便聽到嘩啦啦整齊的腳步聲，兩排樂師抱著琵琶、琴、鼓、二胡、長笛、笙簫等樂器，魚貫進入，快速地在兩側屏風前的鼓凳上坐好，緊跟著又有兩排粉色舞裙的少女輕快地跑進來，在這一圈席位中間的空地上，擺好了花朵一般的造型。

整個過程迅速有序，不過是幾個瞬息。衝著這訓練有素，眾人便先鼓掌讚美了一番。

鼓點先起，三聲過後八音齊鳴，少女們折腰翹臀，雙臂如同春風裡的柳枝一般柔軟地舒展。她們桃花似面，眼波如春水，在輕快又明媚的樂聲中，用或婀娜或歡快的舞姿，述說著春天的故事。

曲名〈桃夭〉，舞姿曼妙。

一舞罷，少女們深施一禮，輕快地退出廳去。

眾人鼓掌，讚美聲不斷，氣氛已比初時熱絡許多了。

紀師師見場子被炒熱，這才高聲吩咐。「將花捧上來。」

當眾人都等著小童將蘭花捧到廳裡的時候，藏在屏風後面的李安然雙臂抱膝端坐，自信地微微一笑，對蕊兒道：「好戲上場了。」

第十四章　一炮而紅

紀師師命人捧出的是兩盆春蘭，就放在正廳中央，圓形的席位佈置讓所有人都能看得清清楚楚。

左邊一盆，花莖細長，花形大而豐美，外三瓣圓闊而尖，淺綠色中略帶黃色，觀音捧，大鋪舌，舌上倒品字形三個鮮紅點。右邊一盆，花桿白帶微紅，葉色濃綠，花瓣外三瓣特別緊圓，宛如梅花花瓣，舌瓣短而圓，微朝上，舌尖起微兜，尤如童子劉海。

兩盆蘭花一放到廳內，一股幽幽蘭香便在廳中瀰漫開來，淡雅極致。

在場的都是識貨之人，兩盆蘭花一出，即認出是春蘭名種，紛紛鑑賞起來，還有人離開席位，上前細觀。

威遠伯夫人鄭氏看了半天，百無聊賴地道：「不就是兩盆花，有什麼好看的。」

在她旁邊席位上坐的是刺史府的夫人楊常氏和小姐楊燕甯。楊燕甯瞥她一眼，淡淡道：「這是春蘭名種，一名龍字，一名宋梅，都是蘭中極品。」

她聲音並不高，但語氣中那種淡淡的傲氣卻是誰都聽得出來的。

鄭氏看了看周圍人似笑非笑的神色，就知道人家肯定又在暗地裡嘲笑她粗俗沒見識了，臉色雖然有點不好看，但卻也直率地道：「我是粗人，不懂什麼名種不名種，不過這花的香味倒是真好聞。」

楊燕甯不太願意跟她說話，只顧扭過頭去。倒是對面桌上的趙慕然笑著回應了一句。「我也覺得蘭香極好聞，紀姐姐這兩盆花養得真好，香味似乎比別的宋梅、龍字都要濃郁高雅。」

「是嗎？」紀師師微微一笑，抬高了聲音道：「來人，將花兒撤下。」

兩名丫鬟輕巧入內，捧起宋梅和龍字而去。

正在賞鑑的夫人小姐們都有些意猶未盡，刺史夫人楊常氏微微蹙眉道：「紀姑娘請我等前來賞花，卻原來只有這兩盆，宋梅和龍字雖然名貴，但也並非稀少不可見。況且紀姑娘未免小氣，不過才觀賞這麼一小會兒便將花兒捧走，莫非是怕我們孟浪，弄壞了妳的花不成？」

楊常氏的長相，任誰看了都覺得一團和氣，但這一番話說出來，卻有些太過犀利了。屏風後面的李安然聽著，都不由說一句。「果然是母女相肖，楊燕甯那般冷傲，原來也是繼承了母親性格的緣故。」

紀師師卻並不著惱，仍舊微笑道：「並非我小氣，這兩盆蘭花雖然名貴，但若有哪位夫人小姐喜愛的，師師便是雙手奉送也願意。」

楊常氏挑眉。「哦？那麼紀姑娘特意辦這個蘭花宴，如此鄭重其事，又是為了什麼？」

其他人也覺得今日這蘭花宴有些名不副實，所謂賞蘭，居然才兩盆，而且才看這麼短短一點時間，因此楊常氏說完之後，也有不少人出言附和。

紀師師恍若未聞，只仰起頭，閉著眼睛在空中嗅了一下，緩緩道：「諸位不覺得蘭香馥郁，沁人心脾嗎？」

她修長潔白的頸項如同白玉，動作嬌媚優雅，令人忍不住受到感染，也跟著輕嗅空氣中的香味。

這香味，從兩盆蘭花端出來的時候就飄散在空中，花在的時候眾人也不覺得異常，但此時花已被捧走，香味卻沒有絲毫減散，許多人聞了一下之後，便忍不住又聞一下，一聞再聞，只覺今日這蘭香比平日所遇更加淡雅更加雋永，竟是越聞越有些上癮起來。

終於，忠靖侯府的大少夫人嚴秀貞開口道：「這蘭香，頗有些不同尋常。」她看著紀師師。「紀姑娘養蘭果然有些超越常人的門道。」

鄭氏方才也稱讚過花香，此時聽到嚴秀貞也這般說，便覺得自己的意見得到了別人的認同，也高興地道：「可不是，我就說這花香特別好聞。」她努力嗅了一下。「真是奇怪，那兩盆花端走都這麼會兒了，怎麼花香還是這般濃郁？」

紀師師這才笑道：「諸位莫怪師師故弄玄虛，這花香才是師師邀請諸位蒞臨，真正要鑑賞的物件。」

說著，她再次抬手啪啪拍了兩下，兩名嬌俏的丫鬟走進廳來，分別走到兩邊屏風前的樂師之中，從人群中捧出一支小瓶，用托盤托了，端到廳中央。

這時，大家才知道，原來香味其實是由這兩支小瓶散發出來的。

兩支小瓶都是無色的水晶瓶，只有指肚大小，敞著口，裡面盛著淺淺的紫色液體，廳中光線明亮，這些液體微微泛動，流動之間彷彿有生命一般。

女人天生就對亮晶晶和色彩斑斕的東西沒有抵抗力。

「這是何物？」鄭氏第一個問。

紀師師抬手擺了一下，兩名丫鬟便端著小瓶分別沿著兩邊的弧形席位，一個一個地向賓客們展示。

這兩支小小的水晶瓶中，裝的都是蘭花香水——蘭貴人。

蘭貴人的香味便如同它的名字，如蘭似麝，高雅又暗含誘惑。

李安然在屏風後面仔細地觀察著每一個人的表情，發現基本上所有人都被這特殊而美妙的香味給引起了好奇心。

兩名丫鬟向大家展示的同時，紀師師娓娓說道：「師師有一好友，乃是香料世家出身，平生鑽研香料水粉，數日前她新製得一瓶奇香，送予師師，名之為香水。」

趙慕然天性活潑，在聞過這蘭花香水的美妙香味之後，便問道：「這就是香水？」

「正是。諸位眼前這兩瓶，乃是以蘭花為主料製作的香水，名為蘭貴人。」紀師師回道。

「蘭貴人。」趙慕然點點頭。「這蘭香高雅貴氣，這個名字倒是貼切。」

她旁邊的嚴秀貞對這蘭香很感興趣，對紀師師問道：「這香水有何用處？」

「這香水乃是女子化妝之物，只消抹上幾滴，便可遍體生香。」紀師師一面說著一面站起來，從丫鬟托盤中取過水晶瓶，倒出幾滴在自己左手腕上，用右手腕輕輕推開，然後塗到兩邊耳根下。

與此同時，她腳步輕盈，已經走到了廳中央，隨便舞了一圈，衣袂翩然，眾人便覺一陣香風從鼻端拂過，再看場中紀師師，恍如天外飛仙，不禁悠然神往。

人群中，葉春兒拍手讚道：「果然奇香。這等妙物，師師姐豈可獨享，必送妹妹幾瓶才是！」

等葉春兒話音落下，柳小蟬也說道：「師師姐不愧為靈州花魁，凡所用所賞之物，都精巧新穎。這香水的香味如此美妙雋永，確實令人喜愛。」

葉春兒和柳小蟬不忘敲起邊鼓，抓準時機為紀師師這場蘭花宴助興。

刺史府的兩母女大概天生就愛孤傲標高，楊燕甯再一次冷淡地開口道：「這香水雖然香味奇妙，但也不過跟香膏、香脂是一樣的物品，除了是水狀的，也沒什麼稀奇。」

紀師師笑道：「楊小姐說的固然也不錯，但是這香水味道比之香膏、香脂要清新自然得多，而且香膏、香脂的香味並不能持久，若經洗漱，便需重新塗抹，而這香水，即便沐浴過後，香味也還會在身上留存。」

她說著便示意丫鬟端水上來，將自己兩隻剛塗抹過香水的腕子在水中清洗了一番，還用了胰子，仔仔細細洗完，以手巾擦乾，再走到楊燕甯跟前，將手腕遞給她聞。

果然，手腕上仍然傳出蘭香，即便是胰子的氣味也蓋不住。

楊燕甯便沒有說話。

紀師師又給其他幾位客人聞了，客人們都頻頻點頭，認同這香水的持久性。

此時所有人的注意力都集中在紀師師身上，葉春兒卻不動聲色地移動位置，跪坐在忠靖侯府大少夫人嚴秀貞旁邊，輕聲道：「聽說大小姐即將參加本屆選秀，試想若是能使用這樣奇妙的香水，以大小姐的美貌，脫穎而出只怕是輕而易舉之事。」

嚴秀貞眉頭一挑。

葉春兒的聲音不大，除了嚴秀貞聽見，也就只有嚴秀貞旁邊的趙慕然聽見了。

趙慕然似笑非笑地看了葉春兒一眼。

葉春兒見她們姑嫂倆並沒有立刻動心，便又補充了一句。「大小姐本不弱於人，但若是人有我無……」

說到人有我無四個字時，她的視線向對面的刺史千金楊燕甯瞟了一下，這一來，嚴秀貞和趙慕然都不能再無動於衷了。

趙慕然和楊燕甯是同一屆的秀女，兩家都認為自家的小姐中選是十拿九穩，彼此之間便視為最大的競爭對手。趙慕然容貌出眾，性格也好，即便沒有香水錦上添花，也不弱於楊燕甯。但如果楊燕甯擁有了香水這樣的利器，魅力自然再增上幾分。這就好比高手過招，一絲一毫的差距都有可能決定勝負。

嚴秀貞是有大氣魄的人，當機立斷，便向紀師師開口問道：「這香水的確不錯，用途雖不出奇，難得香味清新，不雜一點油脂味，我倒是想買些自家用，不知紀姑娘這裡可有現貨？」

「少夫人真是眼明手快，這香水原是私人所製，數量不多，師師這裡倒是略有幾瓶，既然少夫人要，自然不敢推諉。」紀師師微微一笑，招手對一個丫鬟道：「將香水取來。」

丫鬟應聲而去。

其餘客人們對於嚴秀貞當場提出購買香水的舉動，並沒有感到絲毫的奇怪。她們也不是第一次參加紀師師所舉辦的宴會了，紀師師身分與她們不同，和外界接觸多，時常能夠先人一步得到最新流行的妝粉、衣裳、首飾等物。這些大戶人家的夫人小姐們，時常通過紀師師的聚會獲得這些資訊，當場購買的也不在少數，早已形成慣例了。

若不然，紀師師也不會對今日蘭花宴推銷香水如此有把握。

在等丫鬟去取香水的短暫工夫，刺史夫人楊常氏跟楊燕甯低聲細語了幾句。

紀師師一直都有暗暗注意她們，在嚴秀貞提出要購買香水之後，楊常氏和楊燕甯的神色便似有所動。兩家既然一樣是送女參選，自然心思相近，嚴秀貞說是買香水給自家用，但稍一琢磨就能猜到，真正使用的人必定還是趙慕然。

楊常氏和楊燕甯不可能不在意。

自來女子容顏三分靠天生，七分靠妝扮，若趙慕然用了這樣氣味美妙的香水，自然更容易比別的秀女出挑。紀師師相信，楊常氏和楊燕甯不會想不到這一點。

果然，母女略略商議之後，楊常氏也對紀師師開口道：「紀姑娘，本夫人也要購買香水。」

她話音未落，坐在對面的嚴秀貞和趙慕然便看了過來，眼神相對，彼此心知肚明。

紀師師暗暗心喜，面上卻仍是從容。「楊夫人也要買，不知夫人要幾瓶？」

「妳這裡有多少？」楊常氏問。

「香水釀製不易，這種蘭貴人香水，師師這次只得了五瓶。」紀師師回。

楊常氏剛準備開口，對面的嚴秀貞便搶先道：「五瓶我都要了。」

楊常氏頓時眼睛一瞪。「大少夫人好不客氣，明知本夫人要購買，妳是故意要與本夫人搶嗎？」

嚴秀貞挑眉一笑。「楊夫人這話可就不對了，明明是我先提出購買，夫人跟隨在後，先來後到總是常理吧。」

楊常氏冷笑了一下，對紀師師道：「紀姑娘，妳這五瓶香水，本夫人也都要了。」

「這可如何是好，只有五瓶，兩位夫人都要，可分不過來。」紀師師為難地道。

嚴秀貞搶道：「自然是先供應我家，至於楊夫人……」她斜睨一眼。「大可請師師姑娘的好友再釀製幾瓶便是。」

「這香水釀製費工夫，若要新製，總得要半月才夠。」紀師師道。

「這可不成，本夫人可等不得。」楊常氏立刻叫道。

一直躲在屏風後面看好戲的李安然，忍不住為紀師師的狡猾竊笑了一聲。

她已從蕊兒口中得知，選秀是在三月，從靈州去京都，水陸換行，總要二十來天，加上按慣例秀女需提早十天入京待命，正月底前是必須要啟程的了。如今已是正月初九，紀師師故意將香水釀製時間說得這樣長，兩家為了趕在選秀之前得到香水，自然非競爭不可。越是有人爭著購買，才越能令香水身價倍增。

而楊常氏說出等不及，也就等於告訴大家，這香水是為楊燕甯購買的了。

氣。

「哦——原來楊夫人買香水，並非自用，而是替楊小姐添置。」嚴秀貞一副恍然的語

「妳不也是為了妳家趙小姐購買嗎？」楊常氏也針鋒相對。

這時，一直沒說話的楊燕甯突然開口道：「這蘭貴人香水雖然馥郁芬芳，但依我看來，並非誰都適用。」

聞言，旁邊一直看熱鬧的客人之中便有人說道：「說的是，這蘭香優雅穩重，小姑娘大多活潑青春，若常日使用，未免過於老成了。不過……」這人話鋒一轉。「楊小姐素來是端莊典雅的，用這蘭香，倒也合宜。」

這人的話大合楊常氏和楊燕甯的胃口，楊常氏向她點了一下頭，面有得色。

今日在座的客人非富即貴，好東西自然是用得不少，上流人都講究品味格調，楊燕甯的話雖然帶刺，但也有幾分道理。趙慕然明媚活潑，蘭香對她來說，的確是略老成了一些。

「楊小姐果然是品味非俗。」紀師師先讚了楊燕甯一句，然後轉過頭對嚴秀貞和趙慕然道：「以趙小姐的氣質，蘭香確實老成持重了些，不過師師這裡還有幾瓶玉臺嬌香水，倒是極適合趙小姐用。」

「玉臺嬌？」嚴秀貞微微驚訝。

在座客人中又有人道：「原來還有不同香味，這就是紀姑娘的不是了，早該向我們說明，怎麼還賣關子了呢？」

紀師師立即陪笑。「哪裡是我賣關子，這香水於我也是個稀罕物，不過是見獵心喜，忍

不住要與各位夫人小姐分享，哪還能想到這麼多。」

最是爽朗的鄭氏又發出了一聲標誌性的朗笑，指著紀師師道：「紀姑娘就愛說嘴，當我們還瞧不出來嗎？今日這蘭花宴，賞花是藉口，兜售香水才是真，還有多少香水，快快拿出來，我也要買個幾瓶用用。」

旁邊隨即有人略帶諷刺地道：「威遠伯軍功赫赫，鄭夫人有如此佳夫，還需要香水來增添容色嗎？」

「正是因為丈夫能幹，我們這內院婦人才越發要保養打扮，否則豈不便宜了外頭的狐媚子。大少夫人妳說是吧？」鄭氏看著嚴秀貞。

嚴秀貞笑了一笑，略含尷尬。

李安然在屏風後面看得清楚，看來嚴秀貞也知道自家夫君風流多情的毛病，只怕養外室的事情，她也早就知道了。

既然忠靖侯府、刺史府、威遠伯府的女眷們都要購買香水，其他人自然也不落人後。鄭氏的話雖然粗俗直白，但道理卻是人人都認同的，這香水氣味如此好聞，自家用了，做個香美人，總能拴住丈夫的心和褲腰帶。

當下，便又有好幾位夫人小姐都向紀師師打聽，紀師師一副暈頭轉向的樣子，嚷道：「各位可別問我，我不過是個拋磚引玉之人，若要問詳情，還得香水主人來解答才成。」

嚴秀貞喜道：「莫非釀製香水之人也在妳家中？那還不快快請出來。」

紀師師便一副被大家紛擾不過的樣子，高叫道：「李娘子，妳還不快出來，我都要被她們吵暈了呢！」

李安然這才姍姍移步，從屏風後面走出。

眾人見一素衣女子走出來，盤成圓髻的髮上不過一支銀簪綰住，相貌雖不十分美麗，但也是清秀溫婉的良家女子模樣，一身白底青花的裙裳，布料樣式都普通，卻如同山野嬌花一般淡雅清新。

李安然走到廳中央，向所有人款款一福。「李氏安然見過各位夫人小姐。」

大家聽得紀師師叫她李娘子，又見她頭髮綰髻，便知道是已婚婦人了。

「這位李娘子，便是釀製香水之人嗎？」嚴秀貞詢問。

「正是。」紀師師微笑道。

李安然身後還跟著蕊兒，蕊兒和另一個丫鬟一起抬著一只木箱子，放在廳中央的矮几上。

李安然打開木箱子，露出了裡面十五支水晶瓶。

眾人見這些瓶子都是水晶製成，三種顏色，配著鮮嫩嬌豔的流蘇，又別緻又奪目，心裡便都存了個好印象。

李安然從箱子裡取出一支綠色水晶瓶，托在掌中，一面向眾人展示，一面娓娓說道：「這一瓶香水名為玉臺嬌，主料取自水仙，香味甜而不膩。蘭香穩重，趙小姐年輕壓不住，但這玉臺嬌卻最適合小姐。」

說話之間，她便已經走到趙慕然和嚴秀貞跟前，彎腰一抹裙子，跪坐在她們桌前，微笑著伸出一隻手，示意趙慕然將手腕給她。
趙慕然似被她的笑容感染，伸出了左手腕。
李安然便在她腕子上抹了幾滴香水。
方才紀師師向大家展示過如何塗抹香水，趙慕然便也依樣在兩隻手腕和自己耳根下塗抹好。
嚴秀貞在旁邊聞到甜香，讚美脫口而出。「好香。」
李安然站起來，對趙慕然道：「趙小姐，請。」
趙慕然便走出來，輕快地轉了個圈子。
離她近的幾位夫人小姐都聞到了一股若有似無的甜香，果然如李安然所說，甜而不膩，清新如同春天的氣息。
遠一些的楊常氏、楊燕甯等人不久也聞到這股香味，都說不出話來。
李安然將手中的水晶瓶塞好，遞給趙慕然，趙慕然歡喜地捧著瓶子回到座位上，和嚴秀貞一起研究。
李安然轉身又從箱子中取出一支淡黃色水晶瓶，慢慢地走到楊常氏和楊燕甯跟前，微笑道：「蘭香雖然端莊，卻不及梅香清豔，楊小姐冰清玉潔，蘭香不及妳自身才情，唯有一縷梅香方可匹配。」
她的微笑確實很有感染力，眉眼如月牙，笑意直達眼底，即便如楊燕甯這樣清冷高傲的性子，表情也忍不住柔軟起來。

楊燕甯方才看了李安然和趙慕然所為，此時也自然而然地伸出自己的手，任憑李安然在她手腕滴上幾滴香水，然後也和趙慕然一般塗抹開來。

她不像趙慕然那樣走到場中，只在自己位子上站起來，抬起兩隻胳膊做了個蝴蝶狀，然後再垂下。

楊常氏便眼神一亮。「這梅香，果然更適合我家燕甯。」

李安然適時說道：「此香名為雪裡香。」

「雪裡香。」楊燕甯慢慢地咀嚼這三個字。「梅花有香雪海之稱，名為雪裡香，倒也算貼切了。」她點點頭，表示還算滿意。

李安然出場不到一刻鐘的時間，便給趙慕然和楊燕甯各推薦了一款適合她們的香水，這種從容淡定的氣質，也讓在場的許多人心折。

將雪裡香的水晶瓶交給楊燕甯觀賞之後，李安然便對眾人道：「方才紀姑娘為大家展示了香水之優點，除香味自然清新、雋永持久兩點外，香水與香膏、香脂最大的不同，便在於因人而異這一點上。」

性急的鄭氏便直接問道：「那依李娘子看，我又適合哪種香水？」

「您是堂堂伯爵夫人，除了蘭香之高雅，別的又豈能托得起您的身分？」李安然微笑道。

鄭氏頓時眉開眼笑。「妳這娘子，倒是會說話。」

「李娘子，我這小女適合哪種香水，妳倒也說說。」

「我瞧著梅香也適合我用，李娘子，妳覺得合適否？」
「蘭香、梅香、水仙香都是花香，李娘子，這香水可還有其他種類？」
一時之間，眾夫人小姐們齊聲開口，場面竟難得地熱鬧起來。
李安然團團萬福。「諸位請勿著急，聽我一言。這香水原是小女子新近研製，並未多產，現下不過十五瓶，香味也只有玉臺嬌、蘭貴人和雪裡香三種。諸位若要別的種類，唯有等小女子新釀製了。」
楊常氏聽到只有十五瓶，心中一動，搶先道：「李娘子想必是要靠這香水做生意的，本夫人極愛這雪裡香，請問娘子作價幾何？」
李安然心中一喜，終於說到價錢上了。她豎了三個指頭。「承惠紋銀三十兩。」
這個價格是她跟紀師師商量過後決定的，當初第一瓶香水，紀師師付了二十兩銀子。而如今這一批，工藝更精準，單單用來裝香水的水晶瓶便要二兩銀子，整瓶香水的價格自然也是水漲船高。
饒是在場諸人非富即貴，也被這昂貴的價格嚇了一跳。
鄭氏第一個驚嘆道：「乖乖！這一瓶子香水倒能抵得上一年的嚼用了。」
李安然笑道：「夫人身上所穿的金銀牡丹石榴裙，乃是江南雪緞所製，想必也要作價十兩紋銀吧？」
鄭氏本來就是眾人眼中的暴發戶，來參加蘭花宴這種場合，自然是恨不得有多精貴就裝扮得多精貴，身上的裙子也是精挑細選，的確價格昂貴。

不過被她這麼一打岔，別的夫人小姐們自詡出身世家，所謂三代看吃，四代看穿，五代看文章，越是勛貴之家在衣食住行上也都越是精細。初時也不過是因為小小一瓶香水便要三十兩銀子而驚訝，但三十兩對她們而言，只是九牛一毛罷了。

這時候，紀師師走過來，對眾人說道：「這香水原本就是精貴物，如諸位這般有身分有地位的女子才有資格使用。大家試想，若是僕婦廚娘、販夫走卒之妻也都跟各位夫人小姐們用同款香水的話，這香水又有什麼稀奇了。」

這話倒是直接戳到了眾人的驕傲上。

「這價格也不算離譜，既然如此，請李娘子將五瓶雪裡香都替本夫人裝起。」楊常氏道。

李安然忙道：「多謝夫人。」

不用她吩咐，蕊兒便已經叫丫鬟拿軟緞、妝盒，將木箱中剩餘的四瓶雪裡香都裝入一個精美的妝盒之中，又將楊燕甯手中那瓶也放入，拿軟緞墊好，交給了楊家的丫鬟，再代李安然收了楊家一百五十兩銀子。

另一邊，嚴秀貞也決定為趙慕然買下玉臺嬌，既然楊家直接包攬了所有雪裡香，她自然不肯弱於楊常氏，便也將五瓶玉臺嬌都一起買走，甚至又買了一瓶蘭貴人。

其他的夫人小姐們，雖然眼熱，但素來知道忠靖侯府大少夫人和刺史府楊常氏都是不好惹的主兒，只得相讓。剩餘四瓶蘭貴人，鄭氏買走了一瓶，最後三瓶也被另外三家買走。

十五瓶香水售賣一空，現銀付訖，四百五十兩入手。至此，李氏香水一炮而紅。

紀師師趁著大家興致盎然之際，朗聲道：「李娘子有意於靈州城中開設店鋪，所釀香水均會上架售賣，各位若有意，不需親至，只消打發人來知會一聲，便會將所需香水送入府上。」

有人問道：「李娘子店鋪何名？」

李安然還沒想過這個問題，猛然間被問起，不免愕然。

紀師師在她耳邊道：「若有這些人口耳相傳，店鋪未開便已聞名了。」

她靈機一動，脫口便道：「一品天香。」

果然是未曾開店，店名便已喊響，在場諸人都記住了「一品天香」這店鋪名字。

眾人中，不管是買到了香水還是空手而回的，此時都還有些興致勃勃，互相討論著香水的妙用。

就在這時，外面忽然闖進來一個丫鬟，目光在人群中轉過一輪便抓到了嚴秀貞，衝過來大叫道：「大少夫人快去看看吧，要出人命了！」

嚴秀貞沒反應過來，驚愕道：「妳說什麼？」

「二公子！二公子從邊關逃回來了！」

第十五章　負荊請罪

「什麼?!」

聽清楚下人稟報的嚴秀貞，腦海中有一瞬間的空白。

二少爺，趙焉，從邊關逃回來了?!

迅速從震驚中反應過來的嚴秀貞，立刻追問。「消息從何而來？他人在哪裡？」

「是大少爺身邊的長隨五子來通知，說二少爺從邊關逃回來，往護國侯府去了。老侯爺剛知道這消息，正在去護國侯府的路上，大少爺怕老侯爺到場會加劇衝突，先去阻止老侯爺了，還請夫人趕快去護國侯府控制事態。」丫鬟快速回道。

聞言，嚴秀貞當下便站起身，只匆匆向紀師師說了句。「家有急事，先告辭了。」然後便帶著趙慕然和下人們風風火火地衝了出去。

她這一走，廳中頓時轟然一聲喧鬧起來。

「不是說趙二公子被忠靖侯送去邊關了，怎麼他逃回來了？」

「他去護國侯府做什麼？」

「護國侯面黑心冷，哪會輕易放過趙焉，這下可有好戲看了！」

「雲趙兩家這次不知要鬧到什麼地步。」

眾人議論紛紛，每個人臉上都是遇上大新聞的興奮神情。

勛貴之家無秘密，在靈州城中，護國侯府雲家和忠靖侯府趙家的恩怨，是所有人都知道的事情。年前雲璐珠胎暗結，忠靖侯強行將趙焉送去邊關，靈州城內但凡有點身分的大戶之家都已經知曉。

雲璐肚子裡的孩子就是趙焉的，這已經是確鑿無疑了。但忠靖侯的態度，擺明了不肯讓趙焉娶雲璐，既然趙家不打算為此負責，護國侯雲臻怎麼可能讓妹子吃這般大虧，所有人都一直期待著看他會如何報復趙家。沒想到，雲家還沒有動作，倒是趙家又先鬧出了動靜。

趙焉居然從邊關逃回來了！

他回來做什麼？

刺史夫人楊常氏看著議論不止的人群，冷冷一笑，對女兒楊燕甯道：「趙家鬧得這般轟轟烈烈，也不怕拖累了參選的趙慕然。呵！甯兒，我們去瞧瞧熱鬧。」

楊燕甯嘴角微微一揚。「好的，母親。」

有她們母女帶頭，這下子其他人也坐不住了，所有人都感覺到，今日雲趙兩家非要鬧出點驚天動地的結果不可，哪裡還有心情開什麼宴會，都紛紛離席告辭。

一時間，廳內人群如潮水一般退去，變得空空蕩蕩，後院卻是一片人歡馬嘶，各家的馬車都忙著出發。

紀師師和李安然追到後院，見所有人都要趕去護國侯府看好戲，不由面面相覷。

紀師師突然抓住了李安然的手。「今日雲趙兩家必然成為全城的焦點，這樣的大新聞豈可錯過！來日與這些夫人小姐見面，我若連這樣熱門的話題都插不上話，豈不懊惱，走，我們也去看看。」

她說著便叫人快快套車，又招呼葉春兒和柳小蟬也一同去。

車馬簇簇，流水一般從胭脂斜街出發，一路向著護國侯府前行。

路邊的行人見同一時間這麼多大戶人家的馬車出現在路上，而且還都是去同一個地方的樣子，不由驚奇地指指點點，議論紛紛。

路上，紀師師跟李安然詳細說起了雲趙兩家恩怨的來由。

「大家都知道，第一代護國侯原是太祖皇帝的第六子，太祖皇帝駕崩之時曾爆發激烈殘酷的帝位爭奪，當時的六皇子是對太子而言最具有威脅性的人物，但六皇子卻念著手足親情，不願與太子爭奪，甘願退出京都。

「太子受著這一份情，原要封六皇子為王，但六皇子又以爵位太高恐再給黨羽希望，自請封侯，不上公爵。太子以德報德，賜封王興之地靈州為六皇子的封地，並許諾護國侯爵位與國同休，世襲罔替，所以才有了這大乾朝唯一的傳國侯爵位——護國侯府雲家。」

護國侯府的來歷，在大乾朝不是秘密，就是普通百姓也能說出個一二來，李安然自然也知道。

「護國侯雖不如公爵、王爵等級高，卻是真正的皇室心腹、宗室正統。原本有這傳國侯的爵位，護國侯府該是興隆昌盛才對，但第三代護國侯，也就是現在的侯爺雲臻的爺爺，卻意外戰死沙場，英年早逝，也正因此，才跟忠靖侯府趙家結下了深仇大恨。」

這卻是李安然不知道的了，她問道：「這是為何？」

紀師師便又詳加解釋。

原來當年邊關遭入侵，爆發戰爭，第三代護國侯雲銳與當時的忠靖公趙明德一同出征，那年的戰事打得十分艱難。決戰之時，雲銳所部負責誘敵，陷入重重圍困，艱苦對戰，而忠靖公所部只顧著殲敵，一再拖延救援時機，最終雲銳所部全軍覆沒，雲銳也落了個馬革裹屍的下場。雖然最後是大乾獲勝，擊退了侵犯者，但趙明德卻因雲侯之死降爵一等，從忠靖公變成了忠靖侯。

原本雲銳之子，即雲臻之父雲誨，跟趙明德的大女兒趙慧娘已經訂下婚約，也因為父仇向趙家悔婚，趙慧娘不堪羞辱觸柱而死。先有雲銳之死，後有趙慧娘之死，兩條人命，使雲趙兩家從原來的好友變成了仇人，斷絕了一切往來。

聽紀師師說完這些，李安然才恍然。

怪不得雲璐和趙焉發生關係之後，忠靖侯竟將趙焉送去邊關；怪不得趙承當日對雲臻說，趙家男人絕不會娶雲家女人；怪不得雲璐當初竟絕望到絕食輕生。

兩個無辜年輕人之間的愛情，在兩條人命造成的深仇大恨面前，舉步維艱。

車廂內響起輕輕一聲嘆息，柳小蟬幽幽道：「真是一段孽緣，雲趙兩家既然已是老死不相往來，怎麼趙二公子跟雲大小姐卻又發生了這種事情。」

葉春兒道：「愛情此物，原就可惡，越是意想不到的人，它便越是以轟轟烈烈之勢席捲而來，非要人為之生死相許不可。」

此話一出，猶如醍醐灌頂，其他三人都是悚然一驚，就連葉春兒自己也覺得駭然。

正沈默之時，馬車忽然一頓，停住不前。

李安然撩開窗簾一看，原來已經到了。

城西是貴族聚集之地，這裡的家家戶戶都是非富即貴，房屋結構和街道布局跟平民居住區有明顯的不同，護國侯府大門外，十二道臺階之下，便是大青石板鋪就的平整廣場，兩旁下馬石、拴馬柱一應俱全。

不過平日這裡都是清清靜靜，此時卻是人潮洶湧，廣場周圍站滿了看熱鬧的人群，女眷們的馬車到來以後，呈扇形包圍狀散開，因車內有未嫁女孩，所以大家都沒有下車，只在車窗處向外瞭望。

原本已聚集在這裡的平民百姓，見到居然來了這麼多貴族家的馬車，越發議論紛紛起來。

李安然和紀師師撩開窗簾向侯府門前望去，只見府門雖然緊緊關閉，但臺階之上卻站著一排侍衛，人人都是神情肅穆，眼神不善地瞪著跪在臺階下的一名男子。

這男子上身赤裸，下身一條褲子，雙膝跪在青石板上，背上還揹著一捆荊條。他背對著人群，李安然看不清他的臉，只能看到他身形蜂腰猿背，小麥色的脊背肌理分明，肩膀上肌肉墳起，胳膊修長，身姿很是健美，想必就是忠靖侯府的二公子趙焉了。

一個護國侯府的侍衛出列，在臺階上居高臨下，對趙焉道：「趙二公子，你今日來此，意欲何為？」

趙焉抬著頭，朗聲道：「趙焉今日前來，只為請罪，請雲侯出來一見。」

「侯爺貴人事忙，沒空見你！」侍衛冷冷道。

趙焉微微一笑。「趙焉就跪在此處，見不到雲侯絕不起身，請閣下通報，趙焉隨時等候雲侯召見。」

他聲音頗大，周圍人都聽得一清二楚。

那侍衛哼了一聲。「那你就跪著吧！」說完也不進府通報，只站回隊伍中，一排侍衛便林立在臺階之上，冷冷地看著趙焉。

「這是負荊請罪呀。」紀師師輕嘆道。「比起忠靖侯的絕情，這位趙二公子可是有擔當多了。」

此時，廣場上雖然人潮擁擠，但聲音倒還不算大，大家都只是跟身邊的人低聲議論，偶爾對護國侯府和趙焉指指點點一下。

嚴秀貞是這群女眷之中第一個到達的，但大約也是被這情形給弄得有點懵，趙焉跪在府門外負荊請罪，護國侯府卻大門緊閉不予理睬，這實在是赤裸裸的羞辱。

但身為忠靖侯府的大少夫人，老侯爺和大公子還沒有露面，她必須著手處理這件事，心裡再怎麼為難，她也只能從馬車上下來了。

「快看快看，那不是忠靖侯府的大少夫人！」

「喲！真是，怎麼是大少夫人過來，老侯爺呢？」

嚴秀貞的露面，在人群中響起一片嗡嗡聲。

她一路走到趙焉身邊，趙焉已然聽到腳步聲，但卻並未抬頭。

「二公子，你這又是何苦？」嚴秀貞微微嘆息。「你擅自逃回靈州，老侯爺已經知道了，他那個脾氣，必然是雷霆震怒，到時候你不知道要承受如何嚴重的家法。」

趙焉這才抬起頭，望著護國侯府的大門。

「我和小璐真心相愛，我既然做了她的男人，便不可能任由她背負不潔之名，她懷著我的孩子，我自然要對她負責。」

嚴秀貞輕聲道：「可是你跪在這裡只是自取其辱，老侯爺本就對雲家懷有敵意，若是看到你在此受辱，更加不會接受雲璐了。況且雲侯的脾氣你不是不清楚，他的親妹妹因你喪失名節，又差點絕食而死，他會輕易放過你嗎？」

趙焉側過頭來，微微一笑。「大嫂不必為我擔憂，我做下的事自然由我自己承擔，無論是雲侯的怒火，還是父親的懲罰，都由我一人承受。至於小璐，我是非娶不可的！」

他這一番話，並沒有刻意控制聲音，說得坦坦蕩蕩。

「是個漢子！」

人群中頓時響起幾聲叫好。

李安然回過頭，見紀師師、葉春兒和柳小蟬都是一臉讚賞，便笑道：「這趙二公子果然是有擔當的。」

紀師師也道：「這樣的男子，才值得女子託付，若他只因雲趙兩家的仇怨而退卻，那也不配雲大小姐的癡心了。」

四女都是點頭。

不過話雖如此，大家都還是為趙焉擔憂，護國侯雲臻是出了名的面黑心冷，趙焉今日負荊請罪，他又會如何對待呢？

就在人人都猜疑不定的時候，護國侯府的兩扇朱紅色大門忽然開啟了。

所有人的目光一下子全聚焦過去。

一身銀灰色長袍的雲臻，就在眾目睽睽之下走出侯府大門，站定在臺階之上，居高臨下地看著趙焉，一個字一個字地吐出其姓名。「趙焉。」

初春的陽光照射在他身上，他恍如天神一般凜然不可侵犯。

趙焉挺直脊背，仰頭道：「雲侯，趙焉在此請罪。」

「請罪？你何罪之有？」雲臻冷冷道。

「趙焉之罪，罪在令雲璐生出輕生之念。今日來此，趙焉任憑雲侯責罰。」趙焉大聲道。

雲臻目光冷峻。「你從邊關逃回，只為受罰？」

「當然不是！」趙焉聲音越發洪亮。「趙焉今日來，是向雲侯請求，請將雲璐嫁給趙焉！」

人群中一片譁然。這個趙二公子，是快人快語還是腦子缺根弦？人人皆知雲趙兩家之仇不共戴天，趙焉敢這麼直接地求婚，雲侯難道能答應他？

雲臻微微瞇起了眼睛。

「趙焉，你可知你我兩家的關係？」

「當然知道，你祖父因我祖父而死，我大姑因你父親而死，雲趙兩家仇深似海。」趙焉應。

「雲家男不娶趙家女，這是我父親當年說的。趙家男不娶雲家女，這是你父親現在說的。」

「父親是父親，趙焉是趙焉。雲趙兩家的仇怨是前人所為，於我於雲璐都不相干，既然我們相愛，便該成婚。」趙焉脊背越發挺直。

雲臻冷笑。「你覺得，你說一句要娶雲璐，你們兩個便可以在一起嗎？」

趙焉道：「雲璐是我平生摯愛，在趙焉心中，她是無價之寶，為了娶到她，趙焉願承受一切。雲侯，請你明言，如何才能將雲璐嫁給我？」

雲臻將目光從他臉上移開，掃視著廣場上的人群，朗聲道：「忠靖侯，還不現身嗎？」他動用了內力，聲震四方，這句話，彷彿是敲擊在每個人的心裡。

趙焉面色微變，朝身後看去。

廣場上人數眾多，卻靜悄悄的，沒有一個人走出來。

趙焉面露疑惑。

雲臻則面帶冷笑。「忠靖侯自詡忠烈勇武，當家人卻是毫無擔當的懦夫無賴，竟連面都不敢露。」

趙焉頓時拳頭一緊。「請雲侯慎言！」

嚴秀貞上前一步道：「雲侯，我家老侯爺若來此，絕不肯讓二公子在你門前下跪受辱，若是言語衝突起來，只怕今日兩家要不死不休。我夫君正在府中阻止老侯爺過來，也請雲侯息事寧人。」

「息事寧人？倒要請教大少夫人，如何息事寧人？」雲臻面無表情地看著她。「我早就放過話，趙焉既然動了我雲臻的妹妹，就算逃到天涯海角，我也絕不會放過他。好！算你趙焉有膽識，竟敢單槍匹馬從邊關千里逃回靈州，登上我護國侯府的大門。我倒要看看，你有什麼本事，竟敢說出大話，要娶雲璐為妻！」

雲臻上前一步，一隻腳踏在臺階上，身體微微前傾，如同一頭蟄伏待撲的猛虎，目光深邃而銳利。

「趙焉！我且問你，你父親寧願送你去邊關，鐵血之地生死難料，也不願你娶雲璐，你要如何應對？」

「雲趙兩家的仇怨已延續三代，父親不願趙焉娶雲璐為妻，是因為他是忠靖侯府的侯爺，是我趙家的當家人。若趙焉心無所繫，婚姻大事自然聽憑父親安排。但趙焉既然已經認準了雲璐，雲璐也已經懷了我趙家的骨肉，我趙焉自然不會辜負她。即便父親反對，我的婚事也要我自己作主，雲璐我是非娶不可！」趙焉大聲道。

這話他方才說過，激起了圍觀人群叫好；此時當著雲臻的面，他還是這樣說，那叫好聲更是又多了好幾倍。大乾男兒熱血快意，就是要有擔當有膽魄。

雲臻的表情看似沒有變化，但嘴角和眼角，卻都有一絲細微的上揚。

「趙焉，你固然豪言壯語，就算你不顧忠靖侯的反對，娶雲璐為妻，但你如何能讓忠靖侯承認她這個兒媳？如何讓她堂堂正正地進趙家大門？若你娶雲璐，帶給她的只有更多的委屈和不公，我絕不會讓她嫁給你。」

雲臻直起了身體，臉上是不容置疑的堅決，再道：「就算她已經懷了你的孩子，就算她將來無法出嫁，我雲臻也會養她一生一世，保護她一生一世。雲家的女子，絕不仰人鼻息；雲家的女子，在任何時候，都活得坦蕩，比任何女子都高貴安樂。」

如果說趙焉的豪言壯語，讓在場的所有人感受到了男人的擔當，那麼雲臻的斬釘截鐵，便是讓所有人體會到了男人的承諾和力量。

紀師師忍不住讚嘆道：「這兩位，實在都算得上奇男子。」

葉春兒和柳小蟬不住地附和認同。

李安然心裡也已經贊同，但面上卻不肯顯露。她轉頭向其他馬車看去，見每一輛馬車的窗簾都掀開著，夫人小姐們都在看著侯府門前的這一幕，神情各異，有的面有讚嘆，有的似有欣喜，有的則蹙眉擔憂。當她的目光滑過刺史府的馬車時，卻猛然一停。

馬車上露出面容的自然是楊常氏和楊燕甯，楊常氏臉上是一如既往對趙家的嘲諷，但楊燕甯臉上卻有種微妙的表情。

她似乎還是保持著冷若冰霜，但李安然卻沒有忽略她眼中的神采。

那是一種心動的眼神。

是對趙焉？

還是對雲臻？

第十六章 擊掌盟誓

雲臻和趙焉的問答，激起了圍觀群眾的叫好，這些看熱鬧不嫌事大的人們，都為這兩個男子的氣魄心折，尤其一些年輕女子，更是心醉於男兒的擔當。

楊燕甯的臉在車窗處也只是一晃，旋即楊常氏身形轉動，正好將她遮住，以至於李安然無法再觀察到她的表情。

而這個時候，面對雲臻的質問，趙焉短暫地陷入了沈默。

自家老子的脾氣，自家清楚。雲臻說的沒錯，如果他違背父親忠靖侯的意願，強行娶了雲璐，以忠靖侯倔強頑固的脾氣，定然不肯承認雲璐的兒媳身分，如此一來雲璐在趙家沒有地位，連僕人都會看低她，到時候她的處境只會比現在更加尷尬。

「趙焉，我再問你一遍，你如何在雲璐和你父親之間取捨？」雲臻再次質問。

「即便父親反對，我也一樣能保護雲璐周全。」趙焉堅定回道。

雲臻扯嘴一笑。「難道我雲臻的妹妹，只配享受『周全』的待遇！」

嚴秀貞蹙眉道：「雲侯，請不要逼人太甚，趙焉不顧老侯爺反對，從邊關逃回靈州，上門負荊請罪，他對雲璐的誠意，難道你還要懷疑嗎？」

「男子漢大丈夫，光有誠意，沒有力量，又如何能夠保住自己心愛的女子？」雲臻身子又前傾了一點，目光銳利，越發具有壓迫感地直視趙焉。「有你父親在，你便不能當家作主。若你無法給予雲璐應有的身分和待遇，今日所做的承諾，便全是廢話！你只是個言而無信的小人！」

趙焉渾身一震，脹紅了臉。「雲侯！我趙焉絕非無信之人！你不相信我，只是因為我乃忠靖侯府的子孫，不信我能對抗父親的意志。我今日便與你作下承諾，我願為雲璐自立門戶，但你也須信守諾言，將雲璐堂堂正正嫁給我！」

「二弟，你瘋了！」嚴秀貞不敢相信地瞪大眼睛。

大乾律例，男子成年後有權離開父母，自立門戶。但如此一來，他便無法再享受父母的任何榮蔭，若本身沒有官職爵位，便只是普通平民。

以趙焉的身分，住在忠靖侯府，他便是忠靖侯的二公子，在忠靖侯未立世子的情況下，他就有可能繼承爵位，即便沒有爵位，他也可以享受到侯府的榮譽庇護，是高人一等的貴族。但如果他自立門戶，以他現在毫無功勞官職在身的情況，他便會淪為一介平民，除了他的出身是高貴的，他的生活將跟一般百姓一樣——平民見到貴族要行禮甚至於下跪，他也要；平民需要繳稅服役，他也要；平民見官低一等，他也是。

所以嚴秀貞才會覺得趙焉瘋了，哪個正常人會放棄自己現有的一切榮耀，去做最低等的平民。

「瘋了！你這個臭小子簡直瘋了！」

一聲大吼從人群中傳來，把所有人都嚇了一跳。

一個老頭子滿臉怒火，提著一根鞭子從人群中衝出來，趙承帶著一群人火燒火燎地在後面追。

「公爹！」嚴秀貞大驚失色。

忠靖侯年紀剛到五十，兩鬢已經長出了白髮，攏得一絲不苟，每條髮根和臉上每條皺紋都透著固執的精神。此時他兩眼瞪得如銅鈴一般，揮舞著鞭子，凶神惡煞地衝進來，也不跟任何人打招呼，對著趙焉劈頭蓋臉就是一頓狠抽。

「逆子！誰叫你逃回來！誰叫你自立門戶！翅膀硬了啊，敢不聽你老子的話了啊！」皮鞭落在趙焉裸露的脊梁上，啪啪啪震得人心慌，趙焉死死地捏著拳頭，身上瞬間就布滿了紅色的鞭痕。

趙承氣喘吁吁地追過來，被嚴秀貞一把拉住。

「你怎麼沒攔住老侯爺！」

趙承一臉委屈道：「我攔得住嗎？老爺子脾氣大，力氣更大，就是十個我也是白給。」

嚴秀貞也知道自家老侯爺的情況，眉頭鎖得死死的，卻也沒辦法責怪丈夫。

忠靖侯這一來，如在烈火上又澆了一潑油。

圍觀的人群越發緊張興奮，深怕錯過了任何一幕好戲。

在所有人都張大眼睛的時候，雲臻只是背著手，臉上風輕雲淡，就那麼看著趙焉被抽打。

趙焉身上的傷痕已經腫得老高了，從肩頭、胳膊到脊背，甚至包括胸膛，到處都被抽得縱橫交錯。然而忠靖侯卻彷彿越抽越勇，根本沒有停下來的跡象。

「逆子！翅膀硬了，敢忤逆你老子了！我今天就抽死你，省得你丟人現眼，敗壞門風！」忠靖侯一張老臉好似被滾燙的醬油潑過，又紅又黑。

圍觀的人群都瞧得心驚膽顫，這老爺子的怒火也太蓬勃了，這不是要抽死人了嘛！

「別抽啦！公爹消消火，再抽下去，二弟的性命就沒了！」到底還是嚴秀貞看不下去，先伸手試圖拉住忠靖侯的胳膊。

忠靖侯被她抓住手，抽不下去，抬頭去看雲臻，卻見雲臻嘴角微揚，臉上的冷笑似乎是在嘲諷。

老頭子頓時腦子一熱，他一把甩開嚴秀貞，不管不顧地又抽了幾鞭。

趙焉受了這幾下狠抽，胸膛猛地一震，噗一口吐出鮮血。

圍觀人群大譁。

趙承猛地撲上去，拚著臉上挨了一鞭子，終於攔腰抱住了忠靖侯，大喊道：「父親，弟弟畢竟是你的親兒子，難道你真要抽死他嗎？」

與此同時，嚴秀貞也再次抓住了忠靖侯的胳膊。

忠靖侯被兒子媳婦一起攔住，終於不能再揮舞鞭子，只能呼哧呼哧地喘粗氣。

「啪、啪、啪——」雲臻一邊拍手一邊從臺階上走下來。「好一幕嚴父教子的畫面。」

沒等忠靖侯發話，趙承先懇求道：「雲侯就請不要火上澆油啦，我們兩家今日出的醜已經夠了。」

雲臻微微一哂，沒再說什麼。

忠靖侯哼了一聲，梗著脖子道：「家門不幸，讓雲侯看了笑話。」他揚手一招。「來人，請二公子回府！」

跟著趙承追來的侯府下人，低著頭上去扶趙焉。

趙焉猛地一甩胳膊，將下人們彈開，就那麼跪著，仰頭對忠靖侯道：「父親，兒子不能做言而無信的小人。」

忠靖侯瞪著他。

嚴秀貞低聲道：「二弟，有什麼事回家再說。」

趙焉不理她的好意提醒，直視忠靖侯。「此處圍觀民眾多，兒子已經當眾向雲侯求娶雲璐為妻，請父親答應。」

「你再說一遍。」忠靖侯咬牙切齒道。

「若父親不肯，兒子只好自請出府，自立門戶，以便娶雲璐過門。」

忠靖侯冷笑一聲。「你離開侯府，就只是一介平民，你以為自己還能配得上侯府千金啊！」

趙焉朗聲道：「我與雲璐情出真心，有白首之盟，我相信，即便我成為平民，雲璐也絕不會棄我而去。」

忠靖侯捏著拳頭嘎吱嘎吱響，所有人都看得出他的怒火已瀕臨極限。

「婚姻大事，你以為是你跟雲璐兩個人就能決定的嗎？就算雲璐肯跟你，她這個侯爺兄長，也不肯認你這個草民妹夫！」他一面惡狠狠地說，一面惡狠狠地向雲臻看去。

雲臻微微一笑。「在下年輕，可不比忠靖侯年老頑固，女大不中留，雲璐已然認準了趙焉，連他的孩子都懷上了。我本以為趙焉是個沒有擔當的懦夫，如今看來，倒是比乃父強得多，犬父也能出虎子。」

他雖然沒有直接同意趙焉和雲璐的婚事，但這話說出來，便已經是默認的態度了。趙焉面露喜色。

忠靖侯卻氣得倒仰，他大踏一步，逼近雲臻，厲聲喝道：「雲小子！你莫要忘了雲趙兩家的恩怨，我姊姊趙慧娘可是死在你父親手上！」

雲臻也猛地一步上前，與之針鋒相對。「趙老頭！你也別忘了，是你父親先害死了我祖父！」

這一老一少，同樣地倔強固執，此時鼻尖對鼻尖，眼睛對眼睛，一副針尖對麥芒之勢，大有一言不合拔刀相向的氣氛。

圍觀人群直看得驚心動魄，都不知道該是什麼表情才好，有好事者甚至直喊：「打！打！」

嚴秀貞和趙承立刻凶悍地瞪過去，那人一害怕，縮回了人群中。

此時明明只是兩家的恩怨，場面卻彷彿兩軍對峙。忠靖侯府的下人似是怕老侯爺吃虧，都默默地靠攏上去；而護國侯府的護衛們，也奔過來站在雲臻身後助威，雙方大眼瞪小眼，劍拔弩張。

突然，護國侯府門口出現了一道纖細身影，乳燕歸巢一般向廣場上撲來。

佛已全融化心間。

「焉哥！」

趙焉渾身一震，驚喜地脫口喊道：「小璐！」

他不顧身上傷痕累累，猛地跳起來向雲璐跑去。

忠靖侯頓時怒髮衝冠，大喝：「你小子敢再過去試試！」

可雲璐已經跑到了趙焉跟前，趙焉一把握住她的手，兩人只對視了一眼，千言萬語便彷佛已全融化心間。

趙焉轉頭對忠靖侯道：「父親，我此生非雲璐不娶。」

雲璐看著他渾身鞭痕，胸前還血跡斑斑，那是趙焉方才吐血所致，眼中頓時湧出淚水。

「焉哥，你為我受苦了……」

「原是我讓妳受了委屈，此時受再多苦也值得。」趙焉望著雲璐，目光深情，彷佛再也容不下任何一個人。

忠靖侯見不得他們小兒女卿卿我我，指著趙焉道：「趙焉！你再敢跟雲家女人在一起試試，真以為老子不敢抽死你是不是！」

雲臻立刻冷笑道：「趙老頭，這裡是護國侯府的地盤，你敢再動一鞭子試試！」

「怎麼，你敢對我動手！」忠靖侯鬚髯戟張。

「你以為我不敢！」雲臻毫不示弱。

人群中又有人喊：「打咯！打咯！」

這次任憑嚴秀貞和趙承瞪得再凶狠，那人也不退縮了，而且還鼓動著旁邊人也跟著喊打。

雲臻和忠靖侯再次大眼瞪小眼，臉紅脖子粗地對峙起來。

而與他們的緊張氣氛形成鮮明對比的是，雲璐和趙焉牽著對方的雙手，正在互訴衷腸。

「小璐，我聽到妳絕食的消息，魂都嚇飛了，妳怎麼可以有輕生之念。」

「是我不對，我以為你害怕兩家恩怨，不敢娶我，才會離我而去。」

「我知道妳有身孕當天，便向父親提出要娶妳，但父親卻當場將我捆綁押送去邊關，我好不容易才逃回來的。」

「我知道，我都知道了，以後就算你去天涯海角，我也跟著你。」

圍觀者人人都聽到了這些情意綿綿的話。

這場面實在有些滑稽，一邊是喊打喊殺，一邊卻是情話繾綣。

趙焉確認了雲璐的心意，終於回過頭來，對忠靖侯道：「父親，兒子再說一遍，此生非雲璐不娶。父親若不同意，兒子唯有自立門戶，到時候父親便無法再管束兒子了。」

「逆子！」忠靖侯大怒。

雲臻卻啪啪鼓掌，哈哈笑道：「好！趙焉，你若自立門戶，我便與你許下承諾。雲璐乃侯府千金，不可下嫁平民，若你三年之內能夠建立功勛，獲得爵位，我便將雲璐風風光光嫁入你的大門！」

「此話當真？」趙焉大喜。

「我雲臻說話，從無虛言！三年之內你能封爵，雲趙兩家恩怨，便於你我無干，到時候護國侯嫁妹，定給你們辦大乾朝最風光的婚禮！」雲臻豪情萬丈地應允。
趙焉相信他不會說謊，心中實在狂喜到了極點。
他對雲璐問道：「妳願意等我三年嗎？」
雲璐一隻手輕撫小腹，柔情似水。「我與孩子一起等你，三年、三十年、三百年，都等你。」
圍觀人群中有無數女子發出了羨慕的嘆息。
趙焉得到了雲璐的保證，全身都充滿了力量，他轉而對雲臻道：「雲侯，你可敢與我盟誓？若我三年內封爵，你必嫁雲璐於我，並親自替我們操辦婚禮！」
雲臻大笑。「有何不敢！」
兩人同時伸出手掌，就當著忠靖侯的面，啪，啪，啪，三擊掌，完成了男人之間的誓願。
眼睜睜看著自家兒子跟仇人擊掌盟誓，明白生氣也沒用的忠靖侯終於長嘆一聲。「家門不幸啊……」
趙焉與雲臻擊掌完畢之後，便對忠靖侯道：「兒子這就回邊關去，父親請不要生兒子的氣，三年之內，我必封爵而歸。」
說完，他不再跟任何人招呼，拍拍褲子，大步流星地往人群中走去，群眾都自發地為他讓開道路，崇敬地目送他離去。
雲璐也沒有出言挽留，只是站在原地，看著他的背影，眼中滿滿的都是柔情和信任。

「妳的眼光不錯。」雲臻在妹妹耳邊輕聲說道。

雲璐側過頭來，微微一笑，驕傲地撫著自己還沒有隆起的小腹。

趙承小心翼翼地過來，對忠靖侯道：「父親，我們回家吧。」

忠靖侯一腔悶氣無處發洩，沒好氣道：「家門不幸，我遲早被你們兄弟氣死。」

趙承方才阻攔他鞭打趙焉的時候，臉上挨了一鞭子，右邊臉頰上一條紅痕，幾乎打到眼睛，此時莫名地挨罵，摸著臉委屈道：「是弟弟忤逆你，關我什麼事。」

忠靖侯勃然大怒。「你還不如你弟弟呢！你弟弟好歹有個男人樣子，你呢？成天就知道花天酒地，廢物！」

說完還不解氣，抬手就要給他一鞭子。

趙承來不及逃，只能捂著臉扭身躲，喊著：「別打臉！」

饒是忠靖侯令人敬畏，圍觀人群中也有人忍不住笑出聲來。

那些馬車上的女眷們也紛紛掩嘴偷笑，趙承實在是個活寶。

忠靖侯轉過臉，衝人群吼道：「笑什麼笑！你你你，就是你剛才喊打的吧，來來來，老夫這就打你一頓！」

他揮舞著鞭子衝過去，眾人頓時大驚失色，紛紛叫嚷起來，忠靖侯大展神威，把整批人追得四散奔逃，偌大的圍觀群眾一下子如鳥獸散了。

嚴秀貞深怕自家公爹又找無辜之人撒氣，忙和趙承一邊一個扶著他，勸他回府。忠靖侯甩開他們夫妻，衝雲臻最後哼了一聲，這才揚長而去。

趙承已經追著忠靖侯離去了，嚴秀貞是跟趙慕然一起來的，自然不會把她一個人扔下。方才這齣鬧劇，從始至終，趙慕然都沒有露面，一直躲在馬車裡，直到忠靖侯走了，她才從馬車上下來。

「妳倒會躲，妳二哥差點被打死，妳爹也差點被氣死，妳竟然連面都不露一下。」嚴秀貞道。

「父親盛怒，我哪敢捋虎鬚。反正有大哥和大嫂在，總不會讓事態失控的。」趙慕然笑了笑，說完，她走到雲璐跟前，拉住她的手。「雲璐姐姐，恭喜妳，我二哥娶了妳，妳就是我的二嫂啦。」

說來也奇怪，雲趙兩家雖然結仇，但這一輩年輕人之間卻沒有互相敵視。雲璐跟趙慕然第一次見面，也一點都不覺得生疏。

雲璐對趙慕然道了謝後，又道：「還請妹妹回府後多多安慰老侯爺，請他千萬不要生妳二哥的氣才好。所謂自立門戶，那都是氣話，不能當真的。」

趙慕然搖頭道：「父兄的脾氣我都瞭解，他們兩個都不是會開玩笑的人。」

兩人沒有再說下去，嚴秀貞領著趙慕然告辭離開。

下車話別的女眷們紛紛登車，雲臻隨意轉動著視線，卻不經意地看見了紀師師的馬車，車窗處正好露出李安然的半張臉。

他心頭微動，在雲璐耳邊低聲說了句什麼，雲璐面有詫異，卻微笑著點了一下頭。

女眷之中，楊常氏和楊燕甯自然也在。楊燕甯被母親拉著登車，脖子卻還向後擰著，目光不離開雲臻的臉。

楊常氏察覺到女兒的異常，推了她一下，低聲道：「別忘了三月選秀。」

楊燕甯眼神一閃，到底還是回過頭來，默默地上了車。

圍觀人群走了，女眷們也都離開了，護國侯府門前重新變得空曠安靜起來。

李安然和紀師師也準備回胭脂斜街，但就在車夫正要駕車之時，卻有一個護國侯府的侍衛走過來問道：「車上的可是李娘子？」

第十七章　驚人的猜測

車內四人互視一眼，李安然探頭到車窗處。

侍衛見到她，說道：「我家大小姐有請李娘子，請李娘子下車。」

雲璐邀請她？李安然毫無準備，下意識地看了紀師師一眼。

侍衛見狀便道：「也請紀姑娘陪同李娘子一起入府。」

李安然和紀師師都不明所以，但既然是護國侯府的大小姐邀請，總不能拒絕，兩人只得下車。

「我們可要等候兩位姐姐？」葉春兒和柳小蟬問。

「既然是雲大小姐相邀，必不會讓我們徒步回家。妳們先回去吧，雲家會送我們的。」紀師師道。

葉春兒和柳小蟬答應了，自行離去，李安然和紀師師則在侍衛的帶領下進了護國侯府。

進府之後，便有一名女子領著幾個丫鬟上前來，對李安然和紀師師道：「小姐正在更衣，請李娘子和紀姑娘隨婢子去花園稍作等候。」

這女子正是雲璐身邊的大丫鬟紅歌，李安然見過不止一次了，便笑道：「有勞紅歌姑娘。」

紅歌帶著李安然和紀師師往花園走。

與此同時，藉口更衣的雲璐卻正在詢問雲臻。

「哥哥為何要我請李娘子來，莫非哥哥真對她有特別的興趣？」

方才在侯府門外，雲臻見到了馬車上的李安然，便暗暗囑咐雲璐，以她的名義請李安然進府。雲璐一面照做，一面也對雲臻的用意十分好奇，除了男女之情，她想不出還有別的原因。

雲臻卻不回答她的問題，顧左右而言他。「聽說妳很喜歡李墨那孩子。」

他的話跳轉太大，雲璐晃了一下才反應過來。「你說墨兒？唔，那孩子是可愛，不過我也只見過一回，哥哥怎麼問起他？」

「那孩子，長得像一個人。」

「像一個人？誰？」雲璐眼神一閃，接著一副驚容。「莫非是哥……」

雲臻沒好氣地瞪她一眼，雲璐捂嘴一笑，促狹之色一閃而過。

「妳待會兒記得盤問李安然，當年如何收養李墨，只要是關於李墨的，事無巨細都做詢問。」

雲璐方才只是故意作弄雲臻，她心裡自然也清楚李墨不會跟雲臻有關係，但雲臻如此在意李墨，也令她不明所以。「這又是為什麼？」

「箇中原因還有不確定之處，妳且先去詢問，只是別太刻意，教對方看出來。」雲臻提醒著。

「明白了。」對於這個哥哥，雲璐是全心信賴，既然他不肯說，她也不再追問。「正好前兩日程家來投帖求見，我便利用此事相機詢問吧。」

雲璐離去之後，雲臻便吩咐旁邊的下人。「叫孟小童來見我。」

護國侯府的花園是雲璐親自打理的，佈置得十分精美，時節即將進入春暖花開之際，園中已經有些春意的復甦。

李安然和紀師師在園中一座小亭裡坐著，紅歌陪伴等候，等了一小會兒，雲璐便過來了。

「李娘子別來無恙。」她先對李安然打個招呼，然後又對紀師師道：「紀姑娘風采依然。」

紀師師笑道：「我們還要向大小姐道喜，恭喜覓得如意郎君。」她常常出入公侯勛貴之家，跟雲璐也見過，並不算陌生。

三人落座，紅歌等侍立在旁。

「今日我護國侯府門外發生這樣一齣鬧劇，必要成街頭巷尾的熱聞了。」雲璐深諳會客交際之道，以方才門外的大事件入手，話題很容易展開。

果然李安然和紀師師都笑了起來。

「大家議論之時，必然稱讚大小姐慧眼識珠，趙二公子實在是個有擔當的好男兒。」李安然稱道。

「稱讚什麼的是不敢奢想，身為護國侯府大小姐，竟未婚先孕，不知有多少人在背地裡恥笑呢。」雲璐臉上略帶一絲紅暈，她低下頭去，用手撫著自己的小腹。雖然口中說被人恥笑，但臉上的神情卻並不是很在意。

「大小姐多慮了，有侯爺在，誰敢恥笑雲家。」紀師師道。

雲璐一笑。「是了，我哥哥可是出名的凶神惡煞。」

紀師師掩嘴而笑，李安然也認同地點頭。

三人又隨便地聊了幾句，雲璐始終不進入正題。

最終還是李安然忍不住問：「不知大小姐叫我們來，有何吩咐？」

雲璐輕輕嘆息了一聲，輕撫小腹的手停在肚子中間。「自從有了身孕，倒是格外喜歡小孩子，方才在外頭瞧見李娘子，便又想起了墨兒，忍不住便想問問他的近況，所以才請娘子進府來。若只請娘子一人，又怕唐突了娘子，便請紀姑娘也同行。」

真的只是因為墨兒？李安然雖然覺得這理由有點牽強，但也客氣回答。「多謝大小姐記掛，我今日進城辦事，帶著墨兒不大方便，便將他留在家中，由奶娘照顧。」

「原來如此。」雲璐點點頭。

李安然和紀師師對視一眼，仍覺得有些疑惑。

雲璐身為侯府千金，平日掌管著侯府的生活運作，自然有察言觀色的本事，李安然和紀師師的神色又怎會逃過她的眼睛。

「看來兩位仍有疑惑。罷了，我若再遮遮掩掩，倒失了光明。」她對李安然道。「今日請李娘子前來，原是我有個疑問，不吐不快。」

「大小姐請問。」李安然道。

「前兩日有程家下人前來投帖，程家家主程彥博欲攜新夫人上門拜訪，說是因為當日哥哥回靈州之時，程家新夫人曾衝撞我哥哥車駕，故此想上門來賠禮道歉。這事兒，李娘子應該也是經歷了的。」

李安然點頭。「是，那日程家新夫人姚氏羞辱我母子，幸虧侯爺出手相救。」

雲璐微微一笑。「那日的情形我也聽說了，姚氏那樣地輕佻無禮，不過仗著程家富裕。一個小小商戶，頂著個靈州首富的虛名，眼睛便長到腦門上去了。」

紀師師插嘴笑道：「靈州城內勛貴何其多，哪一家都比程家富貴，不過是大戶人家深諳藏富之道，不像程家招搖罷了。」

雲璐點頭讚許。

「哥哥公務繁忙，侯府中迎來送往的事，素來都是向我稟報的，既然程家投帖，我自然要多問幾句，看看這位新夫人是個什麼人物。」說到這裡，雲璐臉上微微露出一絲冷笑。「想不到那程家的下人竟是欠缺調教，說出許多不該說的話來。」

她頓了頓，看著李安然。「他說，程彥博休棄李娘子，是因為李娘子失德，又說墨兒的身分來歷不明。李娘子，他說的可是實情？」

李安然尚未回答，紀師師臉上卻已變色。

雲璐的問題，實在是唐突了。護國侯府與李安然非親非故，即便是貴族，也不該這樣當面戳人家的隱私，但比起雲璐的冒犯，紀師師更憤怒程家的無恥。

這時代，一個女人成為棄婦，不論出於什麼原因，都是大大的醜聞。李安然在清溪村才剛剛遭受流言蜚語的侵擾，已懷疑是程家背後作梗，沒想到程家居然還在護國侯府誹謗她的名譽，真是欺人太甚！

紀師師心中惱恨，正要跟雲璐說程家的不是，李安然卻暗暗伸出手，在袖子底下捏住了她的手。

李安然看著雲璐，面色如常，眼神平靜。

「回答之前，我想先問大小姐一句，妳，相信程家的說辭嗎？」

書房中。

南方的春天總是陰冷潮濕，因此書房裡仍跟冬天一樣，還燒著火紅的炭盆。

孟小童就站在書案左側，彙報他這幾日的調查結果。

雲臻則站在書案後頭一面聽著，一面隨意地翻看一些信箋，他漫不經心地道：「這麼說，李安然跟程彥博連拜堂都沒有。那麼李墨呢？他又是從何而來？」

孟小童回道：「程彥博離家當天，程老夫人怒極攻心，在花堂上就暈倒了，從此臥病在床，第二天清晨，程家的奴僕便在大門外發現了一個被遺棄的嬰兒。

「因為程老夫人已經臥病，李安然作為程家的少夫人，接手了程家管家權。據程家下人回憶，李安然當時感於棄嬰身世與自己相近，心生憐憫，便收養了嬰兒，並認作義子，約莫是因為並未跟程彥博拜堂的緣故，沒有從程姓，跟了她自己的姓氏，取名為李墨。此後，因為李安然一直當家，李墨在程家享受的待遇不錯，程家下人均稱之為小少爺。」

雲臻抬了一下眼皮。「既然程家人都知道李墨是李安然收養的義子，怎麼程彥博回來後，卻以此為理由，指責李安然失德？」

「這就是程家新夫人姚舒蓉的貢獻了。」孟小童露出一絲不屑。「姚舒蓉出身京都，據查是皇商姚家的庶女，姚家夫人心胸狹窄，素來對她刻薄，她在姚家的日子並不好過。程彥博當時正在京都浪蕩，機緣巧合之下認識姚舒蓉，被其美貌所迷。姚舒蓉也頗有手段，攏絡住了程彥博，讓程彥博許諾娶其為正妻，並帶她回到靈州。

「正常情況下，以姚家夫人的心胸和手段，姚舒蓉必然不能嫁得良人。程彥博雖然只是商人並無功名，但程家家財萬貫、人口簡單，而程彥博的頭腦更簡單，對姚舒蓉來說，正適合拿捏。」

「這麼說，姚舒蓉跟程彥博的婚事，並沒有經過姚家同意？」雲臻微微挑眉。

孟小童面帶嘲諷。「正是，程姚二人實際上是無媒苟合，姚舒蓉是私奔出京的，姚家大約到現在都不知道，他們家失蹤了的庶小姐，已經在靈州做了程夫人。而程彥博回到靈州之後，便將李安然休棄出府，我們在官道上遇到李娘子，正是她被掃地出門的那天。」

原本雲臻給孟小童限定了三日內回報，正是因為姚舒蓉的來歷需要去京都調查，所以直到今日，孟小童才能彙報。因為跟李安然和姚舒蓉都有過接觸，他稟報的時候便難免帶上了個人感情，言語之間對於程彥博和姚舒蓉都有所鄙夷。

雲臻看了他一眼。「我讓你調查李墨，你查的卻是李安然？」

孟小童嘿嘿一笑，摸著後腦勺道：「程家做事太荒唐，屬下不自覺就多查了些資訊回來。不過侯爺，你聽了這些，難道不同情李娘子嗎？不覺得程彥博和姚舒蓉可恨嗎？」

雲臻抬起頭來，抱著胳膊，好整以暇地觀看著孟小童。

孟小童下意識地摸了摸自己的臉，沒發現有東西。「侯爺為何這樣看我？」

雲臻用手指托著下巴。「本侯在看，你最近是不是跟大小姐走太近了，若是喜歡跟著她，本侯便將你撥過去如何？」

孟小童嚇了一跳，一臉哭相。「不要啊侯爺，大小姐那邊哪裡用得著屬下啊，難道要屬下去伺候她生孩子嗎？」

門外傳來兩聲輕笑，是劉高和李虎。

雲臻這才哼了一聲。「京城最近流行一個詞兒，叫八婆，你可知道是什麼意思？」

孟小童搖頭。

「說的就是你跟大小姐這種多管閒事、討人嫌的三姑六婆。」

門外的劉高和李虎又沒忍住笑聲，孟小童摸著自己的臉，一副衰樣。

他最近是受了點大小姐的影響，總以為侯爺對李娘子有點什麼心思。

雲臻敲打了他一回，才道：「說吧，除了剛才這些，還有跟李墨相關的嗎？」

孟小童認真起來，一面仔細思索一面說道：「屬下調查了幾個程家的下人，據他們所說，當日李墨被發現時，只有一個襁褓，並沒有多餘的東西，最多也只提到李墨從小乖巧懂事，便再也沒有別的了。」

雲臻蹙著濃黑的眉毛，沈吟起來。

李安然三年前許配給程彥博，三年前，那就是永和元年了。那一年，先帝剛剛登上大寶便意外駕崩，皇子奪嫡之爭也在第一時間爆發開來……

內院。

「我若相信了程家的說辭，今日又何必詢問娘子。」雲璐終究是微笑著釋出了善意。「雖則我與娘子見面的次數並不多，也沒有深切的交談，但我還相信我這一雙眼睛，道德敗壞的人是不會有娘子這般清澈乾淨的眼神的。」

「多謝大小姐的信任。」李安然低頭致意。

紀師師也鬆了一口氣。「大小姐慧眼識人，自然不會令小人蒙蔽。我安然妹子對程家盡心盡力，連程老夫人的身後事都是她操辦的，可程彥博不僅沒有感恩，反而忘恩負義，寒冬臘月將安然淨身出戶，害她幾乎凍死路旁！這樣狼心狗肺之人，大小姐認為，他們的話可有半分可信？」她越說越激動，臉都脹得通紅，語氣也變得十分激烈。

「師師姐。」李安然握住她的手，輕聲安撫。

「程彥博所作所為，的確是令人不齒。只是李娘子，雖說程家是誣衊，但李墨的身世，到底是怎麼一回事？」雲璐問。

李安然嘆息一聲。「就是三年前程老夫人病倒後，下人在大門外發現一個襁褓中的嬰兒，因他可憐，我便收養下來認作義子。」

雲璐微微思索。「這麼說，妳收養李墨是在永和元年？」

「是，我記得很清楚，正是春分那日。」

「既然墨兒是妳收養的義子，程家人也自是清楚他的來歷，怎麼程彥博還如此顛倒黑白？」雲璐不解。

紀師師冷哼了下。「程彥博和姚舒蓉都是一丘之貉，尤其姚舒蓉，她的程夫人之位來得名不正言不順，自然要詆毀安然。把安然的名聲搞臭了，她這個程夫人的位置自然就坐穩了。」

雲璐搖頭嘆道：「人心險惡，真是可怕。」她頓了一頓，話鋒一轉。「妳說李墨是被遺棄在程家門外的，李娘子可曾查過他的身世，難道找不到他的親生父母嗎？」

李安然搖頭。「當時我們也曾搜過墨兒的襁褓，但沒找到任何線索，詢問了左鄰右舍，也沒有人知道是什麼人、什麼時候將他遺棄在程家門外。」

「那墨兒身上呢？我曾聽說有的父母雖然迫不得已遺棄孩子，但又怕從此終身不得相認，就會在嬰兒身上留個什麼記號，以便日後分辨。」雲璐追問。

李安然還是搖頭。「墨兒身上除了自帶的胎記，並沒有任何記號。」

「胎記？」雲璐深感興趣。「什麼胎記？」

紀師師笑道：「大小姐對墨兒也太過關心，連他身上的胎記都要問呀。」

雲璐臉上有片刻的不自然，轉而便笑了一下，撫著自己的小腹道：「許是也快要做母親了，對小孩子的事情便格外感興趣。」

李安然跟紀師師對視一眼，都覺得這話略顯勉強。

雲璐嘆了一聲。「墨兒如此可愛，他的父母卻忍心遺棄他，真是教人心寒。」

紀師師道：「這世上狠心的父母何其多，大小姐出身在富貴人家，不必體會民間疾苦。像我和安然，不也從小便是孤兒嗎？」她自小淪落風塵，自然也是身世可憐，與李安然、李墨也算同病相憐。

雲璐見話題有些傷感，忙道歉。「是我的不是，勾起兩位的傷心事了。」她左手微抬，從腕子上褪下一個紅珊瑚手串，遞給李安然。「當初第一次見面，我心情不佳，疏忽了禮節。便算今日才跟娘子正式認識吧，這手串作為我的見面禮。」

「使不得，這手串珍貴，況且我……也沒有能配得上大小姐的禮物。」李安然忙推辭。

「不過是個玩物，李娘子不必回禮，就當這是我送給墨兒把玩的。」雲璐笑道。

李安然還是推辭。

紀師師心中一動。「大小姐一番心意，妳便收下吧。妳今日倉促，自然沒準備相稱的禮物，不如改日送一瓶香水給大小姐，也是正好。」

「香水？」雲璐果然對這個詞感到新鮮。

「師師姐提醒了我，這香水原是我自家釀製的小物件，用於女子妝扮的，大小姐若不嫌棄，改日我送來府上。」

雲璐只當是普通的胭脂水粉一類物件，便隨意地答應了。

如此，李安然才收下了珊瑚手串。

話題已經轉了這麼遠，雲璐自然不方便再回頭追問李墨的事情，與李安然、紀師師再閒聊片刻，臉上便露出了疲態。

紅歌適時進言。「大小姐如今是雙身子，不可累著。」

李安然和紀師師便起身道：「那我們先告辭了，請大小姐好好歇息。」

雲璐不再挽留，吩咐紅歌安排馬車送她們出去。等李安然和紀師師離開後，雲璐臉上的疲態也消失了。

「走，去哥哥的書房。」

「如何，問出了什麼？」

雲璐一到書房，雲臻直截了當便問了起來。

雲璐不忙回答，先找了張椅子坐下來，然後才笑容古怪地道：「我原以為哥哥對李娘子有特殊的關心，原來竟猜錯了。哥哥這次可要跟我說實話，那李墨到底與你什麼關係？」

「李安然同妳說了什麼，又引得妳胡猜？」面對雲璐突兀的質問，雲臻顯得很是平靜。

雲璐先將她從李安然那裡套來的話簡略說了一遍，然後道：「我原以為哥哥是對李娘子有想法，可哥哥卻讓我去問李墨的事情，我本來不明所以，但現在卻有點猜測了。那李墨既然不是李娘子所生，那他的父母何在？哥哥如此關心李墨，難道不是因為對他的身世有所懷疑嗎？」

雲臻微微挑眉，反問道：「他的身世有什麼值得懷疑？」

雲璐好整以暇道：「李娘子提到一點，李墨身上有個胎記，雖則因為紀師師打岔我沒能問清楚胎記的位置和模樣。但是結合哥哥今日的表現，令我不得不大膽猜測，雲氏子孫皆知，凡雲氏男子，出生之時必有黑斑胎記，哥哥的胎記就在左肩上，那李墨也有胎記，難不成他……竟是哥哥的私生子？」

說到這裡，她自己先露出震驚之色。

雲臻默默地看著她，對這妹妹感到無語。「妳的想像力也未免太豐富了。」

雲璐兩眼放光。「難道不是嗎？若非如此，哥哥何以對一個不相干的孩子如此在意。啊，我想起了，永和元年哥哥去了京都，一去便是三年，正好那時候李墨便被遺棄在程家門外，莫非是哥哥你拋棄的……」

雲臻的臉已經陰得能滴下水了。

「咦？不對，哥哥的性子不該是這樣的，再說哥哥是侯府當家人，婚事可由你自己主張，若真有心儀的女子，又何必在外面生子，更不至於拋棄妻子……」不用雲臻提醒，雲璐自己便已經自相矛盾起來。

雲臻沒好氣道：「總算妳腦子還清醒。」說著又哼了一聲。「真是荒謬，竟然懷疑李墨是我的私生子，難不成懷孕會使女人變蠢嗎？」

雲璐這會兒也覺得自己的推論漏洞百出，心裡暗暗慚愧，卻又不肯認輸，嘴硬道：「誰讓哥哥你對李墨這麼在意，我自然要胡猜的。說起來，哥哥現在總該告訴我，為什麼叫我去問李墨的事情了吧？」

雲臻微微嘆息。「妳真不覺得那孩子長得像一個人嗎？」

雲璐微微蹙眉。「誰？」

雲臻站起來，走到她耳邊，輕聲說了一個人名。

雲臻說出的名字，實在太過匪夷所思，她無論如何也沒有料到李墨會跟那個人有關係。可是仔細想一想，似乎並非全無可能。

「若不是哥哥提醒，我實在想不到那個人，如今細想，李墨的相貌似乎真與他小時候有好幾分相似。」雲璐一面思索著那人的相貌，一面蹙眉說道。「看來是我太久沒有去京都了，舊人的音容都有些依稀，現在越是想便越是覺得相像。可是……可是怎麼可能？一個在京都，一個在靈州，相隔何止千里……」

「沒有什麼不可能的。三年前先帝駕崩，皇子奪嫡之爭爆發，但事實上早在先帝即位之前，黨爭便已有預兆。先帝即位時已經年逾四十，皇子們也已經成年，個個都有自己的心思，明爭暗鬥不休。妳是女子，又遠在靈州，自然不知道，當時的局面早已十分凶險。」雲臻淡淡道。

「你的意思是……」

「以當時的情況，暗殺、下毒、陷害，無所不用其極，一個剛出生的小孩子遭到毒手，實在不稀奇。」雲臻語氣平靜，但字字驚心。

雲璐聽得面色大變。

雲臻靠近她，在她耳邊低聲道：「妳應該記得，三年前那人長子降世，卻一出生便夭折，因恰逢先帝登基，視作不詳，未曾張揚草草拋棄，而此後他的妻妾便再也沒有生育過男孩了。現在想想，難道不覺得可疑嗎？」

這一連串的猜測，已經讓雲璐說不出話來了。

一連做了三個深呼吸，她才說出一句。「事關重大，不能僅憑容貌相似便下判定。」

雲臻點頭。「自然，此事還有許多疑問有待證實。妳我今日交談，不可與第三人道。」

「放心，我知道輕重。」雲璐鄭重道。

雲臻站在書案旁邊，用手指輕輕敲擊著桌面，眉尖微蹙。

當日他第一眼看見李墨，便對他的相貌產生了極大的疑惑，心中冒出一個大膽的猜測。今日無論是孟小童的回報，還是雲璐旁敲側擊問來的結果，都不能給他提供足夠的訊息。李墨的身世，說起來簡單，想要查到根源卻很難，線索太少了。

看來他必須再想別的方法，關於李墨的調查還得繼續，京都那邊也得追究一下當年的事情了。

若李墨的來歷真如他猜測的那般，屆時震驚的將不只是一、兩個人……

第十八章　鬭謠

李安然和紀師師回到了胭脂斜街。

朵兒將售賣香水所得的四百五十兩銀子都收好了，還很體貼地將其中四百兩換成了銀票，五十兩換成了碎銀，用一個荷包裝好交給李安然。

「李氏香水今日一炮而紅，少不得會有買客蜂擁而至，再繼續小打小鬧可不行了，往後妳有何打算？」紀師師問道。

「我是真想自己開店鋪了。」李安然道。

「好！我早有此意。」紀師師驚喜之餘，立刻替她籌劃起來。「要開店鋪，自然要在城裡，妳住清溪村可不方便。」

「所以我又要拜託師師姐了，請妳替我在城中尋一尋，看是否有現成的胭脂水粉鋪轉手。」李安然一面說一面思索著。「實話說，若要開店，從鋪面、人手到貨源、售賣，都得從頭準備，我如今只有自己一人，奶娘和墨兒都是不能指望的，要準備齊全不知要費多少功夫。若有現成的店鋪轉手，最好就是鋪面、人手都能一起買下。」

「但這樣一來，價錢就要高許多了。」紀師師道。

李安然點頭。「這是肯定的，師師姐就先幫我打聽著，銀錢問題我再想辦法。」

紀師師微微一笑，高深莫測地道：「其實，銀錢問題是最好解決的。」

李安然露出詢問之色。

「妳面前坐著的，不就是一位金主。」紀師師故意搖頭晃腦，做出得意的模樣。

李安然忍俊不禁，笑道：「是，我知道妳很是富有，若真到了要借錢的地步，我自然不會放過妳這個大金主。」

「不，我說的不是借。」紀師師斂起笑容，認真地道：「安然，我有一個想法，看妳是否願意。」

李安然見她神色鄭重，不由也正色起來。「請說。」

紀師師一字一字道：「我想與妳合夥。」

「什麼？」李安然先是一驚，接著便是一喜。「合夥？妳可當真？」

「這種事情，我會跟妳開玩笑嗎？其實早在妳給我看第一瓶香水的時候，我便已經生出這個想法了。」紀師師坦白道。

「為何？」

紀師師嘆息了一聲，緩緩道：「妳該知道，我這些年來在風月場中打滾，表面風光，其實風塵之中哪有真正的安樂。如今我年過二十，已不復青春年華。這兩年或者我還可以憑著靈州花魁的名頭混些安樂，但再過幾年，容顏老去，還有哪個男人肯記得我？所以，我不得不早作打算。」

「我明白了，妳是為了將來打算。」李安然道。

「是。這些年來我也積累了不少家資，只是沒有產業，再多的銀錢也會坐吃山空。既然妳要做生意，妳我合夥不是正好？一來，妳也不必為銀錢煩惱；二來，我也有了日後的保障。」

這些話可算得上肺腑之言了。

李安然長長舒了一口氣，握住了紀師師的手，微笑道：「既然如此，我還有什麼好不同意的呢？妳我姐妹齊心合力，必要創一番偉業才好。」

「這麼說，妳是答應了？」紀師師驚喜道。

李安然笑了起來。「答應歸答應，醜話可說在前頭，親兄弟明算帳，做生意都是有賺有賠，若是折了本，妳可別怪我。」

紀師師抬手在她肩上捶了一拳。「若是折了本，妳便做我的丫鬟好啦！」

兩人都哈哈大笑起來，心中暢快不復贅言。

這會兒也已經快到申時末了，再過半個時辰天就該黑了，裴氏和李墨還在清溪村，李安然不便多留。正好裴三石辦完了事情，駕著牛車過來接李安然，兩人便一起離開紀宅，出了靈州城。

等回到清溪村，已然暮色四合。

牛車從村口進入，中間是一條黃泥路，兩側都是農家小院，走不多會兒便到了村子中心。

村子中心有一棵大樟樹，樹下一片空地屬於清溪村的交通要道，若是村中有大事，多半也是在此聚集舉行，而平常時候，村中閒著無事的婦人小孩們也會在這棵大樟樹底下話家常、玩耍。

平日這個時辰，婦人們都回家做晚飯，樹下應該是空空蕩蕩的，但今日卻有些異常，樹下聚集著好些婦人，圍成一個圈子，正熱火朝天地議論著什麼。

裴三石駕著牛車正要往樹下去，李安然卻叫他暫時停住。車停的地方在一戶農家的院門外，離大樟樹還有一點距離，因為角度關係，加上籬笆柵欄的院牆阻擋了視線，樟樹下的人一時沒有發現他們。

牛車剛剛停下，樟樹底下正好有個聲音突然高亢起來。

「我可是聽城裡人說的，說那李墨就是李娘子偷情生的野種！」

高亢的女聲尖銳且氣勢凌人，激起樹下一片嗡嗡議論聲。

「這個老虔婆！」裴三石恨恨地罵了一句。

李安然看到說話的那名婦人，年紀顯然有些大了，臉上都是皺紋，身材矮胖，鼓鼓的肚子彰顯出她平日吃得很有油水。

「她就是三叔婆？」李安然低聲問。

裴三石點點頭。「就是她，最愛東家長西家短地說是非，村裡多少口角都是她惹起的。」

李安然默不作聲，只管冷眼看著。

樟樹底下一群婦人圍著，中間是個挑著箱子的貨郎。這樣的貨郎很常見，他們慣常遊走於各個村落，兜售針頭線腦，做些雞毛換糖的小買賣。城鄉訊息不通，貨郎走街串巷，知道的事情比較多，村裡的婦人經常透過他們打聽外界的消息。

今日這個貨郎到清溪村來做買賣，照例引得婦人小孩們都圍上來，小孩們自然是撒嬌要糖果點心，婦人們則一面翻看是否有需要的東西，一面跟貨郎打聽城裡的新聞。

最近這段時間，靈州城內的新聞無非就是程家休妻事件。今日護國侯府和忠靖侯府的事自然也會是大新聞，但此事剛剛發生不久，還沒傳播到城外來。

既然提到了程家休妻，別的地方不知道，清溪村又怎麼會不知道？被程家休掉的李娘子可就在村裡住著呢，大家自然會議論起李安然和李墨來。

於是乎，三叔婆便再次顯擺起自己靈通的消息，說李安然如何偷情如何生子如何被夫家發現了休棄，說得有鼻子有眼，但沒想到卻遭到了貨郎的反駁。

「嗤，三叔婆，妳聽誰說的？誰說李娘子偷情通姦了？」貨郎十分不屑地撇著嘴。

三叔婆瞪眼道：「城裡都傳遍了，要不是李娘子紅杏出牆，程家老爺怎麼會休了她！」

「才不是這麼回事呢！程老爺休妻，那都是受了狐媚子的迷惑！」貨郎道。

「喲，這又是怎麼說的，什麼狐媚子？」

村婦最是愛聽這些大戶人家的豔聞醜事，一聽貨郎的說法跟三叔婆有出入，立刻起了興趣，紛紛追問起來。

貨郎便在貨箱上一坐，侃侃道：「這事兒城裡人都知道，那程家老爺三年前跑去京都，把李娘子這個新婚妻子扔在花堂上，把程老夫人也給活活氣死了。那李娘子三年來操持程家裡裡外外，真是稱得上賢妻良婦，可是程老爺卻是個忘恩負義之徒，就在年前帶了個狐媚子回來，一進家門就先說要休掉李娘子，讓那狐媚子做程家的當家夫人。」

三叔婆立刻插嘴。「我說什麼來著！肯定是李娘子自己德行敗壞，否則程老爺豈能休了她！」

貨郎呸了一聲。「妳知道什麼！李娘子清清白白，別說程家上下僕人，就是程家商鋪裡的那些掌櫃夥計，誰不誇她一聲好！」

「她要真有那麼好，程老爺怎麼會休她。」三叔婆仍是嘴硬。

「就是啊就是啊，到底是怎麼回事？」村婦們都急不可耐地催促貨郎。

貨郎道：「李娘子雖然行得正坐得穩，可偏遇上程老爺這個白眼狼、糊塗蟲。妳們不知道，程老爺回來那日我正巧在程家門外做買賣，瞧得真真切切，他帶回來那個姓姚的女人，嘖嘖嘖，一看就是個厲害的。

「聽說程老爺一進門，那姚氏就先指著程家上下罵了一通，說李娘子霸佔家業，架空了程老爺，是要反客為主、居心不良，還有個詞兒叫什麼來著……哦哦牝雞司晨！」

「啥，啥，啥叫牝雞司晨？」村婦們都聽不懂，有點傻眼。

貨郎得意地道：「不知道了吧？我可是從人家讀書人嘴裡聽來的，牝雞呀就是母雞，說的是母雞搶了公雞早晨打鳴的活兒。妳們想想，母雞打鳴了，公雞幹什麼，豈不是內外不分了嗎？」

「哦——是這個意思啊。」大家紛紛表示明白。

「妳們聽聽這話，明明是程老爺自己把程家一扔三年，氣死了自家老奶奶，李娘子還替他給程老夫人送終呢。我們這些平頭老百姓還懂得知恩圖報，程老爺那真是個忘恩負義的，李娘子替他管家，他還反咬人家一口，寒冬臘月把人家趕出家門，妳們說說，這是人幹的事嗎！」

貨郎說得義憤填膺，大家聽了，不由自主地紛紛點頭。李娘子真是對得起程家了，不說別的，單單替程老夫人送終這事，程老爺就該感恩才是。

貨郎又道：「其實說起來程老爺也是被那姚氏給迷得神魂顛倒，什麼都聽她攛掇。妳們想，這程家是靈州首富，那姚氏當然眼熱這份家產了，但她要是不整倒李娘子，怎麼做當家夫人呢？至於什麼偷情啦、通姦啦，簡直都是屁話！不說程家，就是他們那一帶的左鄰右舍都知道得清清楚楚，那李墨是別人扔在程家門口的棄嬰，李娘子可憐他才認作義子。李娘子若是通姦，程家上下難道會不知道？當時程老夫人還活著呢，她會允許李娘子在程家生下野種嗎？真是荒唐！」

這貨郎跟程家和李安然都無親無故，大家自然不會懷疑他是故意為李安然說話。況且他說得合情合理，比三叔婆的說辭更加詳細，大家自然更信幾分，當下口風都開始轉變起來。

「原來是這樣，那程老爺真不是個東西。」

「我就說嘛，那李娘子看著乾乾淨淨、斯斯文文的，哪會做這種醜事。」

「那姚氏也是個歹毒的！」

「有錢男人都這樣，家裡女人管不住，外頭狐媚子就乘虛而入，這種事情見得多了。」

「嘖嘖，李娘子也太可憐了，萬貫家財守不住，豈不便宜了狐狸精？」

「李娘子一看就是老實人，人善被人欺呀，我早就說了。」

「妳什麼時候說了？上次不是還去她家門口鬧？」

「誰、誰去鬧了……那、那不都是三叔婆說的。哎，對了三叔婆，妳不是說李娘子偷情了嗎？」

「啊……那，我也是聽城裡人說的呀！」三叔婆慌亂道。

「程家的事在城裡人盡皆知，怎麼可能傳出這種謠言。」貨郎譏笑。

「你說什麼就什麼啊？你又不是程家人，憑什麼你說的就是真的！」三叔婆嘴硬道。

沒等貨郎反唇相稽，旁邊一直冷眼旁觀的田氏卻已經忍不下去了。

「三叔婆妳少說兩句吧，誰不知道妳是什麼人，整天東家長西家短，唯恐天下不亂的，妳的話要是能信，母豬都能上樹了！」

聞言三叔婆立刻跳腳。「放屁！三石家的，我扯爛妳這張臭嘴巴！」

「妳來！妳來！我倒要看看妳怎麼扯爛我嘴巴！李娘子那麼清清白白的人，都被妳給毀了名聲，我今天也要為她出口氣！」田氏早就憋了一肚子氣，她一面說一面挽袖子抬胳膊，便向三叔婆頭上抓去。

「哎喲！打人啦！」三叔婆還沒被抓著，嘴裡就先嚷嚷起來。「殺千刀的下作娼婦，敢對老娘動手！我兒子可是秀才！」

「呸！妳兒子是秀才，妳又不是秀才！有妳這老虔婆惹是生非，妳兒子才倒大楣了！」

田氏和三叔婆兩人眨眼間便糾纏在一起，扯衣服、拽頭髮，互相罵得口沫橫飛。其他村婦們都熱火朝天地在旁邊勸架，也有煽風點火的，也有拉偏架暗中踢兩腳的，鬧鬧哄哄。

細數來倒是三叔婆挨打得多，她平日裡就愛嚼舌根，大家敬她長輩不好當面說，背地裡都不屑；反而田氏為人大方正直，人緣倒是很好，大家少不得都偏向她。三叔婆吃了虧，越發叫嚷不止，嗓音尖銳幾乎要刺破大家的耳膜。

正鬧得一塌糊塗不可開交之際，裴三石從旁邊衝出來，一面喊著一面擠進人群，他個子大力氣也大，抱起田氏就把兩人給拉開了。

「都是鄉里鄉親的，有話好好說嘛！」

三叔婆被人拉著胳膊，嘴裡還尖叫道：「裴三石你來得正好，也不管管你家婆娘！我今天非要跟她拚個你死我活！」

田氏也在裴三石懷裡張牙舞爪。「妳來！怕妳不成！」

兩人揮舞著胳膊，都還想往對方身上撲，披頭散髮如同兩頭發狂的母狗。

這時候，李安然從容地走了過來。

「田姐姐，別打了。」

她的聲音不高，但是場面卻一下子便安靜下來。

村婦們是剛聽了貨郎的話，知道誤會了人家，此時看到正主兒，都有點不好意思，難免縮手縮腳。

田氏叫道：「李家妹妹來得正好，快看這老虔婆怎麼出醜！」

李安然目光落在三叔婆臉上，她也不生氣，只是靜靜地看著人家，嘴上還帶著一絲微笑。

三叔婆左看看右看看，只覺所有人的目光都是火辣辣的，彷彿全世界的人都在嘲笑她，尤其李安然的目光，明明溫柔卻像帶著刀子，教她臉上火燒火燎。她總算還有廉恥之心，謊言都被戳穿了，不敢再當面誣衊人家。

「我不跟你們一般見識！我、我家秀才要回來了，可不敢餓著我家秀才！我、我回家做飯去！」她一面嘴硬著說場面話，一面腳下不停地退出去，扭身跑了。

她這一走，其他人也都不好意思面對李安然，全藉著回家做晚飯的理由，做鳥獸散了。至於那個貨郎，早在剛打起來的時候就已經偷偷溜掉了。

最後只剩下李安然、田氏和裴三石。

田氏整理著自己的頭髮，得意地道：「這下可好了，以後沒有人敢說娘子的壞話了。那三叔婆出了這麼大的醜，她再說什麼，別人也不會再信了。」

李安然笑了笑，略帶責怪地道：「田姐姐何必跟那樣的人一般見識，看看這打的。」她指的是田氏手背和脖子上的幾道紅痕，都是被三叔婆抓的。

田氏才不在乎。「這點小傷算什麼，能打她一頓，給娘子出口氣才痛快呢。話說回來，還是娘子想的法子好，三叔婆的謠言被戳破，娘子的名聲也終於洗清了。」

事情很明白了，那貨郎正是紀師師找來，特意為李安然闢謠的。

當日在李家，大家分析了半天，若是李安然自己出面澄清，別人未必信服，說不定還會弄巧成拙，越解釋越不清。所以，李安然便請紀師師找了這麼一個貨郎來。一來貨郎們是村子裡常見的，大家不會懷疑；二來村婦們素來愛跟這些走街串巷的小買賣人打聽消息，最是自然不過；三來貨郎說的話也都是實情，沒有半分虛假，三叔婆的假話謠言跟他一比，自然禁不起推敲。

果然，效果是顯而易見的，大家不僅不再誤會李安然，反而都覺得程彥博忘恩負義、姚舒蓉心腸歹毒了。

「妳說什麼?!」

姚舒蓉震驚地張大眼睛，惡狠狠地瞪著眼前的僕婦。

僕婦害怕地低著頭，顫聲道：「那……那三叔婆就是這麼說的，說清溪村的人不僅不再攻擊李娘子，反而……反而……」

姚舒蓉冷哼道：「反而什麼，說！」

「奴婢不敢說。」僕婦瑟縮著脖子。

「叫妳說就說!在夫人面前，還敢隱瞞嗎？」旁邊的春櫻不耐煩地喝斥。

僕婦撲通一聲跪下來。「這話不是奴婢說的，夫人聽了千萬不要生氣。那、那三叔婆說，清溪村的人聽了那貨郎的話之後，對李娘子的觀感都變好，反而對……對老爺和夫人，說了……說了許多難聽的……」

「仔細說！」姚舒蓉冷冷道。

「他們……他們說老爺是忘恩負義的白眼狼，說夫人是……心腸歹毒的狐媚子……」

話音未落，一個茶盞便飛過來，啪一下砸在地板上，茶水四濺，瓷做的茶盞也砸得四分五裂。僕婦嚇得一屁股坐倒，身子越發匍匐到地上，不敢再說一句話。

姚舒蓉臉色鐵青，咬牙切齒。

「李——安——然！我與妳——不共戴天！」

第十九章　茅屋倒塌

春雨霏霏，自元宵過後，便進入了雨季，淅淅瀝瀝下個不停。

清山籠罩在一片水氣迷濛的氤氳霧靄之中，地上的草兒倒是綠得要出油一般。

李家的茅屋小院裡，裴氏正在拿木盆接屋頂漏下來的雨。

這屋子畢竟年久失修，天晴的時候看著還好，這連日的雨一下，屋頂的茅草被漚爛了，擋不住雨水，從昨天夜裡開始，就是外面下大雨裡面下小雨，地上也濕漉漉沒個乾淨，屋子裡整天都是濕冷濕冷的。

這才真的是屋漏偏逢連夜雨，裴氏愁得臉上都能滴下水來了。

「若是這雨再下幾天，這屋子恐怕就沒法住了。」

李安然正在替李墨換衣服，回頭道：「這屋子畢竟太舊了，也是沒法子的事。不過我已經託師師姐在城裡尋房子，只要一找到房子，我們便搬進城裡去住。」

說到這個，裴氏臉上才有了點喜色。「虧得娘子好本事，能釀出那麼好的香水來，賣得比金子還貴。」

初九日李安然從城裡回來，便將四百五十兩銀子給裴氏看了，裴氏當時震驚得兩隻眼珠子都差點掉出來。李安然只跟她說，她有個釀香水的方子，釀出來的香水比任何香膏香脂都香，紀師師已經決定跟她合夥做這門香水生意，如今正在尋找合適的店鋪門面，準備好了，便要在城裡開鋪子。

這四百五十兩銀子，就是紀師師借給她的本錢。

而元宵之前，更有紀師師派來的人向李安然下訂單，說是有好些個城裡達官貴人家的夫人小姐，都要訂購香水，請李安然儘快釀製，光是這筆訂金，又有三百兩之多。

裴氏再道：「這香水，奴婢見也沒見過，怎麼就賣得這樣貴？那些夫人、小姐也真不嫌錢多，十兩銀子一瓶的訂金也肯給呀！」她嘖嘖有聲，一副這些人真有錢的感慨。

「這就是富有富的活法，我們只管有銀子賺就行了。」李安然笑道。

裴氏點頭道：「這是大實話，等我們搬進城去，就處處都要花銀子了。」她說著便著急起來。「哎呀，今日都已經十八了，娘子還沒釀香水呢，快快，老奴來給墨兒換衣裳，娘子趕緊釀香水去！」她奪過李安然手上的衣裳，幫李墨換衣。

自從初九日那些婦人們聽了貨郎的話都不再誤會李安然了，再也沒有人跑到家門口來胡說八道，那些小孩子們也重新跟李墨玩耍起來。今日早上，李墨又要出門跟小夥伴們相聚，卻不料雨天路滑，剛走到院子裡便摔了一跤，渾身都是泥水，只得回來換衣裳。

李墨是摔在泥水坑裡，衣服從裡到外都浸濕了，此時被扒得光潔溜溜，正坐在被窩裡面。裴氏撿了條中褲，將他拉起來要給他穿上。李墨扶著她的肩膀，站在炕上，彎腰翹起腳丫子，屁股也順勢撅了起來。

白嫩嫩的屁股上，一塊黑斑赫然在目。

這黑斑位於左臀和大腿交界處，約有成年人大拇指的指甲大小，形狀很奇特，好似個葫蘆，雖然是黑色的，但並沒有像普通黑痣那樣突起，摸上去跟旁邊的皮膚渾然一體，並不難看，反而很是可愛。

李安然用手輕輕摸著這黑斑，不由自主地想起初九日在護國侯府中與雲璐的對話。當時提到了李墨身上的這個胎記，雲璐彷彿對李墨這胎記很感興趣似的，若非紀師師打岔，她只怕還要問得更細。

李墨被她摸得癢癢的，咭咭咯咯地笑起來，把小屁股往後躲著，弄得裴氏手上的褲子怎麼也套不進去，裴氏便假裝生氣地在他小屁股上拍了一下。

「是娘摸得我癢癢！」李墨冤枉地叫起來。

「好，我不摸了，墨兒好好穿衣裳，別著涼。」李安然一笑，又對裴氏道：「奶娘，我去廚房釀香水，妳看好門戶，別讓陌生人進來。」

裴氏立刻信誓旦旦地道：「娘子放心，我們一家子都指望這釀製香水的手藝過日子呢，老奴一定看好門戶，絕不讓別人進來偷學了去！」

李安然這才放心地出了臥室，到旁邊的廚房裡。

初九日蘭花宴之後，靈州城上流圈子的貴婦千金都知道了香水這個新鮮物，經由參加宴會的那些夫人小姐宣傳，再加上她們切身使用的心得，香水的名氣很快便在上流圈子中流傳開來，但因市面上並沒有店鋪出售，一時竟是有價無市。

所以李安然更要好好釀製當前這批被訂購的香水，趁熱打鐵，好推廣出香水的名氣。

但她此前是用掌心的蓮臺金泉釀製香水，過程十分簡單，少量製作還不惹人注目，如今要大量製作，還這樣不費一水一瓢的，總會被人發現異常。所以她今日準備用蒸餾法製作香水，這樣只需在製作過程中將靈泉混入，就能掩蓋這一驚世駭俗的秘密。

廚房中除了尋常的灶臺、鍋碗瓢盆之外，還有一口甑，地上堆著三只竹筐，分別裝著梅花枝、水仙和蘭花。

甑為陶製品，由上下兩件組成，下件呈圓桶形，有底無蓋，底部有很多小孔，上件如一口倒扣的鍋，頂部略尖，通常稱之為穹蓋。

李安然先摘了一小筐梅花瓣，細細地挑揀乾淨，用清水過了一遍，然後放入甑桶中。接著在鍋裡加入了適量的水，打開掌心蓮臺，往水中又注入了一些靈泉，才將甑桶放入鍋中，隨後再將穹蓋扣在甑桶之上，穹蓋比桶口還要大，邊沿便掛在桶口外面。最後，她拿了一疊小碗，圍著甑桶放置，碗口正好對準上方的穹蓋邊沿。

一切都準備就緒，她便轉身進入灶臺後面，開始生火加熱。

不多會兒，鍋底的水變熱，沸騰起來，水氣瀰漫。蒸氣通過甑底的小孔進入甑桶中，梅花瓣受熱分解出了香精，被蒸氣帶著升到上方，覆在穹蓋上。這些水氣遇冷凝結成水珠，沿著穹面流下來，從邊沿處滴落，正好滴入那一圈小碗之中。

過了一會兒，甑桶邊上的小碗，每個都已經盛了一碗底的花露。

李安然停止燒火，起身走到灶臺前面，端起一只小碗，輕輕地嗅了一下。頓時，一股清香從鼻端鑽入，通過鼻腔直達胸臆。

她取來事先準備好的水晶瓶，將小碗中的花露都倒入瓶中，十二只小碗，最終裝滿了兩支水晶瓶。

這第一次的蒸餾製作，成功了。

紀師師約好正月二十來取預訂的香水，可十八日那天，李安然便已都製好了。

二十日早晨，天照舊是陰陰的，像壓在人頭頂一樣，綿密的雨絲飄飄灑灑，將遠處的清山籠罩上一層朦朧的霧靄。

清溪村的路都是土路，連日的雨將路面都泡爛了，到處都是爛泥塘，泥濘不堪。

蕊兒乘坐的馬車顛簸了半日，好不容易才到了李家門外。

「李娘子！」她下了馬車，叩響了柴門。

李安然應聲而出。

蕊兒撐著一把油紙傘進了院子，小心翼翼地繞開院中那些小泥坑。

李安然站在屋門口等著她，說道：「下雨路滑，我還擔心你們不能來呢。」

蕊兒走到臺階下，這裡有屋簷遮蔽，還算乾淨。

「小姐與娘子約好今日取貨的，我自然得守約前來。」她收起了傘，環顧一眼院中的情形，又略略看了看屋裡，便看見了堂屋地上那幾個木桶木盆，以及不時滴下水滴的屋頂，她臉上浮起一層擔憂。「這屋子都漏雨了，苦了娘子。」

李安然倒是很坦然，笑道：「也沒什麼，只是堂屋漏雨，內室倒還好。」

蕊兒的擔憂並沒有持續太久，一晃便消失了，很快換了張笑臉。「罷了，不管如何，這屋子娘子也不會住太久，我今日來還有一個好消息要告訴娘子呢。」

李安然正待問，內室的門簾一響，裴氏牽著李墨的手從裡面走出來。

「是蕊兒姑娘來了呀！」裴氏笑吟吟地跟蕊兒打招呼。

蕊兒便叫了一聲。「裴媽媽好。」

李墨一隻手被裴氏牽著，兩隻大眼睛眨巴眨巴，好奇地看著蕊兒。

蕊兒見他如雪團子一般可愛，一樂，彎下腰也要跟他打聲招呼。

就在這時，四人頭上的屋頂發出了一絲奇怪的聲響，好似被什麼力量給拉了一下。

李安然心頭猛地一跳，剛抬頭，只聽轟地一聲，堂屋東北角的牆面，如同被巨人砸了一錘，整個牆壁都傾塌了下來。

「啊！」三聲尖叫，李安然、蕊兒和裴氏幾乎是同時喊出來。

這一刻，彷彿是地動山搖，東北角的牆壁倒塌，引發了一系列的連鎖反應，整個堂屋的屋頂都在往下掉，濕透的茅草成堆成堆地砸下來，瞬間掩埋了大半個堂屋，將李安然、蕊兒和裴氏、李墨阻隔在兩邊。黃泥壘的牆面不結實，還沒全塌到地便已經四分五裂，連日的春雨早將牆面浸得濕透，這一崩，到處都是飛濺的泥點子。

一大塊濕乎乎的黃泥巴正好濺在李安然臉上，冰涼的觸感讓她渾身打了一個激靈。

「墨兒！奶娘！」她驚叫起來，滿心恐懼，顧不得頭頂上還在往下砸的茅草，直往裡面撲去。

「娘子小心！」蕊兒猛地撲上去，將李安然壓倒在地上，一大捆濕透的茅草就砸在她們身側。

屋子的倒塌並沒有持續很長時間，主要是茅屋本身的材料就很單薄，也萬幸這屋子並沒有磚石瓦片，不然李安然和蕊兒不知要被砸多少下。

很快，四周的轟鳴停止了。

跟著蕊兒一起來的車夫老李，在屋子倒塌的那一刻就驚呆了，此時才跳下車發瘋似的衝進來，把滿院子的黃泥湯踩得啪啪飛濺。

「蕊兒姑娘！李娘子！」老李嘶吼著名字，把李安然和蕊兒從黃泥茅草堆裡扒拉出來。

「墨兒！墨兒呢？奶娘呢？」李安然沒等站穩便先擔心起李墨和裴氏，方才屋頂砸下來的時候，他們倆可正好站在堂屋中間。

蕊兒和老李自然知道李墨和裴氏對李安然的重要性，也都焦急起來。「快，快進去看看！」

堂屋進門處已經被倒塌的牆壁和茅草堆成了一個土包，三人手攀腳爬地翻過去。

「娘……」一聲清脆的呼喚，從土包那頭傳來，裴氏和李墨頂著一腦門的泥巴茅草，從狼藉中站起來。

李安然眼淚唰地一下子就掉了下來。

老李趕緊翻過去，先將李墨抱起托出來，李安然和蕊兒從外面接出去，然後又將裴氏也扶了出來。

等到幾人走出堂屋，回頭再看，整個堂屋幾乎完全倒塌了，只剩跟內室相連的那段牆面還屹立著，東邊和北邊已經夷為平地，南邊的牆壁也塌了一半，若不是有大門的門框木架子撐著，只怕也全塌掉了。

屋頂已不復存在，整個堂屋暴露在陰陰的天空之下。

李安然將李墨和裴氏從頭到腳看了一遍，確認他們沒有受傷，這才緊緊地抱住他們，哭道：「老天保佑！老天保佑！」

裴氏和李墨也是驚魂未定，方才只覺得整個天都塌下來，幾乎以為自己就要死在當場。

老李一頭冷汗。「幸好這只是個茅屋，若是磚瓦房，可真不知會出什麼事。」

蕊兒滿身都是泥巴，紅著眼睛道：「若是磚瓦房，也不會倒塌了。」

老李點頭。「說的是，這茅屋年久失修，黃泥牆禁不住水泡，怪不得會倒塌。」他看了看李安然三人。「萬幸沒傷著人，大家都好好的。」

李安然這才鬆開裴氏和李墨。

裴氏臉上淚痕未乾，看著這廢墟一般的屋子，失聲道：「這可怎麼辦？屋子都塌了，我們怎麼住啊！」

李安然也滿臉愁容。

這時候，蕊兒反倒露出了笑容。「娘子、裴媽媽，不必擔憂，我今日來正是要告訴你們，小姐已經在城裡替你們找好房子了。」

第二十章　離開清溪村

李安然和裴氏原本愁容滿面，聞言都有些意外。

蕊兒解釋道：「自從初九日娘子託了我們小姐，這些日子小姐都著意地派人打聽，又帶著朵兒姐姐去看了好幾處鋪子宅子，就在昨日正好尋到一處合適的。

「那家原就是做香粉生意的，有三間鋪面，只是這些年來受到程家胭脂水粉生意的競爭，經營不善連年虧損，店主便有意關了鋪子。小姐帶著朵兒姐姐去看了，覺得那鋪面地段不錯，正正合適。」

聽到這裡，李安然道：「師師姐的眼光我信得過，她說合適那便一定合適。」

蕊兒接著道：「那家店主是靈州本地人，那鋪面後頭便連著他們的宅子。原本店主只打算出租鋪面，沒想到他們家兒子在京都中了進士，已然做了京官，又說被京中大官招了女婿，今後是打算定居在京都了，來信讓二老進京團聚，店主夫婦便有意將宅子連同鋪子一起賣了。我們小姐已去瞧過宅子，說最是適合三口之家居住，雙方已經談妥價錢，如今就等著娘子去交接房契呢。」

裴氏驚喜道：「這可太好了，紀姑娘可真是及時雨呀！」

李安然也沒想到會這麼巧，雖然高興，卻還是謹慎地問了一句。「那鋪面既然地段不錯，又連著宅子，想必價錢是不低的吧？」

「那宅子位於城東，琉璃街東頭第一家，價錢確實不低，連宅子帶鋪子原本開價二千兩，我們家小姐自然要壓價的。一來，那店主夫婦也是急著去京都；二來，他那宅子帶鋪子占地不小，尋常人也不大能夠買得起，買主不算好找。這一來二去，最終定在一千五百兩。」蕊兒回道。

裴氏倒抽一口冷氣。「一千五百兩，這可不是小數目。娘子……」她看著李安然。

李安然在心中略略盤算，初九日蘭花宴入帳四百五十兩，後來蕊兒送來香水的訂金三百兩，等這批香水出手，餘款又可入帳六百兩，加起來便有一千三百五十兩，雖說還差一百五十兩，但跟紀師師借來先周轉一下，也不是大問題了。

她心中主意已定，便對蕊兒道：「既然師師姐都說好，那自然便是好的，就這麼定了。」

「如此太好了，小姐已先付了三百兩訂金給那店主，只看娘子什麼時候方便，直接去付了餘下的銀錢，便可去縣衙交接房契。」蕊兒拍手笑道。

李安然看了看已然倒塌的屋子。「擇日不如撞日，這屋子反正也是住不成了，就今天吧。」

「成！」蕊兒笑道。

李安然是說辦就辦，這雷厲風行的速度倒教裴氏傻了眼。

蕊兒對裴氏開玩笑道：「裴媽媽還愣著做什麼，快快收拾東西搬家呀。」

「今日就搬呀？」裴氏發愣。

李安然笑了起來。

「這屋子都塌了，已然無法再住。不過今日便搬進去顯然是不成的，總要那原主人搬出去了才成。」她想了想，才道：「這樣吧，我先與蕊兒一同進城將那宅子給買了，奶娘且在家收拾東西，隨後進城來，我們先在師師姐那裡借住幾天，等那宅子騰出來便搬進去。」

蕊兒拍手道：「好，就這麼辦吧，小姐知道了，必然歡喜，她這幾日一直盼著娘子早些住進城裡去，如此來往就方便多了。事不宜遲，娘子，我們這就走吧。」

裴氏一把拉住李安然。「娘子，這搬家畢竟是大事，今日也太倉促了吧。」

「我們家又沒什麼值錢物件，不過是隨身衣物罷了，不費什麼工夫。」李安然笑了笑，又低頭對李墨道：「墨兒，我們搬進城裡去住，你高不高興？」

李墨張著大眼睛。「住城裡？那我是不是見不到虎頭他們了？」

虎頭是他在清溪村認識的小夥伴，當初還因為聽信李安然通姦的謠言跟李墨打過架，不過後來謠言澄清，小孩子沒有隔夜仇，就又玩在一起了。

「你若是想念他們，可以常常回來看他們。」李安然笑道。

李墨這才露出了欣喜的笑容。「好呀，好呀！娘說住哪裡，我們就住哪裡！」

李安然寵溺地揉了揉他的頭髮。

如此，搬家一事便已定了，到底這茅屋塌了是沒法住人的了，現修也來不及，裴氏就沒有再說什麼。

於是眾人先合力將堂屋稍做清理，疏通了內室出入的道路，然後李安然指揮著老李將裝了香水的箱子搬到馬車上。

她和蕊兒、老李先進城去，與紀師師會合，一來將香水交予她，二來去城東辦妥買宅子的手續。

裴氏和李墨就留在家裡，收拾行李。李安然與她商議了，搬家總得要跟裴三石、田氏告別，順便也可以請裴三石套牛車送裴氏和李墨進城。

這樣安排妥當之後，李安然便坐了馬車，和蕊兒、老李先一步出發。

進城之後，先到了胭脂斜街，見了紀師師。李安然將香水交給她，然後便說了準備搬家的事。

聽了茅屋倒塌一事，紀師師也是連呼僥倖，慶幸老天保佑沒造成傷亡。而李安然說了決定買宅子，她自然欣喜，當即便一起去了城東。

城東乃是靈州城店鋪最集中的地方，商業繁榮，人來人往的。紀師師看中的那三間鋪面，正好在琉璃街東頭第一家，位於十字路口，雖因為店主經營不善，店鋪顯得冷清，門面也很舊了，但地段的確很好。

那店主老夫婦也在家，見了紀師師和李安然，知道李安然才是正主兒，便又領著她看了一遍宅子。

這是老宅子了，前後兩進，第一進都是單層，第二進則是上下兩層，就房屋面積來說，李安然一家三口住綽綽有餘。同時這宅子還有個好處，第二進後面帶著一個小院子，這在靈州城這樣地價昂貴的地方是很難得的。房屋布局也很規整，坐北朝南，第一進和第二進之間還有垂花門。

唯一的缺點便是家具都很陳舊了，原主人的店鋪經營不善連年虧損，想來有些值錢的家當都已經當掉了，使得屋中一些博古架上都空空蕩蕩的。

看完了屋宅和鋪子，李安然很是滿意，當下便付清了餘款一千二百兩，和店主老夫婦一同去縣衙辦理了房契交接。紀師師作為靈州花魁，也曾為縣太爺佈置過宴會作過東主，在縣衙倒有幾分面子，一應手續辦理得很順暢。

偌大的事情，竟這麼三下五除二，便利索地辦理好了。

原主人能夠順利地脫手房子很是高興，說是需要三天時間收拾行李，於是約好三日後將屋子騰出。

李安然也沒什麼意見，正好可以趁這三日的工夫，與紀師師商議今後如何重整店鋪開業。

她想到這家原本就是做香粉生意，便打探了下鋪裡原來的掌櫃和夥計。

經過此前的交談，原主人已經知道李安然也是要做胭脂水粉生意的，便道：「老朽開這店鋪十餘年，不曾請掌櫃，都是老朽自己經營。只是這兩年程家的胭脂水粉生意擴張得厲害，將鋪裡的客源都搶光了，本店連續三年虧損，夥計們散的散、走的走，也都各自投奔其他家去了，直至老朽關張停業之前，只剩下兩個夥計，如今也已家去。李娘子若是有意招人，老朽倒是可以牽個線。」

「那就多謝老丈，請將那些老夥計的姓名住址相告，我自可安排。」李安然道。

原主人答應了，將留在店裡的一本名冊取來，給了李安然。

買房購鋪的事情，如此便辦妥了，原主人在店鋪外面貼了張紅紙，上寫「本店停業整頓」六字。

李安然這邊的事情辦理得很是順利，而清溪村那邊，裴氏和李墨倒是耽誤了一些時間。

也就是裴三石和田氏，裴氏上門去向他們告別，教他們好生意外。

「這話怎麼說，好好的怎麼就要走？可是又有人說了什麼閒話？」田氏又驚又疑。

裴氏忙道：「打三叔婆出了醜，大家都曉得我們娘子的清白了，哪裡還會有閒話呢。是這樣的，你們也知道我們娘子原是程家夫人，素來做的就是香料生意，如今她與紀姑娘合夥要做胭脂水粉的生意，鋪面都已找好了，就在城東琉璃街，所以我們自然是要搬進城裡去住的。」

「這麼說，你們是要開店做生意？啊喲，我就說李娘子不是一般人，真真是有本事的，這才幾天哪，竟然就要做起生意人來了！」田氏嘖嘖有聲地讚嘆。

裴三石素來話少，此時也只是聽著，眼中的佩服之色倒是跟田氏如出一轍。

「原來也沒這麼倉促，還不是我們住的那屋子，方才竟是倒塌了，我這會兒還後怕呢。」裴氏道。

「喲！這又是怎麼了？」

在田氏的追問下，裴氏將茅屋突然倒塌的過程說了一遍。

田氏聽了也是連呼僥倖，而裴三石只問了大家是否有受傷，知道李安然、李墨和裴氏都無恙，便也安心了。

「原來是這樣，那屋子也確實太舊，禁不得水泡，好在沒有砸傷人。如此說來，不走也是不成了。」田氏略一思索，對裴三石道：「你現在就去借輛牛車來，我跟裴姐姐回去收拾行李，待會兒就送他們進城。」

裴三石自然應允，出門借車去了。

田氏和裴氏一起回家，幫著收拾行李。事實上李家的行李並不多，只有衣物、被褥等日常用品，畢竟他們在清溪村住的時間還不長，不曾積累下多少家當。

很快東西都收拾完畢，裴三石的牛車也借來了，幾人一起將東西搬上牛車，裴氏抱了李墨坐在車上，裴三石和田氏一起坐在車轅，駕著車子便往靈州城方向走。

車子打村子裡經過，自然引起了許多人的好奇。

「這不是裴姐姐？妳這是要去哪裡？」

裴氏隨口答道：「我家要搬進城裡去住了，記得來串門啊。」

「喲！住城裡啦？」

村民的驚訝，讓裴氏生出了一絲虛榮心，順嘴說道：「我們家娘子要在城裡開商鋪，自然是得住城裡了，就在城東琉璃街，老姐妹們可記得來呀！」

「嘖嘖，真是有本事。」

「可不是呢，到底是做過程家當家夫人的，就是不一樣。」

「要說李娘子也是個好的，雖說被程家休掉，但模樣、本事，哪一樣拿不出手！」

「喲！這麼說倒真是，哎，妳不是有個兄弟還沒成家呢，李娘子不正好。」

「別說笑了，我那兄弟五大三粗的，哪配得上人家精貴人。」

村婦們一面議論著，一面同裴氏告別。

裴氏聽著這些話，心裡別提有多得意了。我家娘子當然是個好的，這回大家可都知道了。娘子雖說嫁過人，可模樣不差，心地又好，還有治家的本事，就是比起黃花大閨女也不差。程彥博有眼無珠，把我家娘子踩進泥裡，哼，以娘子的人品，將來自有好男子來配，程彥博算什麼！

她越想越是得意，只覺今後的生活充滿了希望。

一行人便在村人羨慕的眼神中離開了清溪村。

等到了胭脂斜街，李安然和紀師師都已回來。如此，李家三口便在紀師師這裡暫住，只等琉璃街原主人搬走，即可搬過去入住。

喬遷新居原是一喜，然而比起遷居更讓李安然興奮激動的，卻是另一件大事。

正月初九蘭花宴上，當著眾多貴婦千金的面，她拋出了「一品天香」的大名，那時候也不過是怕錯失良機而大膽為之。如今鋪面買了，紀師師又入夥，一切開始真正籌備起來。

一品天香，終於要在她的手中起步了！

第二十一章　雲澤橋頭

二月二，龍抬頭。

雨水已然多起來，靈州城處處都冒出鮮嫩的綠色，地上剛長出的新草、樹梢上抽出的嫩芽、屋瓦上青青的一抹苔痕，無處不宣示著暖春已然到來。

大乾風俗，二月二不僅是龍抬頭，同時也是花朝節。這一日，人們結伴到郊外遊覽賞花，稱為「踏青」；姑娘們剪五色彩紙黏在花枝上，稱為「賞紅」。

正好天公作美，連下兩日的小雨停了，雲白天碧，暖風熏人。

大清早開始，靈州城四個城門的出行人流就比平日要多上許多，都是出去踏青的人，其中尤以北城門最為熱鬧。蓋因三百里煙波浩渺的雲澤湖便在城北，此時湖水碧藍，春風徐徐，泛舟湖上，或者散步湖邊，都是十分愜意的享受。

李安然和紀師師帶了朵兒、蕊兒兩個丫頭，也正坐在青篷馬車上，沿著靈州城的主幹道太康大街往北城門方向行駛。

靈州城兩條主幹道，玄武大街貫通東西，太康大街連接南北。

她們今日倒不是為了踏青遊玩，而是要去城外棲蘭山莊見山莊主人。

對尋常百姓來說，棲蘭山莊沒名聲，但對做香料的人來說，棲蘭山莊卻大大有名。

靈州的香料行業非常繁榮，而由此衍生出來的胭脂水粉生意也是靈州城最為傳統的商業之一，在靈州地界上，經營胭脂水粉鋪的大小商家不知凡幾。如靈州首富程家便是其中的佼佼者，而剛剛把店鋪轉手賣給李安然的那對老夫婦則是競爭之下的犧牲品。

在這個行業中，胭脂水粉只是一種統稱，並不單指胭脂、水粉這兩樣，而是包括所有女子化妝用品。如女子畫眉之用的眉筆、眉墨，搽臉之用的妝粉、香粉、香膏，點唇調妝用的胭脂，塗指甲用的蔻丹，沐浴用的胰子、香露等等。

李安然所釀製的香水，便屬於胭脂水粉行當中的一種商品。

胭脂水粉鋪製作妝粉之時，最常用到的原料就是鮮花，如石榴、茉莉、玉簪、重絳、玫瑰、薔薇等。因此，靈州城中便有許多專門種植香花、香草，向胭脂水粉行提供原料的商人，棲蘭山莊便是規模最大的香花供應商之一。

李安然和紀師師今日去，正是為了跟棲蘭山莊的主人建立供貨關係。

這些日子，她們一直在商議一品天香的開業事宜。

一品天香的牌子要掛出去很簡單，但僅僅只有香水這一樣產品，自然不可能撐起整間店鋪，胭脂、妝粉、蔻丹，這都是接下來她們要推出的新品。

目前李安然已經開始了胭脂的研製，她有蓮臺靈泉在手，香水能做，胭脂自然也能做，總要發揮靈泉的神奇效用，否則便是暴殄天物了。

當前一品天香缺人、缺物，唯一不缺的便是銀錢。紀師師已經拿了五百兩銀子出來，作股四成，作為開業資金，而原料和人手，則是她們最先需要解決的問題。

人手方面，李安然已經在店外貼了招人告示，另外還有前店主留下的名冊，她也準備抽空去拜訪其中幾位老師傅，店鋪裡總不能全都是生手。

而原料方面，棲蘭山莊是一個大頭，但莊內只培育新鮮的香花、香草，諸如胭脂水粉鋪常用的沉香、麝香、檀香、蜜蠟等原料，都需要另找香料商供應。幸好靈州城中大小香料商不計其數，要找供貨的合作商倒是容易得很，反倒是新鮮香花的供應商少，所以今日李安然和紀師師才特意要親自去棲蘭山莊走一趟。

馬車沿著太康大街走了一會兒，便到了北城門下。

今日出行的遊人多，車馬也多，城門下自然有些擁擠，但仍通行無阻。他們的馬車在人流中緩緩前行，眼看著出了城門口，只要再往前，過了護城河上的雲澤橋，便可出城了。

然而這個時候，前方卻突然變得十分壅堵，車馬行人都亂糟糟的，上橋的方向尤其水泄不通，人們不明所以，難免磕磕碰碰，怨聲載道起來。

李安然和紀師師身在馬車上，比步行的遊人高一些，視野更清楚，看到原來是護城河邊來了一大隊的車馬，呈一字長蛇的隊形在雲澤橋頭停下，許多的男男女女從車上下來，很快便將半個橋頭全占住了。

出行的車馬行人本來就多，這群人又佔據了半個橋頭，其他人只得繞道從旁邊狹窄的通道上過，所以才造成了壅堵。

遊人們一面從橋上經過，一面對這群聚集者指指點點。大家一方面是對他們「堵塞道路」的行為有所抱怨，一方面也對這麼多人的聚集感到好奇。

紀師師探著身子向那邊看了一會兒，咦了一聲。「那些車馬，瞧著都是勛貴之家所用。

那個好像是永平男府上的，那個瞧著是刺史府的……呀！我想起了，今日只怕是靈州秀女啟程進京的日子，這些都是有女參選的人家，正在送別呢。」

像是為了驗證她的話，那些車馬中，又依次下來了幾名頭戴帷帽的年輕女子，個個披紅著綠，打扮得非常嬌豔，而她們身邊立刻圍上了一圈的親友，果然是在話別的樣子。

因為離得遠，看不清面容，李安然不大確定便問道：「秀女不是三月便得到京，今日才出發，不會太遲了嗎？」

紀師師回過頭來。「沒錯的，前些日子一直下雨，出行不便，靈州縣衙通知各位參選秀女可緩幾日出發，屆時會由縣衙組織，將靈州城內所有參選秀女編整成隊，一來人多勢眾，路上更加安全；二來同一地的秀女結成同一陣營，入京後也可與他地秀女抗衡，不至於散兵游勇各自為戰。所以才耽擱了幾天，到今日才出發。不過算算路程，既然是一致行動，路上好調度，三月前到京也來得及。」

李安然這才點頭。

她們的馬車此時正夾在人流之中，見前方還有許多等待上橋的車馬，還得好一會兒才能輪上她們，便耐心等待，一面向那群送別的人頻頻眺望。

而周圍的行人，此時也都發現這群霸佔了橋頭的人是要入京參選的秀女和為她們送別的勛貴，好奇之餘，也都放慢了腳步，橋頭壅堵的情況，漸漸地竟是越來越嚴重了。

李安然和紀師師眺望之際，隱約也看到了忠靖侯府和刺史府的身影，只是貴族家的年輕小姐出行都要遮住面容，便不能確定哪一個是趙慕然，哪一個是楊燕甯。

秀女遠行入京，一去榮辱難料，家人自然有許多的話要囑託，依依惜別，自然不是短時間內可以結束。

雲澤橋頭人潮洶湧，行進速度越發緩慢。

李安然和紀師師的馬車隨著人流，亦步亦趨，慢慢地離這些權貴人群也越來越近了。

這時後方傳來一陣騷動，行人車馬都紛紛避讓，李安然和紀師師自然也向後看去。

只見一輛裝飾華麗的朱篷大馬車，正從大家讓開的狹窄通道中駛入，前後都有騎著高頭大馬的護衛保護著。而引人注目的是，馬車左前方一匹神駿的黑馬，光個頭便已經比其他馬兒高出半頭，通體烏黑油光水滑，唯有四個蹄子是雪白的，黑白相映，十分地耀眼。馬上端坐著一名英武的年輕男子，黑色錦袍，繫著銀色的腰帶，青玉做扣。

駿馬，華服，美男。

花朝節出門踏青，最多的便是大姑娘、小媳婦，普通人家的女孩子自然不用像權貴家的小姐那樣罩著帷帽，此時見到這樣英偉不凡的男子，都忍不住粉面含春、芳心可哥，目光似黏在人家身上了。而馬上的男子，卻恍若對這些灼熱的目光毫無所覺，臉上沒有絲毫表情，濃墨一般的眉毛還微微蹙著，似是對這壅堵的人山人海有些不耐煩。

「這位雲侯爺，原來也有這麼張揚的時候。」紀師師笑罵道。

她已經認出，這馬車是護國侯府雲家的，而黑馬上的那位男子，正是護國侯雲臻。

李安然輕笑了一聲，搖頭道：「他不是張揚，他是不在乎別人的眼光。」

除了雲臻，她還認得馬車前的兩個護衛，正是劉高和李虎。

她與雲臻也不算陌生了，只是每次見面的情形都很特別。第一次見面，雲家救了她，她卻被迫替雲臻上藥，半裸相見；第二次見面，雲臻追捕趙承，卻莫名其妙弄得她腳脫臼受了傷；第三次見面，是在護國侯府，她旁觀了雲臻和趙家之間的針鋒。

這三次相遇，第一次，她見識了他的冷酷和可惡；第二次，見識了他的武功和堅持；第三次，見識了他的強勢和對家人的愛護。

雖然兩人之間的對話不多，但她卻彷彿已經對這個男人的性格有了很深的瞭解。這個男人，從來沒有把世俗的眼光放在眼裡；他的行事，從來不顧忌任何人，從來不因任何不必要的原因改變自己的決定；他強硬、固執，也冷酷、狡猾，還很可惡。

就是可惡！李安然將這個詞又在心裡狠狠地咀嚼了一遍。

看那傢伙的表情，一定把周圍這些對他有好感的女孩子們都當成花癡了！不知道他有什麼值得驕傲的，哼！

紀師師莫名覺得身邊閨蜜似乎有點猙獰，轉頭仔細看了一眼，卻又沒發現什麼異常，好像只是自己的錯覺。

騎著大馬高高在上的雲臻，光是抿著嘴不苟言笑便已氣勢非凡，而拱衛著朱篷馬車的護衛們也像是受了自家主人的感染，個個臉上都帶著一絲驕矜。百姓們未必認得這是護國侯府，但都被這群人的氣勢所懾，不由自主地讓開道路。

雲家一行人竟然就這樣毫無阻礙地穿過人海，出了城門，走到了橋頭。只是來到這裡，便難以前進了。

橋頭的人實在太多，又夾著許多車馬，本來就非常擁擠，何況本已上橋的人也因為貪看權貴之家秀女的美色而遲遲不前，更是增加了壅堵的程度。

護國侯府的朱篷大馬車不得不停了下來。

此時，正在送別的權貴之家也都發現了這邊的異常，紛紛望過來。他們自然都認得雲臻和雲家的馬車，臉上都露出了驚異之色。

「雲侯怎麼也來了？」

「莫非也是來送人？」

「此次選秀，並沒有雲家親眷的女子呀。」

「許是來為趙小姐送行？雲大小姐不是已說給了趙二公子，兩家如今可是親家了！」

「那只是趙二公子一廂情願，老侯爺不是還沒同意嗎？」

大家紛紛猜測之際，也都問起忠靖侯府的人來。

趙慕然參選，今天來送行的是大公子趙承和大少夫人嚴秀貞。老侯爺是長輩，又是一家之主，為女兒送行這種場合，還不必他親自來。

護國侯雲臻露面，那麼他身後的馬車上，一定就是雲璐了。除了親妹妹雲璐，又有誰能夠讓雲侯爺親自護送。

有個女眷向趙家大少夫人嚴秀貞問道：「嚴妹妹，雲侯可是來為妳家小姐送行？」

嚴秀貞也有點不確定，轉頭看著自家丈夫趙承。

趙承還記著被雲臻抓到的情景，撇嘴道：「誰知道呢！老爺子不讓通知雲家，不過妹妹啟程入京這事又不保密，他們知道了也沒什麼奇怪。」

這時候，被裹在人群中的雲臻，居高臨下一掃，看到了這邊人群中的趙承和嚴秀貞，微微地點頭致意。果然是來為趙慕然送行的。

頓時所有人都驚嘆起來，紛紛羨慕地看著趙家三人。

靈州城是王興之地，百姓用「勛貴遍地走」來形容城中權貴眾多，然而即便都是勛貴，也有高低之分。

大乾朝自開國太祖授過勛貴爵位，此後每一任皇帝都不再封爵，蓋因勛貴這個階層是非常容易壯大的群體，若是任由發展，很容易在皇權之外造就一個特權階級，侵犯到皇權的神聖和唯一。所以太祖分封的爵位，基本都是世襲，世襲的意思就是每襲一代便會降一級，勛貴之家多紈袴，到了這一代都只剩子爵、男爵什麼的了，仰仗祖蔭過活的，在朝堂之上並無太大影響力，很多官員的腰桿子就比勛貴要硬得多。

若非如此，靈州刺史府的夫人楊常氏又怎敢跟忠靖侯府的大少夫人嗆聲。蓋因忠靖侯府如今只有一個侯位，老侯爺不在朝堂，趙承、趙焉也都沒有實際的公職，還不如刺史實權在握，真正有著靈州城的管轄權。

而護國侯府卻不同，護國侯是傳國侯，世襲罔替，又姓雲，真真正正是皇姓宗室。加上現任侯爺雲臻，對剛剛登基的新帝有從龍之功，他說的話可以直達天聽。

有護國侯這門親戚在，趙慕然要想入宮，完全稱得上是十拿九穩。

在場的人家都是要送女選秀的，面對如此強而有力的競爭者，怎麼能不眼紅羨慕。

第二十二章 踩踏事件

雲臻自然不會理會那些勛貴們的反應，他正為眼前壅堵不堪的人群而煩躁。

趙慕然進京參選，忠靖侯府並沒有通知雲家，顯然老侯爺還在耿耿於懷。護國侯府的迎來送往，一向是雲璐打理，她懷孕之後，難免精力不足，以至於到今天早上才剛剛收到消息。

依著雲臻的意思，也不必來為趙慕然送行。他雖然答應了趙焉，若他三年後授爵，便將雲璐嫁給他，但畢竟沒有媒妁之言，雲趙兩家還尚未確立姻親關係。

但雲璐堅持要來。

老侯爺固然還不肯承認她這個未來兒媳婦，故意不讓人給雲家送信，但她已經將自己代入了趙焉未婚妻的身分。既然如此，趙慕然便是她未來的小姑子，她豈有不來送行的道理。

骨子裡，雲璐和雲臻一樣驕傲。就是忠靖侯不承認她，她也要自己為自己立起名分來！

雲臻控著胯下的白蹄烏靠近了馬車，車窗處早有丫鬟紅歌撩起簾子，露出了雲璐清麗如蘭的面容。

「人太多了，馬車不能前行。」雲臻先是說明了一下眼前的情況。

雲璐掃了一眼窗外。「今日花朝節，難怪人多。既然馬車不能過去，我們便下車步行吧。」

窗邊的丫鬟紅歌頓時吃了一驚，脫口道：「這怎麼行！」

「妳懷有身孕，這裡擁擠不堪，下車太危險了。」雲臻也微微皺眉，頓了一頓，他又道：「趙家已然見著我們，妳的心意也算送達，不必非要相見，回去吧。」

聞言雲璐笑了起來。「哥哥還是在賭氣呀。」

雲臻哼了一聲。忠靖侯那個老東西，故意不給雲家送信，不讓他們知道趙慕然啟程進京的日子，不就是表示他對雲璐還是不接受、不承認嗎？雲家的人，什麼時候需要別人來承認了！

「哥哥，老侯爺是長輩，我們哪能跟長者置氣。慕然是焉哥的親妹妹，她要入京選秀，我這個做嫂子的總得囑咐幾句，好讓她在京城裡也有個依仗。來都來了，哪有話都不說掉頭就走的道理。」雲璐先勸解了一番，再對紅歌道：「紅歌，扶我下車。」

紅歌擔憂地看了一眼窗外烏壓壓的人群，小聲道：「小姐，侯爺說的也沒錯，外面人這麼多，萬一推著、蹭著，動了小姐的胎氣怎麼辦？都說懷孕頭三月是最要緊的！」

雲璐似笑非笑地看她一眼。「我自己的身子自己清楚，能不能下車，我心裡有數。」

她聲音雖然輕柔，語氣卻很堅決。

紅歌沒有辦法，只得扶著她，推開了車門。

車門一開，外面的喧譁聲便如同泄了閘的海浪，一下子撲進來。

人挨人，人擠人的場面，氣味自然不好聞。

雲璐頓時感到不適應，微微地皺了一下眉。

李安然和紀師師的馬車離雲家的馬車並不遠，中間約莫只隔了兩排行人。橋頭地方逼仄，實在也遠不到哪裡去。

「雲大小姐要下車？」紀師師驚訝了一聲，回頭看著李安然。

「雲大小姐懷著身孕，這種場合，太過危險了。」李安然也微微蹙眉。

此時的人群，如同被風吹拂的麥浪，一起一伏地湧動，推推搡搡之間，不時地有人叫著被踩了、鞋子掉了、讓馬車壓著刮著了。雲璐此時下車，確實不是一個明智的選擇。

馬上的雲臻眼看著紅歌扶著雲璐已經從車裡出來，只得無奈地搖搖頭，策馬往前幾步。「妳既然一定要去，那便上馬吧。」

原本因為擔心雲璐而愁眉苦臉的紅歌，頓時欣喜道：「對對，小姐何必非要步行，坐到馬上，讓侯爺帶妳過去就是了。車子固然過不去，但侯爺的馬兒要過去卻容易得多。」

雲璐仰起頭，笑道：「多謝哥哥。」

雲臻伸出手，雲璐將手放入他掌心，他用巧勁一拉，她的身子便輕飄飄地飛起來，然後穩穩地落在他身前。

「哇！」

人群中頓時發出一聲驚嘆，那些本來就心儀不已的大姑娘、小媳婦們，望向雲臻的眼裡都能滴出水來了。

雲臻將雲璐圈在懷裡，他身形高大，雲璐嬌小纖細，兩人一對比，越發顯得雲臻偉岸矯健，再加上兄妹倆相貌都十分出眾，俊男美女共乘一騎，清風徐來，吹起他們的髮絲和衣袂，腳下黑壓壓的人潮都仰著頭，襯得他們如天神仙女一般姿態飄然，畫面實在是美到了極點。

連紀師師都忍不住發出了一聲讚美的嘆息。

李安然望著這對出色的兄妹，心中竟也不由自主地浮出一絲羨慕之意。

世間所有女子，大概都希望有這樣一位兄長，將她細心保護，妥善安放，免她驚苦，免她流浪。有這樣的哥哥，雲璐實在是世間最幸福的女子。

不遠處的嚴秀貞忍不住讚道：「二弟實在好福氣，竟能獲得雲大小姐的芳心。」

旁邊挨著她的那個女眷也雙眼迷離。

「從前不曾親眼見，雲侯風姿果然過人。」女眷回過頭對其他人笑道：「我說句玩笑話，我們這位護國侯可還未成家呢，哪家若是有適齡的女孩兒，不正是最好的東床快婿！」

大家都紛紛地笑起來，倒真的有人動起了心思。

誠然，今日在此的人家都是送女入京選秀的，但是並不代表他們家裡就沒有了適齡的姑娘。每家參選的只需一名女孩便可，其他的姊妹完全可以自行婚嫁。往日只聽說護國侯面黑心硬，不是個好相處的人，但今日看著，實在是人中龍鳳，若真的能夠納為女婿……

在場人中，不乏不需選秀的年輕女孩以及她們的父母，竟然都被這一句玩笑話引得動起了心思。

眼看著雲家兄妹騎著高頭大馬，穿過人群緩緩行來，大家都不由自主地仰著頭等待。

嚴秀貞回頭拉住了戴著帷帽的趙慕然的手，輕聲道：「雲家是宗室，與當今乃是堂兄弟，有雲大小姐為妳在京中打點，妳此行必然得償所願。」

即便有帷帽的遮擋，也可以感覺到趙慕然愉悅的心情。

而她們姑嫂二人沒有注意到的是，在趙慕然身後站著的眾多待選秀女之中，有兩道灼熱的視線，正透過帷帽紗帳，投射在對面天神一般的雲臻身上。

楊燕甯一直以為，自己是世間最驕傲的女子。

天生麗質的容貌，滿腹詩書的才情，優越富足的家世，視她如明珠的父母——她擁有這世上所有女子都希望擁有的東西。

她生來就該是站在最頂端的人。

此前，她一直認為，選秀將會是她走向生命最輝煌的起點。

她的容貌才情，遠超過同屆的其他秀女。除了一個趙慕然能被她視作對手，她未曾把任何人放在眼裡。養在深閨十八年，一朝選入君王側，她將會成為大乾朝最高貴的男人身邊那隻最美麗最璀璨的鳳凰。除了皇帝，又有誰能夠配得上她？

可是現在，她猶豫了。

她發現，這世間並非沒有堪與她匹配的男子。

這一刻，所有的聲音都似乎遠去，所有人的面孔都已經模糊。

她忽然想起了初九日那天，護國侯府大門外，那個男子張揚的笑聲，狡猾的言語，劍拔弩張時蓬勃的英氣，以及那雙深不可測的眸子，還有當時她胸膛內猛然被擊中的心房……

突然間，一聲驚叫劃破長空，也擊散了她飛揚的思緒。

回過神來的楊燕甯驚愕地發現，所有人臉上都是驚恐的神色，而被眾人目光聚焦著的那匹黑色駿馬，此刻正昂首長嘶，高高地揚起了兩隻前蹄——

該死的！馬受驚了！

雲臻努力地控制著胯下坐騎白蹄烏，腦海中的第一個念頭便是保護雲璐。人實在是太多了。

比起坐馬車，騎馬通行人海的難度顯然要低得多，雲臻將雲璐抱上馬背後也一直很注意地控制著速度，雖然緩慢，但依然可以靠近橋頭勛貴聚集處。

然而就在剛才，他看到人群中一個浪蕩無賴偷偷摸了一個小媳婦的臀部，引得那小媳婦發出尖銳的驚叫，人群也隨之發生了一陣騷動。

本來就水泄不通的人潮，哪禁得起這樣的推擠，頓時便像海浪一樣洶湧起來，雲臻胯下的白蹄烏不知被什麼東西打到眼睛，受了驚一下子痛嘶起來。

高大的馬兒揚起前蹄，處在馬頭方向的人群恐慌不已，人人都知道，若是被受驚的馬蹄踢到，那可是後果難料，於是大家爭先恐後地往外躲，頓時人群中響起了數聲尖叫，有人摔倒了，被踩了。

烏壓壓的人群就像被一隻巨大的手掌蹂躪著，明明寸步難移卻有狼奔豕突的混亂，此時此刻，誰也無法控制崩潰的人潮。

「別擠別擠！」為紀師師駕車的車夫老李慌了起來，拚命地阻擋著壓過來的人群。

然而慌亂的人群哪裡是他一人之力可以阻擋的，輕便的油壁香車恍如被巨浪拍打的小舟一般搖晃不止，車內的李安然和紀師師，以及蕊兒、朵兒都驚恐地把著車壁。

「小姐快下車！」老李感覺到了危機，油壁香車本來就是最輕便的馬車之一，被人群這麼推搡，很可能會翻倒，便高叫著要紀師師、李安然等人下車。

紀師師已經花容失色，全身發軟，倒是李安然還算鎮定，抓了她的胳膊便往車外爬。

車子被人群推得搖搖晃晃，兩人跌跌撞撞，好不容易才爬出來，蕊兒、朵兒也緊跟著她們下車。

就在最後一個朵兒從車上跳下來的同時，禁受不住人群擠壓的車子終於轟然倒塌，拉車的馬兒長嘶起來，令周圍人都驚呆了。

李安然四人嚇得臉色慘白，後怕不已，若是慢上一步，後果真是不堪設想。

而再看周圍，被人群包裹著的還有其他的車馬，也都是混亂不堪，險象環生，再不加以控制，只怕又要跟她們一樣翻車了。

這一連串的過程，說來話長，但實際上就發生在幾個呼吸之間。

護城河邊的待選秀女和勛貴們都沒料到會發生這樣的事，各家的護衛家丁們第一時間就將主人們保護起來，攔在周邊形成一道人牆，避免受到衝擊。

而處在風波中心的雲臻，先是將雲璐牢牢地護在懷裡，然後迅速地控制了胯下的坐騎白蹄烏。白蹄烏跟著他多年，已通人性，很快便平靜下來，只是被四周慌亂的氣氛感染，還不安地來回踱步。

「靈州縣令何在！」雲臻大吼一聲。

靈州縣令當然在場。

今日送秀女啟程，各家權貴都來，小小的靈州縣令豈敢不在。人群發生踩踏事件的時候，縣令雖然驚愕，但還沒有懵掉，只是權貴們的家丁組成人牆時，把他也給攔在裡面了，反而沒能第一時間就衝出來。此時聽到護國侯一聲吼，靈州縣令哪還敢怠慢，拚命地突圍而出，指揮著隨行而來的衙役們趕快控制局面。

雲臻身在馬上，只大聲說了一句。「先把人群隔開！」

靈州是通都大邑，人口繁多，衙役們在處理這種人群聚集的場面上倒是很有經驗，被雲臻一提點就心領神會，直接分成兩隊，強行地插入人群，將之分割成幾塊隔離開來。當人們發現自己不再受到擠壓之後，自然就安定了下來。

衙役的行動很乾脆迅速，很快便控制住了場面，萬幸的是雖然有發生踩踏，但後果並不嚴重，只有兩人有輕微的外傷。

雲臻又道：「疏通人流，避免再次壅堵。」

靈州縣令奉若明旨，立刻又指揮衙役們對橋頭的秩序進行管控，一面請權貴們再往旁邊避讓，騰出橋頭通道，一面引導出遊的人群快速有序地過橋。

不多時，橋頭的壅堵情況便減輕了許多，一切都變得井井有條起來。

已經撤到邊緣地帶的李安然、紀師師等人，驚魂未定地互相詢問檢查，發現其他人都沒事，只有李安然左胳膊疼痛，似乎是受了傷。

「怎麼樣，還能動嗎？」紀師師托著她的胳膊，滿臉都是擔心。

李安然試著動了動胳膊，一陣鑽心的疼痛傳來，她忍著痛道：「還好，方才在車門上撞了一下，骨頭應該沒事，大約是有點瘀青。」

紀師師讓朵兒、蕊兒擋住別人的視線，背過身將李安然的袖子推上去，只見她左胳膊的小臂外側一片碩大的烏青，中間部分還有黑紅色，剛才撞的現在就已經有腫起來的跡象了。

她用手指輕輕碰了下，李安然便忍不住地倒抽冷氣。

「看樣子骨頭是沒事，但也撞得厲害。」紀師師將她的袖子放下來。

李安然微微側過頭，朝雲臻的方向望了一眼。

好像每次遇到這個男人，她都會受傷啊。

第一次是死而復生後，被姚舒蓉的爪牙推打；第二次是被他弄得腳腕脫臼；這次又是撞青了胳膊。

難不成，這位雲侯爺，竟是她的災星?!

第二十三章 落水

疏通了橋頭的人流，靈州縣令便趕緊到雲臻跟前，滿頭大汗地道：「下官辦事不力，令侯爺受驚了。」

雲臻只是淡淡地嗯了一聲。

靈州縣令速速指揮衙役為雲臻清出一條道路來，讓雲臻和雲璐策馬通行。

到了權貴們前面，雲臻先下馬，將雲璐抱下來，兄妹倆向忠靖侯府的幾人走過去。

方才的混亂，權貴們雖然只是旁觀，卻也看得驚心動魄。此時見雲家兄妹牽著那匹引發踩踏事件的高頭大馬過來，自然而然都將目光集中在他們身上。

雲璐先向趙承和嚴秀貞屈身行禮，趙承和嚴秀貞忙還禮。

隨後雲璐便道：「慕然妹妹要進京參選，我們接到信兒遲了，這會兒才來送行，幸好不曾晚了。」

趙承和嚴秀貞臉上有點臊得慌，這可是挑理了——接到信兒遲了，那不都是忠靖侯府故意不通知的結果嗎？

嚴秀貞只得道：「原是要通知你們的，只是想著大小姐妳懷著身子，出行不便，便沒有通知，想不到你們還是來了。方才真是危險，大小姐沒事吧？」

雲璐笑著看了一眼雲臻。「有兄長護著我，很安全，連受驚也不曾。」

趙承嗤笑一聲。「若非雲侯的馬發狂，也不至於發生這樣的事情，可憐了那幾個受傷的百姓。」

他語氣陰陽怪氣，嚴秀貞不由回頭瞪了他一眼。

雲臻卻懶得理他。

自打上次在清山，趙承被雲臻抓住過後，就一直對雲臻有些不忿，加上每次見面雲臻又總是一副驕傲得目中無人的面孔，他便總要刺幾句才甘心。

嚴秀貞知道自家丈夫的德行，從來不會顧忌公眾場合，為避免他又說出什麼來，跟雲家起口角，她忙回頭拉趙慕然上前道：「妹妹，快來見過雲侯和大小姐。」

趙慕然戴著帷帽，看不清臉，她先向雲臻行了禮。「見過雲侯。」

雲臻只是點點頭，便算還禮了。

趙慕然拉住了雲璐的手，聲音輕快道：「璐姐姐，妳是特意來送我的嗎？」

「妳要入京參選，我自然是要送行的。京中風土不比靈州，妹妹此去可得注意身子，莫要貪涼，小心飲食。」雲璐笑道，她的囑咐很是平常，就如同家人一般。

趙慕然也笑了起來。「姐姐放心，嫂子給我帶了兩位嬤嬤隨行，她們會照顧好我的。」

雲璐點點頭。「今上登基不久，我小時候在京中住過一段日子，倒是常常見這位堂兄的。妳去了，若是見著皇上，替我問候一聲。」

趙慕然點頭應了。

聞言，旁邊便有人羨慕地嘆息了一聲。

這話聽著是雲璐託趙慕然問候親戚，但在場的人都是送女選秀的，如何能聽不出她話中的深意。藉著代替雲璐問候的機會，趙慕然正好可以讓皇帝留下印象。雲璐是皇帝的堂妹，有她這層關係在，皇帝總會對趙慕然多一分親近的。

此時，橋頭通行順暢，護國侯府的車馬也靠過來了。紅歌捧著一個錦緞包裹的小盒子，走到雲璐身邊。

「這盒子裡裝的是我送給太后的禮物。小時候在京中時，太后嬤嬤對我最是和藹，我如今的情形，也不便入京問候，妳入宮後，替我將這禮物送給太后。」雲璐說完，示意紅歌將盒子遞給趙慕然。

趙慕然下意識地看了嚴秀貞一眼。

嚴秀貞深深地看著雲璐。「大小姐這份心意，我們必會仔細傳達。」

她示意趙慕然身邊的丫鬟，將盒子接了過去。

趙慕然再次握住了雲璐的手。「姐姐，妳替我想得真周全。」

雲璐先是讓她問候皇帝，然後又讓她替自己給太后送禮。有皇帝和太后這兩份機緣在，以趙慕然本身的資質條件，還愁沒有脫穎而出、羽化成鳳的機會嗎？這其實是雲璐送給她的兩大助力呀！

趙慕然和嚴秀貞都感覺到了雲璐的真心，這份情自然要記著。饒是趙承看不順眼雲臻，對雲璐也說不出一個「不」字來了。

在場的其他人家，自然就有了落差感。

「趙小姐原就秀外慧中，如今又有護國侯府為妳籌謀，今次參選，必是十拿九穩了！」一位女眷便先開口說了，語氣羨慕中帶了一點嘲諷。

馬上有人附和道：「就是啊，可惜我家沒有護國侯府這樣的親戚！唉，看來，這次我家女兒可是陪太子讀書，走個過場罷了！」

「這麼說，到底還是趙二公子有本事，竟擄獲了雲大小姐的芳心。瞧瞧，這還沒過門呢，就替婆家人著想了。」

「噫，可別亂說話，忠靖侯還沒答應這門親事呢。」

「怎麼妳忘了？那日趙二公子可是當著眾人的面說了，若是忠靖侯不同意，他就要脫離趙家自立門戶呢！」

大家你一言我一語，或是純粹羨慕，或是暗含嫉妒，或是故意嘲諷。左右都是勛貴，各家秀女又是競爭者，誰也不怕誰。

有人想起楊燕甯一直跟趙慕然相爭，便故意對楊常氏說道：「楊夫人，真是可惜，本來楊小姐也是出類拔萃的，只是如今人家有了這個後臺，楊小姐就要落於下乘咯。」

楊常氏素來跟趙家不合，就算沒人挑撥，也早就心有不甘了，當下冷笑道：「就算有後臺又怎樣，入宮選秀，憑的還是個人的本事。我們燕甯，可不需要那些旁門左道的手段！」

她一面說，一面驕傲地回頭看楊燕甯。

楊燕甯戴著帷帽，並沒有出聲，楊常氏也看不清她隱藏在紗簾後的表情。

站在雲璐身後的雲臻，卻察覺到一絲異樣，微微蹙眉，朝楊燕甯的方向看了一眼。

這時候，楊燕甯卻突然開了口。

「方才情形如此凶險，雲侯卻處變不驚，指揮靈州縣令迅速控制局面，小女很是佩服。」

楊燕甯的高傲是出了名的，在場的權貴們互有來往，尤其今日女眷居多，都知道她是什麼脾氣，難得聽見她誇讚人，不由都微感意外。

不過她的話倒也沒什麼出奇，方才雲臻的確是臨危不亂，簡單兩句話便止住混亂，所以，大家也沒有對楊燕甯的話多想。

雲臻卻只是淡淡瞥了她一眼便收回了目光。

雲璐此時正在和趙慕然說話，他的目光自然也落在趙慕然身上。

帷帽紗簾遮擋下的楊燕甯，輕輕地咬住了下唇，眼底閃過一絲惱恨。

當雲家兄妹在為趙慕然送行之時，李安然和紀師師卻正為毀壞的馬車發愁。

紀師師的油壁香車原本十分精緻，但此時早已經面目全非，車身倒了，車壁被踩爛，駕車的馬倒還在，繞著破落的車架子無辜地打轉。

老李心疼地道：「多好的馬車啊，太可惜了。」

紀師師自然也心疼，只是車子已然爛了，又找不到事主，只得自認倒楣。

「算了，老李，這車子沒法修了，你把馬卸下，再去雇一輛車子來，我們在這裡等著。」

老李只得應了，將馬卸下來騎了，避開出遊的行人，慢慢地進了城門。

紀師師回頭對李安然道：「我們去河邊洗漱一下。」

她和李安然，加上蕊兒、朵兒，經歷了方才的混亂，身上臉上少不得有些地方弄髒了，便一起去護城河邊。城門外的這段護城河，用石墩子串了鐵鏈圍著，每半里有一條臺階可以通到底下的河邊。

花朝節，女孩子們都要賞紅，河面上漂著一些被風吹落的五色彩紙，河底柔柔的水草襯托著，倒是別有一番趣味。

四人結伴沿著臺階走下去，用水將帕子打濕了，略做洗漱。

今日出遊行人眾多，護城河兩岸隨處可見徐行賞景的遊人，這個特殊的節日裡年輕男女們並不避諱。所以，四個女子在河邊洗漱，一點兒也不打眼。

而橋頭上，所謂送君千里終有一別，秀女們跟家人話別一番之後，也該動身啟程了。所有秀女的馬車在護城河邊一字排開，大家魚貫而行，各自登車。

趙慕然同哥哥、嫂子還有雲臻、雲璐告別之後，便由丫鬟、嬤嬤們簇擁著，往馬車方向走。

跟在她後面的，是楊常氏和楊燕甯。

雖然楊常氏跟嚴秀貞素來針鋒相對，但值此離別場景，嚴秀貞還是很有風度地對楊常氏和楊燕甯點頭致意，並將道路又讓開一些。

孰料楊燕甯經過之時，似是被路面絆了一下，身子突然一委。

站在她旁邊的正是雲臻，無論臉色多麼冷酷，身為貴族，雲臻本性自然是極有教養和風度的，當然要伸手攙扶一把。

楊燕甯腳下不穩，下意識地抓住了他的胳膊，身體幾乎貼在了他的懷裡。

雲臻用一隻手托住了她的腰。

楊燕甯只覺腰背處一股熱力傳來，整個身子都像被刺了一下，鼻間聞到了與女子迥異的男性氣息。

有帷帽遮擋，旁人都看不清她面容，可她臉上卻早已飛起了兩片紅霞。

「多謝雲侯。」她聲如蚊蚋，竟不復平時的清冷高傲。

雲臻輕輕一托，將她扶正。

旁邊的雲璐微笑道：「楊小姐小心，參選在即，一言一行都得留意謹慎。」

楊常氏趕上來，扶住了楊燕甯，先謝過雲臻，然後輕聲對楊燕甯道：「沒事吧？」

楊燕甯微微搖頭。

楊常氏最後向幾人點點頭，扶著楊燕甯去了。

既然趙慕然已經登車，雲臻和雲璐自然不再久留，跟趙承和嚴秀貞說了一聲，便並肩離開。

早有護國侯府的下人將馬車駛過來，雲臻小心地護著雲璐，扶她上車。

被楊常氏握著胳膊的楊燕甯，此時正回過頭來，將他仔細在乎的神情都收入眼底。

「來，上車吧。」

恰巧響起的楊常氏的聲音，讓她腦中一清。

眼前就是自家的朱篷馬車，車夫已經把上車用的杌凳放在她腳下，只要抬腳登車，車子一啟動，她便可以駛向大乾朝的政治中心，那個充滿權力、榮耀的地方。

她從前將入京選秀視作理所當然，可是此時此刻，卻只覺兩隻腳如灌了鉛一般沈重。

楊常氏見她遲遲不登車，不由問道：「怎麼了？」

「娘，我的鞋襪髒了，想去河邊擦洗一番。」楊燕甯的聲音隱藏著一絲不易察覺的顫抖，說話之時，將裙襬微微地提起了一點。

楊常氏低頭一看，果然她湖藍色的繡鞋和雪白的襪子上都蹭了一點泥土，估計是方才差點摔倒時沾上的。

「不過一點髒污，上車後擦一下也便罷了。」楊常氏不以為然。

楊燕甯卻不肯上車。「不成。若不擦洗乾淨，我心裡總不舒服。」

楊常氏知道自己女兒平日裡素有潔癖，衣裳鞋襪但凡有一丁點髒污都要立即更換的，只是眼下啟程在即，其他秀女都差不多登車了，楊燕甯若要去洗漱，便得讓所有人等她一個。

「上車後再換一雙鞋襪就是了。」

楊燕甯固執地道：「即便換了，這髒的鞋襪也還放在車上，離我如此之近，我難以忍受。」

聞言，楊常氏臉上便有點不歡喜，聲音略沈地說道：「大家正要出發，何必在此時堅持這些不必要的，妳若要去洗漱，便得叫所有人等妳，這不大妥當。」

楊燕甯輕輕哼了一聲。「叫他們等我一時片刻又如何了，難道我還不配叫人等一等嗎？或者，只有趙慕然值得叫大家等一等！」

方才，本來大家也都告別得差不多，雲臻、雲璐若未出現，大家早已登車出發了，只是因為雲璐要與趙慕然送別，所以又多待了一會兒。此時楊燕甯這樣說，倒也沒錯。

楊常氏立時想起方才大家對趙慕然的吹捧羨慕，心中也生出一絲不甘來。

「好，就叫他們等著，我叫丫頭陪妳去洗漱。」

楊常氏便讓兩個丫頭跟著楊燕甯，走到護城河邊，沿著那臺階走下去。

秀女們既然要一起出發，自然只能等候著了。

兩個丫鬟，一個扶著楊燕甯的手，一個在後面護著，小心翼翼地一起沿著臺階往下走。

李安然四人，此時已經洗漱完畢，正要上來。

雙方在最底下碰面，互相點了一下頭。

就在這時，下到最後一個臺階的楊燕甯似乎是腳下一滑，發出一聲驚呼，身子猛地朝河面栽倒。

李安然離得最近，下意識地伸手去抓，不料楊燕甯驚慌之際，手臂揮舞，正好一把抓在她受傷的手臂上。李安然一疼，被她的力量一帶，也朝河裡栽了下去。

撲通、撲通，兩聲落水聲幾乎同時響起，水花四濺。

紀師師等人的尖叫頓時劃破長空。

第二十四章 推諉

「小姐落水了！快來人啊！」

第一個叫起來的，是楊家的丫鬟。

一聲大喊驚動岸上人群，紛紛跑過來。

護城河的河水雖然清澈，最淺處不足一丈，最深處卻足有兩丈，北城門外這段差不多有丈餘深。

李安然落水之後，先是嗆了一大口水，然後本能地揮舞雙臂拍打水面，試圖浮在水上。然而她不識水性，不過掙扎幾下，便越來越往下沈。

岸上的人群早已大譁，她隱約聽見紀師師和楊常氏尖聲叫救人的聲音。

「救命……」李安然一面拚命地划動雙臂，一面呼救。

浮沈之際，她看見離自己不遠處，楊燕甯也正在極力掙扎。

不斷地嗆水，纏繞在腿上的裙子越來越沈，在混亂的意識中，李安然試圖往岸邊划，卻只覺得自己離那些人群越來越遠。

紀師師急得都快哭了。好端端的，怎麼會突然落水。

「來人啊！快救人啊！」她抬頭向岸上的人群拋去求救的眼神，可又不敢放膽移開對著河面的視線，深怕一個回頭，李安然便沈下去了。

蕊兒、朵兒也是滿臉焦急，不住叫著李安然的名字，若她們會泅水，早就跳下去了。

楊常氏從臺階上衝下來，發瘋地叫著楊燕甯的名字。

「甯兒！甯兒！快來人啊，快救救我的甯兒！」

岸上的人群自然也焦急不堪，互相問誰會泅水，又有人說快去找長竹竿來撈人，七嘴八舌，亂七八糟。

這時，河面忽然「嘭」一聲巨響，雲澤橋底下濺起一道高高的水花。

「是雲侯！」

有人眼尖地發現，是雲臻從橋上跳了下去。

緊跟著，雲家的兩個護衛劉高和李虎也跳了下去。

雲臻在前，劉高、李虎在後，三人快速地划水，向楊燕甯和李安然的方向游動。

「快快快！」岸上的人群不住地為他們三人加油鼓勁。

楊常氏和紀師師等人頓時燃起了希望。

「雲侯，快救我女兒！」

「快救救安然！」

憂心如焚的兩個人，都只顧著自己關心的人，不住地催促雲臻三人。

雲臻先划到兩個落水者身邊，此時李安然和楊燕甯離他幾乎一樣近。他不及多想，先一把撈住了李安然的身子。

李安然此時已經陷入半昏迷狀態，迷迷糊糊之間感覺自己被一隻胳膊撈住在水裡拖動。

與此同時，劉高和李虎也將楊燕甯給撈了起來。楊燕甯比李安然還好些，不住地咳水，眼睛卻還能睜開。

這時終於有人找來了長竹竿，跑過來將竿子伸到河面上。

雲臻和劉高、李虎便抓住竹竿，借著岸上人的力，將李安然和楊燕甯拖上了岸。

楊常氏第一個撲上來，將楊燕甯抱進懷裡。

楊燕甯嗆了不少水，不住地咳嗽，兩頰咳得通紅，渾身都濕透了，衣裳緊緊貼在身上。雖然初春的衣裳還比較厚，但是依然將她的身體曲線給顯露了出來。

楊常氏對丫鬟喝道：「愣著做什麼，還不快取披風來！」

岸上還有楊家的下人，此時早就拿了披風跑下來。

楊常氏將披風往楊燕甯身上一裹，包得嚴嚴實實就露出一張臉。

「咳、咳……」楊燕甯被勒得太緊，不舒服地咳了兩聲。

「妳！」楊常氏瞪大眼睛看著自己女兒，臉上除了擔憂之外，還有一絲惱怒和一絲不解。但她背對著眾人，旁人都看不到她的臉。

楊燕甯卻看得一清二楚，只是咬著嘴唇，扭頭避開了她的眼神。

這邊廂，紀師師、蕊兒、朵兒也早將李安然團團圍住。

李安然是雲臻拖上來的，此時正被他抱在懷裡，雙眼緊閉，臉色慘白。

「安然！安然！」紀師師拍著她的臉叫了兩聲，都沒有回應，頓時害怕起來，無助地看著雲臻。

雲臻將李安然平放在地上，雙手交疊搭在她胸口，一下一下按起來。楊燕甯的視線避開楊常氏的身體，正好將這一幕盡收眼底。

李安然同樣渾身濕透，衣裳緊貼曲線畢露，雲臻的手就放在她高聳的胸脯上，水滴沿著他剛毅的臉部線條滑下來，從下巴處滴落。

這畫面，她竟莫名地覺得刺眼。

一連按了幾下之後，李安然嘴一張，吐出一道水箭，緊跟著劇烈地咳嗽起來，眼睛也睜開了。

「醒了醒了，謝天謝地！」

紀師師和蕊兒、朵兒都驚喜地咧開嘴，臉上還掛著淚痕，又哭又笑。

睜開眼睛的李安然，第一眼看到的便是雲臻的臉。

在她印象中，這個男人素來是整齊乾淨又驕傲的樣子，但此時此刻，卻是渾身濕漉漉，幾綹髮絲散落下來，貼在臉側，小麥色的臉龐上不住有水珠滑落，濃黑犀利的眉毛緊緊地皺著，黑駿駿的眼睛裡像是含著一股怒意。

「多謝雲侯……救命之恩……」嗆過水的喉嚨有種灼燒般的疼痛，李安然忍著不適，向雲臻道謝。

「麻煩的女人。」雲臻嘟囔了一句，聲音很輕，連近在咫尺的紀師師等人都沒聽見。

每次碰見這個女人，她都處於危險之中，每次都要他出手相救。因此雲臻的印象裡，自然而然便留下了麻煩兩個字。

這時，雲璐帶著人從臺階上下來，手裡捧著雲臻的外衣。

方才他們在橋上，原本並未看見楊燕甯和李安然落水，直到岸上的人群大譁起來，才發現正在水裡掙扎的兩人，雲臻第一時間便甩掉外袍，從橋上跳了下去。

雲璐見雲臻和劉高、李虎都沒事，自然是鬆了一口氣，她將外衣抖開，披在雲臻身上。

初春的天氣還很冷，雲臻身上都濕透了，吹了風容易受涼。

雲臻雖然常年練武身體強壯，但也並非寒暑不侵，衣衫泡濕之後身上自然也是感受到了涼意，披上外衣，果然是暖和多了。

然而他一低頭，卻見李安然正在瑟瑟發抖。

當然了，連雲臻都覺得涼，何況李安然一介弱女子，渾身都濕透了，被風一吹，只覺冷入骨髓，止不住地發起抖來，雙唇更是一絲血色也沒有。

紀師師用雙手攏著她的肩膀。「我們快些上岸去，老李應該快回來了，我們趕緊回家。」

李安然點頭，扶著她的手站起來，蕊兒、朵兒將她擁在中間，試圖用自己的身體擋住旁人的視線。

畢竟李安然是個女子，如今的樣子被男人看見了總歸吃虧。但是她們這次出來既非郊遊又非遠行，自然沒有帶更換的衣裳，也只能做到這個程度。

「等等。」

就在她們動身之際，雲臻開口說了一聲。

四人都看著他。

雲臻走過來，單手從肩頭扯下外衣，遞到李安然跟前。「披上。」

李安然詫異地張大眼睛。

「這如何使得……」紀師師道。

不等她說完，雲臻便毫不客氣地反問：「難道妳要所有人都看見她的身子嗎？」

紀師師頓時語塞。

雲臻有點不耐煩似的，隨手將外衣一抖一甩，披上了李安然的肩膀，然後雙手將領口一攏。

他的動作略微粗魯，李安然的身子被勒得搖晃了一下，下意識地抓住這衣裳想要扯下來。

「怎麼？妳喜歡讓大家都觀賞妳的身材？」雲臻再次開口，語氣依舊不鹹不淡。

李安然微微一滯，向他的雙眼看去。

雲臻的表情沒有絲毫異樣，眼神亦是沒有絲毫波動，彷彿這件事是天經地義，理所當然。

而此時，岸上的人們卻發出了一些竊竊私語。

堂堂侯爺，出手相救一個民女，已然是這女子的幸運。人命關天的大事，大家也都認為是理所應當。可是，雲臻不只是救了這個女子，還為她壓胸施救，現在更是把自己的衣裳讓給人家披用，這份關心，似乎已經超出單純救人的範疇了。

李安然到底是沒有把衣裳拿下來。

潛意識裡，她不願跟雲臻走得太近，總覺得這個男人身上有霉運，碰上他就倒楣，看吧，她的胳膊撞青才多久，這會兒又掉進河裡差點沒命。

不過她畢竟是個女子，儘管是頂著已婚的名頭，本身卻還是黃花大閨女，清清白白的，若是被別人將身材都看了個遍，那也不是她所能承受的。

「多謝雲侯。」最終，她還是接受了這份好意，向雲臻行了一禮。

雲臻這才滿意地哼了一聲。

他身後的雲璐深深地看了李安然一眼，嘴唇微微一抿，眼底閃過一絲興味。

這時，披好披風的楊燕甯，在丫鬟的攙扶下走了過來。

楊常氏跟在後面，蹙著眉頭，臉色有些陰鬱。

「燕甯謝過雲侯救命之恩。」楊燕甯身材高眺，嫋嫋婷婷地屈膝行禮，即便有寬鬆的披風遮擋，也能讓人感覺到她身體曲線的柔美。

雲臻只是微微點頭。「不必客氣。」

楊燕甯起身後，又看向李安然，問道：「李娘子沒事吧？」

李安然道：「我沒事，楊小姐可也無恙？」

楊燕甯臉上露出一個微笑。「幸好雲侯搭救，燕甯無恙。只是對李娘子抱歉得很，當時事發突然，我來不及抓住娘子，反倒被娘子帶進河裡去了，真是慚愧。」

李安然一愣。

這是什麼意思？

楊常氏卻已經眼神一凝，沈聲道：「原來我們燕甯是為了拉住李娘子才落水的？」

李安然蹙眉，明明是她被楊燕甯給帶下去的呀，楊燕甯是不是說反了？

楊燕甯卻回頭對楊常氏道：「母親別生氣，李娘子並非故意，大約只是湊巧撞在我身上罷了。」

「湊巧？眼下啟程在即，她湊巧將妳撞進水裡，妳這個樣子難道還能按時上路嗎？若是耽誤了選秀之期，誰來負責！」楊常氏冷冷道。

楊燕甯眉尖一蹙，沒再辯解。

岸上的人們也議論起來。楊燕甯落水，這個樣子肯定是沒辦法上路，可是大家也不能因為她一個人耽誤行程，必然是只能將她留下了。

今日已經是二月二，三月前要抵達京都，錯過了今日，哪怕是明日啟程，行程也會緊張一些。楊燕甯這樣的才貌家世，入選幾乎是十拿九穩的事，若是因為錯過了選秀之期而失去資格，損失不可謂不大，也未免太過冤枉。

刺史夫人楊常氏的脾性，在場的人也都知道幾分，絕不是肯不明不白吃虧的主兒，這個李安然害得楊燕甯落水，若真錯過選秀，那楊常氏肯定不會輕易甘休。

不過看楊燕甯的神色，似乎倒是不願意追究。

也是了，刺史府到底是官宦人家，與一介小民計較，未免有失風度，楊燕甯的做法才是淑女的體現。

然而，別人這麼想，並不代表李安然也這麼想。

分明是楊燕甯顛倒事實，雖然她不知道楊燕甯為什麼這樣說，但她也不能平白地被冤枉。

「楊小姐的話，我倒有些聽不懂。方才明明是楊小姐失足滑倒，我沒有拉住小姐，自己也落了水，幸而楊小姐不曾有事，不然李安然才是真的愧疚了。」

楊燕甯臉色一變，眼中一瞬間閃過極為複雜的情緒，被揭穿的難堪、不被配合的惱怒、怕被誤會的顧忌，同時她的視線還在雲臻的臉上飛快地掠了一下。

李安然心中忽然閃過一絲明悟。

這楊小姐莫非……

她深深地與楊燕甯對視了一眼，視線微微一轉，也在雲臻臉上溜了一圈。

楊燕甯忽然勉強一笑。「當時的危險發生在瞬息之間，倒分不清到底是誰連累了誰。罷了，萬幸我與娘子都無性命之憂，也算是共患難的緣分。」她扭頭對楊常氏道：「娘，我們回去吧，我累得很了。」

楊常氏自然有些狐疑，自己女兒的話跟李安然互相矛盾，到底是誰先失足，誰被誰連累，還搞不清楚呢。

然而一接觸到楊燕甯暗含懇求的眼神，她心中一軟，到底還是點了頭，不再多說什麼。

「雲侯救命之恩自有後報，恕我們先走一步。」

楊常氏向雲臻和雲璐點頭告別，扶著楊燕甯一步一步地拾階而上。

楊家下人早將馬車駛過來，母女一上岸便鑽入車中，徑直地回城去了。

至於李安然這邊，紀師師、雲臻、雲璐等人聽了剛才她和楊燕甯的對話，自然也是疑竇叢生。

「到底怎麼回事？」紀師師輕聲問。

「項莊舞劍，意在沛公。」李安然原本是蹙著眉的，此時卻微微一笑，說話的同時，目光還在雲臻臉上悠悠拂過。

雲臻眉尾一挑，回視著她。

一陣風來，李安然猛地打了個寒顫，這才發覺自己腦袋彷彿有千鈞重。

下一刻，就在紀師師、雲璐等人驚訝的眼神中，李安然的身子像被抽去了骨頭一樣，軟軟地倒了下來。

雲臻恰到好處地一伸手，接了個滿懷，只覺得懷中的身子即便在昏迷中也不住地打著冷顫。

紀師師先是嚇了一跳，然後伸手一摸李安然的臉。「好燙！」

雲璐上前一步。「李娘子在河裡泡了那麼會兒，上岸後又在風裡待了這麼長時間，必然是染上風寒了。」

紀師師待要說句趕緊上岸回家的話，沒等她說出口，雲臻已經用手一抄，將李安然橫抱起來，大步流星地跑上臺階。

紀師師的馬車已然壞了，老李進城去雇馬車尚未回來，雲臻便直接將李安然抱到了雲璐的馬車上。
隨後雲璐、紀師師、紅歌和朵兒、蕊兒都上了車，護國侯府的馬車自然寬敞豪華，容納七個人毫無問題。
雲臻將李安然放好之後便下了車，與劉高、李虎等護衛一起上了馬，一行人迅速地穿過城門，回城去。
琉璃街的宅子，雖然原主人已經搬出去了，但還在收拾，家具也未添置齊全，李安然一家尚未入住。而護國侯府處於城西，離北城門可有些距離，倒是紀師師胭脂斜街的宅子最近，於是一行人便先往胭脂斜街走。
太康大街十分寬闊，有侯府的護衛們在前面開路，馬車走得很順暢，不多時，便看見了楊家的隊伍。
楊燕甯和楊常氏比他們先一步進城，但車子走的速度卻不如他們，反倒被追上了。
聽到外面車轣轆的聲音，楊燕甯撩開車簾隨意地看了一眼，見到雲臻騎在馬上的身影，撩著窗簾的手便不動了。
雲臻身上的衣物也都濕透了，披著一件護衛的外衣，卻絲毫沒有顯得狼狽。
察覺到旁邊有目光，雲臻很自然地往那個方向掃了一眼，便看見了車窗裡的楊燕甯。
楊燕甯露出一個微笑，向他點頭致意。
然而雲家的速度很快，她根本沒等到雲臻回禮，一行人便從她們楊家的隊伍旁邊趕超了過去。

楊燕甯眉尖一蹙，露出一絲失望和懊惱。

「哼！」楊常氏在她背後冷冷說道：「妳故意落水，推遲行程，就是為了護國侯？」

楊燕甯心頭一凜，放下窗簾轉過臉來。「娘在說什麼？」

「不用跟我打馬虎眼了，妳是我生的，我能看不出妳的心思嗎？」

楊燕甯抿住嘴唇，不說話。

楊常氏臉色陰鬱，盡力將語氣放緩一些。「妳從小便是個有主意的，我也從來未曾強迫妳做過什麼。這次入京選秀，本是妳最好的機會，以妳的才貌心性，中選是必然。妳父親在靈州刺史任上已經待了六年，兩任的刺史在大乾朝可不多見。去年臘月新帝即位，朝中大換血，妳父親失去了在朝廷上的靠山，若再不想別的法子，這一任到期之後，不知要被分配到哪裡去，他多年來宦海浮沈，總不能在壯年時功虧一簣。

「若是妳能夠入宮，妳父親不管是留任靈州還是晉升入京，都有很多選擇騰挪的餘地。況且今上只有兩個公主，尚未有皇子，若妳能夠搶先誕下龍子，說不定就是將來的儲君，我們楊家一步登天，炙手可熱，便可成為乾朝一等一的豪門。」

說到這些光輝的前景，楊常氏聲音都高了不少，臉上放出明亮的光彩。

楊燕甯卻只是一味低著頭。

「可是！」楊常氏話鋒一轉。「妳今日卻做出這麼一齣戲來！別人不知道，我難道會不知道？妳明明會水，如何能在河中遇險！」

楊燕甯猛地抬起頭。「娘，若妳只是想為父親找一個朝中的靠山，未必只有女兒入宮一條路！」

「妳說什麼？」楊常氏又驚又怒。「我難道只是為了妳父親！以妳的才貌品性，難道不配入宮——」

「母親！」

楊燕甯打斷了她的話，直視她雙眼，目光灼灼。

「母親為我所想，一片真心，我自然知道。不過女兒也有一番話，父親在朝中失了依仗，若要另尋靠山，未必只有皇帝一人可圖；以我的容貌，固然有把握中選，但母親請看今日，趙慕然得了雲家的幫襯，她的中選機率自然大大超過了我。與其入宮與眾秀女明爭暗鬥，凶險重重，不如另闢蹊徑。」

「妳所說的另闢蹊徑，便是指護國侯嗎？」楊常氏臉上似笑非笑。

楊燕甯雙頰染上兩朵紅雲，輕聲道：「母親難道不覺得，護國侯是一個極好的選擇嗎？他在朝中十分有影響力，今上是他堂兄，更是對他信任有加，若得他相助，楊家何愁不發達。」

楊常氏這次倒沒有立刻反駁，微微低頭，思索起來。

第二十五章 小大人李墨

到了胭脂斜街，一行人直接進屋，紀師師一面迅速叫人去請大夫，一面帶著丫鬟給李安然更換衣裳。

雲臻和雲璐在外面花廳等候，紀師師親自送來了一套男裝供雲臻替換。她這宅子常有貴客來往，平時也總預備著一些男女衣物，以備客人不時之需。她拿來的這套衣裳是一身天藍色的長衫，一應內衣、腰帶、鞋襪、配飾都是搭配好了的，用料講究，做工精細，即便是與雲臻身上原來的衣物比，也絲毫不差。

雲璐代替雲臻道了謝，指了兩個丫鬟，跟著雲臻進了一間客房，伺候他更衣梳洗。

內室中，大夫剛為李安然搭了脈，確診是風寒，因為正在發熱，便先開了發汗祛寒的藥，吃兩劑後，再視病況調整。

李安然此時已經醒了，睜開眼便看見裴氏眼睛紅紅的站在床前。

「好端端的，怎麼就落水了呢？雖說開春了，但天還冷得很，那護城河的水冰涼冰涼的，娘子怎麼受得住。」裴氏一面說一面替她掖著被角，不讓一絲風進來。

李安然身上已經換了套乾淨衣裳，自覺好了許多，露了一個笑容安撫道：「奶娘不要總是小題大做，我不過是受了點風寒，養兩日就不礙事的。」

李墨趴在李安然床前，烏溜溜的兩隻大眼睛一眨不眨地盯在她臉上。

「娘親，他們說是雲侯叔叔救了妳，是以前救過墨兒和姥姥的那個侯爺叔叔嗎？」三歲的小男孩，雖然還不通世故，記性卻很好，但凡用心記憶過的，記得都很深刻。

「是了，墨兒還記得雲侯？你好像沒怎麼見過他。」李安然笑道。

李墨揮舞了一下小拳頭。「我見過，在我們家……就是我們在清溪村的家。」他說的是那次雲臻追趙承，在清溪村李家小坐過的那天。

「這個雲侯也真奇怪，怎麼娘子每次遇難都能碰上他？」裴氏困惑道。是很奇怪，只是不知道是每次遇難都碰上他，還是因為碰上他才倒楣。

李墨忽然間跳起來，脆聲道：「雲侯叔叔救了娘，我要去謝謝他。」

「你一個小孩子家，哪用得著你去謝？」李安然不禁失笑。

誰知李墨竟搖起頭，小大人一般老成地道：「娘親錯了，墨兒雖然小，卻是我們家唯一的男子漢，這種事情，當然要男子漢出面啦！」他說著便揮了揮手。「娘親好好養病，我去啦！」說完，他真的一本正經地往外面走。

在紀師師這宅子裡，裡裡外外都是熟悉的人，李安然和裴氏倒沒有不放心，都以為不過是小孩子的玩笑話，沒當真，由著他去了。

裴氏看著李墨小小的背影出了門，嘆息道：「我們墨兒實在是個懂事早慧的好孩子，說來過完年，他也四歲了，是不是該請個先生教導了？」

李安然點頭。「是該請個先生了，我聽說琉璃街上有一位落第的秀才，辦了個私塾，口碑還不錯，等我們搬過去住了，就帶墨兒去拜一下先生。」

裴氏點頭應了，換了個話題道：「琉璃街那邊的宅子也收拾得差不多了，鋪面也按娘子說的正在佈置，原來的夥計也回來了幾個，人手現下倒也夠。只是等我們搬過去了，少不得還得採買幾個丫鬟，廚娘、長工也得請。」

這些李安然都沒意見，也都應了，說等病好了便辦。

這邊廂閒話家常，那邊廂雲臻換好了衣裳，梳洗完畢，丫鬟替他重新紮好了髮髻，渾身上下收拾得清清爽爽。

而他剛從客房裡出來，便見到院子中央一個小男孩筆直地站立著，兩隻大眼睛烏溜溜地正往他臉上看。

「你就是雲侯叔叔嗎？」李墨的聲音很清脆，帶著兒童特有的稚嫩明亮。

雲臻自然認得他，只是看他小小的人兒明明長得像雪團子一樣可愛，偏抿著嘴，一本正經的大人模樣，不由覺得好笑。

況且這小娃娃對他的稱呼也很特異，雲侯叔叔——他還是頭一次被人這樣稱呼。

「我就是雲侯，你是李墨？」

李墨點頭道：「是呀，我就是李墨，你可以叫我墨兒。你救了我娘親，我來謝謝你。」

他將胖乎乎的兩隻小手交疊在腹部，三歲小孩的肚子一向是圓滾滾的，他學著大人的樣子向雲臻深施一禮。

「李墨替母親，謝雲侯叔叔救命之恩。」

小小的人兒臉上神情非常的莊重，他的確是很誠懇地在表達謝意。

雲臻看著他認真的小臉，還未擺脫小娃娃的樣子，但濃眉大眼的輪廓卻已經顯露無疑，再加上這小大人一樣的老成神情。

他忍不住有一絲的閃神，這孩子的模樣，跟京中那一位，何其相似！

不過他的失神也只在一瞬間，很快他便重新將注意力落回眼前的小人兒身上。

李墨正歪著腦袋看他。

雲臻想起李安然曾說過，李墨身上有一個胎記，他倒是很想看看這個胎記的位置、形狀，但此時身處紀宅，總不能直接扒了李墨的衣裳。

他已經派了孟小童入京，專門調查這件事情，若是李墨的身分真如他所猜想，那麼這個孩子，注定是不能留在李家了。

只是如今身分未明，一切還是未知數，他也不方便對這孩子投入過分的關注。

雲臻抬起腳步往外走。

李墨就跟在他身後。

雲臻轉過頭，低頭看他。

李墨仰著小腦袋，無辜地看回去。

雲臻眨了一下眼睛，又回過頭去。

兩人一前一後地從客院走出來。

陽光照在雲臻身上，在他身後投下一條長長的黑影，李墨嬌小的身體就被這個黑影籠罩著。從側面看，就好似雲臻後面跟了一個小尾巴；從正面看，則完全看不出他身後還有個小不點。

兩人就以這種有點滑稽的狀態走入花廳。

紀師師和雲璐見了這情況，都忍不住笑起來。

「墨兒過來！」紀師師朝李墨招手，李墨便像隻小鹿一般蹦跳著過去，腦袋上紮的小包子髮髻一顛一顛。

「墨兒，好久不見了。」雲璐笑道。

李墨依在紀師師腿邊，好奇地看著雲璐，烏溜溜的眼睛眨了好幾下，突然說道：「我記得妳，娘親說妳叫雲大小姐，我們見過呀。」

小人兒童音稚嫩清脆，很是好玩。

雲璐笑咪咪地道：「是呀，你還記得我，我很高興。你可以叫我雲姨。」

李墨點頭，乖巧地叫了一聲「雲姨」，然後就低著頭，不住地從脖領子裡面掏著什麼。

雲臻、雲璐、紀師師三人都看著他。

小包子費了半天勁才從脖領子裡掏出一根紅繩，上面墜著一顆紅珊瑚珠子。

雲璐看著有點眼熟，似乎是自己送給李安然的那串。

果然李墨說道：「這是雲姨送給我的嗎？」

「是我送的，你娘讓你戴的嗎？」雲璐笑問。

「嗯，娘親說等我見了雲姨，要自己說謝謝。」說完李墨便又像剛才向雲臻道謝那樣，將肉乎乎的雙手疊在腹部，躬身道：「墨兒給雲姨道謝，謝長者賜。」

雲璐便開心地笑起來，對紀師師道：「墨兒真是可愛，李娘子把他教得真好。」

紀師師點點頭。「是，墨兒是個小寶貝，我們都很喜歡他。」她用手溫柔地摸著李墨的頭髮。

那日雲璐將紅珊瑚手串送給李安然，說是作為給李墨的禮物。紅珊瑚是佛教七寶之一，代表富貴祥瑞，有消災定驚之意，只是李墨年紀小，戴不了手串，李安然便拆了一顆珠子下來，用紅繩繫了，讓他戴在脖子上。

不管是因為當初第一面就留下的好印象，還是因為李墨身分有值得推敲的地方，雲璐對這個乖巧懂事的小孩兒的確是發自真心地喜歡，便拉著他說了好些話。

「啊！原來雲姨肚子裡也有小寶寶啊！」李墨聽了雲璐說自己懷孕，很是驚奇，兩隻眼睛睜得圓滾滾地盯著她的肚子。

雲璐此時懷孕快三個月，還沒到顯懷的時候。李墨只覺得這樣平坦的肚子裡怎麼可能有小寶寶，又是好奇又是疑惑。

「等雲姨的小寶寶出來，墨兒做他的小哥哥好不好？」雲璐笑咪咪地拉著李墨的手。

李墨點頭，很有興趣地道：「嗯，我很願意做他的小哥哥。他是弟弟，還是妹妹？」

紀師師笑了起來。「這孩子還挺心急。」

這時雲臻道：「天不早，該走了。」

雲璐雖然還想跟李墨多相處一會兒，但還是點點頭。「是了，那我們去向李娘子告別一聲。」

護國侯府雖然是一等一的權貴之家，但雲璐看起來是真心把李安然和紀師師當做朋友，否則以她的身分，哪用得著紆尊降貴跟一介民女道別。

不過他們一站起來，李安然便已經在裴氏的攙扶下走了過來。

「妳來得正好，雲侯和大小姐正要走了。」紀師師道。

李安然微微詫異道：「這麼快就走？安然還未謝過雲侯救命之恩。」她說著屈膝向雲臻行了一禮。

雲臻伸手虛扶，淡淡道：「不必多禮，貴府小公子已替妳道過謝。」

李安然微微一愣，看了李墨一眼，微笑了一下。「小兒胡鬧，叫雲侯見笑了。」

雲臻嘴唇抿了抿。

雲璐便接著道：「娘子身體不適，不必多送，我們這便走了，娘子趕快回屋歇息吧。」

李安然忙道：「前次大小姐送墨兒禮物，還未有回報。原打算登門拜訪道謝，只是見了大小姐幾次，心中覺得大小姐平易近人，未必喜歡我這樣客套。若是小姐不嫌我禮儀不周，今日便收了我的回禮如何？」

「正該如此。我與娘子投緣，只做朋友論，若是一味客套，反倒疏遠了關係。娘子何必登門，今日我既然來了，只管贈予我便是。」雲璐笑道。

李安然心中微鬆，她這麼問也是想看看雲璐是不是真的要跟她交朋友。李安然的性子，其實跟紀師師有點接近，兩人的身分在世人眼中多少都有些不好的影響，但偏偏兩人內心都有些驕傲，尤其李安然，骨子裡倒有一些反傳統反世俗的桀驁。

雲璐肯折節下交，她便也不怕高攀。

當下，她叫丫鬟端來了一只高高的錦盒，打開盒子，裡面是一瓶鑲嵌在軟綢中的蘭貴人香水。「這瓶香水名為蘭貴人，是我的一點拙劣手藝，請大小姐笑納。」

雲璐看著那水晶瓶，讚嘆道：「好精緻的物件。我聽說，這種名叫香水的化妝之物近日在貴女之中甚為流行，原來便是出自李娘子之手。」

紀師師笑道：「安然出自程家，於調香一途極有研究，大小姐回去用用這香水，必然喜歡。」頓了一頓，她又嘻嘻一笑。「容我在此討個巧，安然的商鋪不日也要開張了，大小姐若方便，開業之時歡迎來觀禮。」

「若方便，我一定來。」雲璐笑著應道。

李安然將那錦盒蓋好，交給她身邊的紅歌。

雲臻此時已經先行一步離開了花廳，命侯府下人到後院準備好車馬。

臨行之時，雲璐又回過頭來，對李安然說道：「娘子的過往，早已告訴過我，我冒昧勸娘子一句話……」她的視線移到李安然頭上。「夫妻未成，何必守節。這婦人髮髻娘子不梳也罷，大好青春，不可辜負。」

她也不等李安然回答，說完這句話，微微一笑，回過頭，帶著紅歌等下人，徑直去了。

李安然有點驚訝，下意識地抬手摸了摸腦後圓圓的髮髻，有點失神。

紀師師卻微微一笑，若有所思。

第二十六章　從此再無李娘子

花朝節過後沒幾日，便是驚蟄。

李安然的風寒並不算嚴重，吃了四、五天的藥，也就好得差不多了。

病一好，她便開始操持起一品天香開業的事情來。

白手起家，千頭萬緒。

將近半個月的時間，她跟紀師師都是忙得席不暇暖。

根據原店主的推薦，李安然招了兩個原來就在這鋪子裡負責生產作坊的夥計，一個年近四十，名叫李自山，大家都稱呼一聲老李頭；另一個則是老李頭的徒弟，年輕小夥子柳三胡。

李安然和紀師師都見過老李頭，認為是個值得信任的人，給他開了比原來還高兩成的薪金，老李頭也不負眾望，帶著徒弟柳三胡和幾個新招的夥計，將作坊打理得井井有條。

按照李安然的吩咐，老李頭他們用蒸餾法製作香水，李安然提供香水的基礎配方和獨家配料「神仙水」——就是她的蓮臺金泉。

除香水之外，李安然又讓老李頭製作胭脂、水粉、香胰子三樣。貪多嚼不爛，她剛剛開業，要一下子做到大而全也不實際，有香水、胭脂、水粉和胰子四樣商品便也可以了。

於是乎，前面商鋪的裝修工程進展得轟轟烈烈，後面作坊的生產也是如火如荼。

李安然和紀師師還忙著敲定各家供應商，花朝節那日沒去成棲蘭山莊，後來兩人又找了個時間去了一趟，與對方談妥了供貨事宜；然後李安然讓老李頭出面，談妥了香料供應商。

值得一提的是，這香料供應商正是程家的產業，叫做祥福記香料行。在靈州地界上，香料生意做得最好的就是程家，程家商行的香料是最齊全、質量最好、價格最公道的，在商言商，所以李安然選擇的還是程家的香料商。

商鋪的事情，讓李安然和紀師師忙得不可開交，宅子的裝修佈置，也讓裴氏火燒眉毛。老宅子的家具太過老氣，又用得舊了，李安然沒接手。如此一來，等於整間宅子都得重新修繕粉飾、買家具，還得買丫鬟、聘長工等等。

春分剛過，這天清晨，李安然起了個大早，她跟紀師師約好，今日要去驗看商鋪收工。

這些日子她們都是忙得昏頭昏腦，有時睡不到幾個時辰，李安然昨夜便只打了個盹兒，以至於起來的時候還有點迷迷糊糊的。

即便梳洗完畢，也還覺得有點手腳發軟。她坐在梳妝檯前，兩手握住長髮在腦後盤髻，卻是盤了半天都盤不成形，將銀簪插在上面，也是歪歪扭扭、鬆鬆垮垮的。

正好紀師師帶著朵兒、蕊兒進來，便直接走過來，將那簪子一抽，李安然的頭髮嘩地一下子散落。

「盤什麼髻呢，要我說，那天雲大小姐說的就是沒錯。妳跟程彥博既無夫妻之實，拜堂未成也可以算沒有夫妻之名，何必替他盤起這婦人的髮式。」

「我不是為了他……」李安然道。

「我知道我知道！」紀師師沒好氣道。「既然不是為了他，為了妳自己就更不需要如此了。妳到底還年輕，將來難道不嫁人了嗎？雖說妳是被程家休了的，但自身卻是清清白白的大姑娘，何必自降身價！」

她硬將那銀簪拍在梳妝檯上，乾脆地道：「聽我的，不須再盤髻了。朵兒、蕊兒，過來替她梳頭！」

「是！」朵兒蕊兒高興地應了，撲上來按住李安然的肩膀，替她梳起頭髮來。

李安然見紀師師虎視眈眈地監視著她，也只得任由她們施為，只是拿起了被紀師師拍在檯子上的銀簪，細細撫摸。

銀簪很普通，就是市面上幾錢一支的那種。簪身有個微微彎曲的弧度，簪頭是一朵玉蘭花的形狀。

這支銀簪是程老夫人給她的，當初她從程家出來時，春櫻不讓她帶走一點值錢物件，但這銀簪實在太廉價，便也沒有管，任由李安然簪著走了。

程彥博雖然負心薄倖，但程老夫人對她卻實在有恩有情，想起過往種種，她不禁有些癡了。

「好了！」

朵兒一聲叫，讓她回過神來。

只見梳妝鏡裡，一個清秀佳人。

朵兒、蕊兒只將李安然頭頂部分的烏髮盤起，用兩朵珍珠攢的珠花固定住，右邊插了一根綠玉雕雨後荷花滾露珠的簪子，剩下的長髮都披散在背上，又清爽又別緻。

「看，這樣裝扮多好看，比妳那死氣沈沈的髮髻惹人喜愛多了。」紀師師雙眼發亮。

「人家看見了，不知要怎麼想我，都已經是做娘的人了……」李安然苦笑。

「做娘又怎麼了，墨兒不是妳親生的，妳知道我知道，墨兒自己也知道，將來還會有更多人知道。妳本就是黃花閨女一個，何必因為程家的錯誤，耽擱自己將來的婚配。」紀師師按住她雙肩，強行道：「反正我瞧著這樣很好，不許妳改掉。」

李安然見她滿臉嚴肅，不是開玩笑的樣子，只好無奈道：「好好好，依妳就是。」

紀師師這才放開手。

「不過今日要去鋪子裡，這樣總歸有些不方便。」李安然將背後的長髮攏過來，編了一根長長的辮子垂在右肩，然後又拈起那根銀簪，簪在腦後髮髻交疊處，若不仔細看，都看不出有這根簪子。

紀師師和朵兒、蕊兒看了，都說這樣也好看，又幹練又清爽。

這時候，裴氏進來。「人牙子已經來了，娘子先挑挑有沒有中意的丫頭……」

說話間，李安然回過身來，裴氏見了有點愕然。

「娘子怎麼……」不過頓了一頓，她便滿臉都是歡喜。「是了、是了，早該這樣打扮。娘子本就是清白閨女，早該恢復女孩兒身分！」

她說著，眼睛竟紅了，忙用手蓋住，不肯讓眼淚落下來。

紀師師對李安然道：「瞧見了嗎？連裴媽媽都這樣想。」

李安然嘆息一聲，站起來扶住了裴氏的肩，柔聲道：「奶娘，別哭，我們以後都好好的就是了。」

裴氏猛點頭。「對，對，我們以後都好好的，將來娘子嫁人，我還跟著娘子，服侍娘子。」

「以後也別稱呼娘子了，這稱呼又算什麼，夫人不像夫人，姑子不像姑子的。」紀師師忍不住糾正。

朵兒、蕊兒都拍手笑道：「對對！我們都不叫娘子，都叫李姑娘！」

她們一邊一個拉住李安然，歡喜地雀躍著。

裴氏擦了眼角一點淚痕，笑道：「我可不敢叫姑娘，我只稱呼小姐。這是我們家的小姐！」

紀師師拍了一下手，下定論。「好，就這麼辦了！叫姑娘也好，叫小姐也好，從今以後再無李娘子！」

不過是換了一個稱呼，大家卻都覺得心裡面輕鬆愉悅，精神面貌都不一般了。

李安然知道所有人都是為了她好，都是真正關心她，心裡又是開心又是感激。

「好了好了，不是說要看人牙子帶來的丫頭嗎？別讓人家等急了。」她實在不適應這樣煽情的場面，只得轉移了話題。

當下，大家一起移步，到了前廳。

果然那人牙子已經帶了十來個女孩子等候著，年歲小的不過六、七，大的有十三、四。

說到看人，紀師師和李安然倒是都有些經驗。紀師師是因為自己養著許多的奴僕丫鬟，像朵兒、蕊兒都是她自己買來調教的，自然有些眼光；而李安然則是在程家生活了十九年，其中還當家了三年，自然也有御下之道。

兩人將這十來個女孩子掃過一遍，又向人牙子一個個問清楚了來歷過往，便都心裡有數了。

「這兩個留下。」李安然點了點其中兩個年紀大一點的，然後又點了兩個年紀比較小，約莫八、九歲光景的。「這兩個也留下。」

人牙子見一次賣掉四個，也算是筆穩賺不賠的生意了，便很高興出了個價，李安然覺得可以，付了錢，將四張身契拿到了手，四個丫頭花了她二十兩銀子。

這四個丫頭雖然收拾得還算乾淨，但人牙子畢竟不可能給她們穿好衣裳，都是粗布衣褲。

李安然便讓蕊兒帶她們下去洗澡，換了新衣裳，重新打扮了出來。

果然是人靠衣裝佛靠金裝，四個丫頭穿了粉底白花的上衣，配著湖綠色的下裙，倒都是清清秀秀的。

李安然給她們重新取了名字，大一點的兩個，分別叫黃鸝、黃雀；小一點的兩個，分別叫青柳、青桐。

黃鸝最大，十四歲了，此前是在一個舉人老爺家裡侍奉的，因年紀漸大長得水靈了，被男主人垂涎，女主人嫉恨，將她發賣出來。方才看的時候，她就說自己會針線，還認得一點字，李安然準備看看她的心性，若是穩妥，便培養做自己身邊的大丫鬟。

黃雀十三歲，是人家的童養媳，但丈夫和公公都死於意外，婆婆養不活她，便將她賣了換銀錢。人看著話不多，但方才問話的時候，李安然和紀師師都覺得是個心裡有主意的，便也留下了。

至於青柳、青桐都只有八歲，小孩兒心性，看著倒是都乖巧，還得日後細細看。

一般人家買丫頭總是買年紀小的才好調理，在家裡長大的也比較忠心。不過李安然畢竟已是二十歲的老姑娘了，身邊用的人不可能都是很小的，所以才挑了這四個。

買好了丫鬟，李安然和紀師師套上馬車出了門，青柳、青桐留在宅子裡，讓紀師師的丫鬟先調教著，黃鸝、黃雀已經大了，便直接帶上。

一路出了胭脂斜街，往城東方向走，兩刻鐘左右就到了琉璃街。

此時鋪子外面用藍布罩著，外頭看不清裡頭情況。

李安然和紀師師下了車，朵兒上去拍門，有個小學徒出來開門。

一進門，一股濃郁的桐油清漆氣味便撲面而來。

此時木活大部分已經完成，如今做的都是漆活，負責漆活的師傅見主家來了，便放下手裡的活，帶著徒弟迎上來，先道了禮，然後領著她們看起來。

看看整間鋪子裡，剛刷好清漆的家具透著嶄新，整個店面的布局跟原來已然大大不同，稱得上是翻天覆地的變化。

第二十七章　新店新居

這鋪子原是三間的門面，坐北朝南，極為寬綽，畢竟是一千五百兩銀子買的，自然地方小不了。

牆面已粉刷一新，也重新吊了頂，窗上糊的是白紗，有折枝桃花的水墨紋，映得整個鋪子裡亮堂堂的。

進門迎面先是一個工藝精美的展示臺，臺子上面打著四方形的凹槽，將來在這裡放上大小相應的水晶盒子，盒子裡就展示一品天香的招牌商品。

西邊三面靠牆都是一溜兒的架子，與博古架有些相仿，只是有背，上面琳琅滿目的都是木格子，有大有小，錯落有致。

東邊靠近店門的是一個算帳、收錢、包貨用的櫃檯，呈一長一短兩條一字型垂直相連，勾連南牆和東牆。西牆靠著牆壁也是一樣的架子；架子和櫃檯之間的空地當中卻是一個長條形的梳妝檯，不像家用的梳妝檯那樣有靠背，這梳妝檯四面都有抽屜，繞著梳妝檯放著一圈精巧的椅子，有六把之多。

一應木活用的都是上好的酸枝木，剛上完清漆，散發著一股漆和木頭混合的味道。

整個鋪子，四個屋角，大門兩邊，展示臺側，一共設置了八個高高的屏座燈架，梳妝檯上也設置了兩盞精美的小型挑桿式燈架。

等到入夜或是光線晦暗時，店鋪中所有紗燈都點上，必然也是亮如白晝。

「這店鋪佈置得好，大氣、通透。」紀師師讚了一句。

一樓的店面看了一圈，李安然和紀師師已然心中有數，便上了二樓。

二樓的面積與一樓一般大，被佈置成一大兩小共三個雅間，雅間裡除桌椅軟榻一樣不少外，還有臉盆架、梳妝檯、衣架等物，便於客人梳洗換裝。李安然和紀師師考慮到今後一品天香接待的少不了有身分貴重的女眷，若所有客人都在大堂裡選購，便襯不上這些女眷的身分，所以雅間是必要的。

兩人看了一圈，都很滿意，隨即又下樓來。

後門正對著一座假山，繞過假山，便是作坊院子。

既然要看作坊，老李頭便不可缺席了。老李頭長得很敦實，臉龐紅潤，望之可親，他的徒弟柳三胡是個瘦高個兒，卻濃眉大眼，氣質跟老李頭很像，師徒兩個陪著李安然等人一道參觀。

院子裡正房、東西廂房都已經被佈置成工坊，有蒸餾房、研製房、庫房等，院中搭了棚子，即便雨天，也可以保證院子裡的乾燥整潔。

蒸餾房裡共有三口大鍋，其中一口正在製作香水。

「東家給的那神仙水果然效果神奇，若只用花瓣清水，就只是普通花露，香味也淡，但一加入神仙水，立刻便化腐朽為神奇了。」老李頭對於所謂的神仙水實在驚豔。

神仙水是李安然最重大的秘密，作坊裡用的神仙水都是她每日提供的，誰也不知道這種水的來源，都以為是李安然用獨家秘方調配出來的水。
「神仙水是我們一品天香的獨家秘方，若無神奇效果，何來商機可言。」李安然笑道。
老李頭點頭稱是。
另有一口大鍋，正在蒸胭脂。
胭脂的做法並不複雜，一品天香用的主料是石榴和山花，取新鮮花瓣先在臼裡搗爛，淘去黃汁，加入豬胰、牛髓等物，配上花露，放入特製的籠屜上蒸。
「按照東家的吩咐，這次的花露裡也添加了神仙水，這是第一籠，等出來後看看效果。」老李頭道。
李安然點頭，見這一籠完成還得有些時間，便提議先去庫房看看。
庫房是要地，門上掛著鎖，鑰匙只有兩把，一把在老李頭手裡，一把在李安然手裡。
當下，老李頭開了鎖，推門進去。
就見這房子裡都是高高的櫃子，櫃子上是整整齊齊的小抽屜，就如同藥店裡的中藥櫃，只是那些抽屜都比藥櫃要大一些，每個抽屜上都有貼條，寫明商品名稱、種類、製作時間。
老李頭先拉開一個抽屜，裡面整整齊齊放的都是小巧的玉色琉璃瓶，抽屜的貼條上寫的是「綠袖興慶元年二月十五」，意思便是這是二月十五那日同一批製作出來的綠袖香水。
他取出一支琉璃瓶，遞給李安然。
李安然不忙著打開，而是先仔細端詳起來。
只見玉色的琉璃瓶身上，纏繞著絲絲淺綠色，瓶口用同色同款的珠子塞著，那珠子燒製的時候，底部還連著一根細長的實心管，珠子塞住瓶口的同時，那管子便伸入了瓶中，浸在香水裡。

瓶內是一抹極為舒心的淺綠色，顏色極淡，猶如剛用新茶沖泡出來的茶湯。

一品天香既然要開張，香水的銷售數量自然成倍上漲，水晶瓶成本昂貴，且對於客戶來說，也未必人人都能承受，所以李安然和紀師師商議之後，決定批量製作的香水都採用琉璃瓶，而琉璃瓶的供應商是紀師師熟識的琉璃廠。

看完了外觀，李安然滿意地點點頭，將瓶口的珠子輕輕取出。

紀師師伸出右手，在瓶口輕輕地搧動兩下。

一股沁人心脾的茶香幽幽地瀰漫開來，淡雅卻醉人。

眾人不約而同地做了個深吸，茶香便從鼻端一直浸潤到肺腑，全身的毛孔都似被熨帖了一遍，舒服極了。

「這綠袖主料用的是茉莉和綠茶，茉莉是棲蘭山莊供應，綠茶用的是信陽毛尖。」老李頭笑著說明。

「我只知道茶葉可泡之飲用，居然也能用來做香水嗎？」紀師師驚訝不已。

「妳忘了茶可提神，茶香清新且優雅，比之花香果香又有一分書墨之氣，如何不能製香。」李安然回道。

紀師師挑了個大拇指。「前所未聞，只有妳才能想得出。」

李安然微微一笑，將手中的香水瓶子重新塞好，交回給老李頭。

老李頭將綠袖的抽屜推回去，移動兩步，又拉開一個抽屜，貼條上寫的是「珍珠桃花粉與慶元年二月初九」。

這次他取出來的是一只掐絲琺瑯妝粉盒，小小巧巧的圓形，上面的圖案是蝶戀花。

李安然接過來，開了盒子，見裡面是粉白粉白的一盒妝粉，只看著便十分細膩勻淨，用無名指挑起一點，抹在手背上，更覺得粉質細滑貼服，湊近鼻端嗅一嗅，還有輕淺的花香。

天然的珍珠粉，剛磨出來的時候是帶有貝殼類腥味的，但融入了桃花粉，又用神仙水調和，一則去除了腥味，二則使粉質更加細滑，三則使顏色更加柔軟悅目。

珍珠和桃花都是悠久的美容妙品，美白、祛斑、潤膚，功效極多。

李安然和紀師師一起試用了，都覺得滿意。

大家從庫房中退出來，老李頭重新鎖好門。

這時，柳三胡捧著兩只瓷盒，健步如飛地走過來，大聲道：「剛製好的胭脂，東家、師傅，快請看看。」

李安然和老李頭分別接過一盒，觀色、聞味、取用。

這一批胭脂，顏色是正紅，非常的濃豔。因為加入了神仙水的緣故，紅得很正很純，給人的感覺十分地端莊貴氣。

李安然用無名指的指腹挑了一點，經由肌膚，能感覺出膏體滋潤卻不油膩，凝練卻不死板。

她將胭脂在自己嘴唇上輕輕抹開。

朵兒隨身攜帶著小鏡子，從腰間的荷包中取出，豎在她面前。

李安然對著鏡子看了看，胭脂抹開之後，顏色便沒有膏體本身那麼濃豔，卻更加自然，顯得她嘴唇紅潤欲滴。

紀師師扳過她的臉，仔細看了一會兒，點頭道：「顏色極好。」

李安然笑道：「難得的是也不厚膩。」

紀師師也用指腹挑了一點，抹在手心上，用兩手的溫度將之揉開，叫了蕊兒過來，在她兩頰偏上的位置輕輕拍打。

收手後再看，蕊兒兩頰顴骨處如桃花，鮮豔服帖，那一抹紅卻又不突兀，不像是化妝，倒像是她本身自然的紅潤，顯得氣色很好。

「我用了這麼多年的胭脂，屬這一盒最好，膏體輕薄凝練，顏色豔、厚且正，別家的胭脂總要用水化開才能抹得均勻，這一盒卻不必……」紀師師湊近蕊兒臉頰輕輕聞了一下。

「嗯，且甜香滿頰，氣味也十分好聞。」

老李頭便笑道：「紀姑娘是用胭脂的行家，想來是挑剔的，連紀姑娘都說好，那必然是好的。」

「可見得用神仙水，否則絕做不出這麼好的成色品質。」李安然道。

老李頭自然無不認同。

香水、胭脂、妝粉，這三樣產品都已經看過了，在李安然計劃中，第一期要推出的還有胰子。

「胰子倒是容易，因東家吩咐，我們一品天香專攻女客，給女客用的胰子不單在清潔上，在形色味上都需講究，此前就一直在配料，明日便可以開始製作了。」

李安然點頭應允。

如此，作坊也都看完了，李安然召集所有夥計和傭工，稱讚了他們的工作成果，說了一些鼓舞人心的話。她本來就做過當家主母，在這方面很有經驗，大夥兒都充滿了幹勁。

這時，裴氏帶著李墨也從紀宅過來了。

時間正正好，看完了店鋪的情況，也該看看新居的佈置了。

宅子的佈置是裴氏負責的，她領著李安然等人從作坊東邊的角門出來，往西走了兩步，便到了宅子的正門，門邊上掛著一塊豎匾，上書「李宅」二字。

早有新來的門房黃四開了大門，等候在一旁。

這宅子說是一進，面積卻不小，足有三畝地的樣子。進了正門，有屏門、影壁，過了影壁便是正院，正房三間、東西廂房各三間，都帶著左右耳房，與正房相對的是一座垂花門，垂花門出去就是跟大門相連的倒座房。而且正房後面又有完整的後罩房。

正院兩邊還各有東西跨院，面積只比正院略小，格局也是自成一體。其中西跨院跟正院之間有一條石子路的甬道，甬道北側有一道垂花門，通向後面的小花園。

小花園的面積也不算小，除花樹、果樹外，還有一座涼亭，一個葡萄架，一窪小池，池中養了數尾紅鯉。

李墨是小孩子心性，見了那水池，歡呼一聲，便撲在池邊上玩起魚來，兩個新買的小廝福生、泰生在旁邊看護著。

李安然也不管他，逕自帶著人繼續參觀。

一路行來，三個院子裡的屋中擺設已大致瀏覽了一遍，家具都已經齊全了，只剩下些帳幔、被褥之物，不日也可買齊。

參觀完商鋪和新居，李安然和紀師師準備回胭脂斜街，吩咐黃雀去後花園叫李墨，她們則在前頭鋪子裡等著。

「師師姐，妳看這鋪子如何？」

「原以為不過是個胭脂妝粉鋪子，沒什麼稀奇，不承想妳倒有這許多新鮮的想法，這鋪子裝飾擺設著實新奇，我對於一品天香的前景可是越發地有信心了。」紀師師笑道。

李安然也笑了。「信心歸信心，妳也是一品天香半個東家，是不是也該出點力了？」

「咦！這話不對了，這鋪子裡裡外外，我可沒少出錢呀。」紀師師張大眼睛道。

「妳占著股，自然是要出錢的。不過出錢還不夠，還得出人才行。妳看這麼大個鋪子，接待客人的夥計、算帳的帳房都得要人手。」李安然細數著。

「喲，這是向我要人？」紀師師挑眉，饒有興味地道。「好，妳倒說說，看上我身邊什麼人了？」

李安然微微一笑，指了指她身後的蕊兒。「我就看上蕊兒了，妳將她借我做個鋪子的管事吧。」

紀師師向後看了蕊兒一眼。「妳眼光倒毒，蕊兒跟著我有六、七年了，待人接物、算帳經營，樣樣都是好的。」

「我早知道蕊兒是個好的，難得人又細心穩重，正好做我的副手。」李安然道。

紀師師長嘆一聲。「唉！都已經教妳惦記上了，我若不給人，豈不要被妳說小氣。」她回頭對蕊兒招了一下手。「還不快過來見過妳家大掌櫃。」

蕊兒笑咪咪地走上來，朝李安然行了一禮。「見過大掌櫃。」然後歪著腦袋，俏皮地對她眨了一下眼睛。

李安然便笑起來，握住她的手道：「好說，我的二掌櫃。」

眾人都一起笑了。

這時黃雀也將李墨帶過來了，這孩子身上的衣裳弄濕了好幾處，額頭上沁著汗珠子，小臉蛋紅撲撲的。

大家說說笑笑地往外頭走。

馬車早就等候著了，紀師師先上了車，黃鸝、黃雀一邊一個扶著李墨，讓他自己邁著小短腿爬那杌凳。

李安然就在後面笑咪咪地看著，一面囑咐。「小心點。」

正在這時，街上行過來一輛烏篷馬車，車邊跟著好幾個小廝、僕婦，頗有前呼後擁之勢。

車內人本來正閉目養神，聽見外面聲音嘈雜，隨手撩開，露出一張尖俏的瓜子臉，精心描繪的妝容，右嘴角下一顆小小的美人痣，十分地嫵媚風流。

正是姚舒蓉。

姚舒蓉今日是去視察程家名下的各大香料行。

她入主程家也有將近三個月，三個月的時間，程家大宅內部和外面的產業都已經被她全盤掌握在手中。

她是個極有野心的女人，既然代替了李安然的位置，自然也會抓住李安然曾擁有過的所有權力，從前李安然重用的人手，都被她擼了下去，在重要位置都安插上自己的人。

一個上午的時間，她已經視察了三家香料行，三個老掌櫃雖然還有些前輩的倨傲，但在她這個當家主母跟前，卻也不得不服軟低頭。

此時不過是因聽著外面人聲鼎沸的，好奇地看了一眼，竟然就看到了熟悉的身影。

「李安然?!」

她先是一驚，不敢置信似的張大眼睛。

車內的丫鬟春櫻，原本正捧著一個雕花精美的檀木盒，裡面裝的都是姚舒蓉從各個香料行櫃上拿的現銀，非常豐厚。她此時正想著這些銀錢，聽到姚舒蓉的驚呼，下意識地抬頭朝外看，自然也是驚訝不已。

李安然等人背對著街口，雖然聽見有車馬經過，卻也沒有回頭去看。這琉璃街行人不少，日日都是人來人往的，有車馬是再正常不過了。

所以，姚舒蓉看到了她們，她們卻並沒有看到姚舒蓉。

馬車未停，很快便從街口走了過去。

姚舒蓉放下窗簾，雙眉緊蹙。「她怎麼會在這裡？」

上次她派人指使三叔婆散播李安然的謠言，卻偷雞不成蝕把米，不僅沒害李安然壞了名聲，反倒把自己的名聲給搞臭了。自那之後，姚舒蓉對李安然越發地厭惡痛恨。

她原還想著要報復李安然，但一來忙著在程家內部換血，二來事後去打聽，李安然一家居然已經離開了清溪村，這事情便一時擱置下來。

想不到今天，居然就在琉璃街見到了這個賤人！

要說，如今程家夫人的位置是姚舒蓉坐著了，程家的當家權也被她掌控，李安然淪為棄婦，又窮困潦倒，兩相一比，一個在天一個在地。

可是她就是對李安然有說不出的痛惡。

不僅僅是因為那次官道上，由於李安然的緣故，害她在護國侯府跟前出醜；也不僅僅是因為清溪村的事件，令她的聲名蒙羞；更不僅僅是因為程家內部，到如今還有人念著李安然的好。

只有姚舒蓉自己知道，她就是看不慣李安然臉上的那種神態，總是那麼驕傲，那麼鎮定，就算被程家休掉，也沒有流露出半分低頭服軟之意。

憑什麼？不過是一介棄婦，憑什麼還敢在她姚舒蓉面前保持驕傲！

「春櫻，妳去查查，李安然為什麼會出現在琉璃街，那個店鋪跟她有什麼關係。」

春櫻忙應了。

姚舒蓉無意識地摩挲著精美的指甲，眼睛微微瞇起。

李安然，是被她踩進泥裡的小人物。如今既然她姚舒蓉全面取代了對方的地位、財富和權力，已經高高在上，那麼被她打倒的人，就理該過得窮困卑微，否則怎能襯托出她這個勝利者的高貴富有。

她絕不容許對方有任何翻身的機會。

第二十八章　關於雲侯的終身大事

自李安然驗過裝修後，又過三日工夫，一品天香的籌備工作都進行得差不多了。人手方面，除蕊兒被李安然討要來，紀師師又提供了四個丫頭，加上李安然招聘的四個女夥計，一共是八人，人手也就足夠了。

如此一來，李安然和紀師師便商議著擇日開業，最終定在了三月初一。日子一定，兩人就開始忙著製帖子，往靈州城各個數得著的大戶人家府上送。

早在初九日蘭花宴後，便有許多小姐、夫人向紀師師下訂單，李安然先後趕製了幾批香水都已經售賣一空。

自從為一品天香進行開業準備，李安然暫停了香水的製作，紀師師也將後續遞上門的訂單都推掉了，以至於許多人家根本買不著香水。

如今，靈州城中但凡有點身分家資的女子，無論是已婚的婦人還是未嫁的閨秀，都已經知道了香水這一樣化妝用品，只恨有價無市。甚至有許多夫人小姐跟紀師師約定好，若有新一批的香水製出，必得先售賣給她們才行。

正是這已經預見的火爆需求，讓李安然和紀師師對一品天香的開業充滿了信心。

她們在開業之前，向這些大戶人家的女眷們都投上帖子，通知一品天香的開業和香水的正式售賣，請對方賞光蒞臨。

護國侯府大小姐雲璐的帖子是李安然親自上門送的，她和紀師師都非常希望雲璐能夠光臨一品天香的開業儀式。

雲璐在正廳接待了她。

自打上次雲璐和李安然、紀師師互認了朋友之後，三人的友誼發展得極快。所謂物以類聚，人以群分，這三個女孩子雖然出身各異，貴賤有別，卻都是直爽大方的性格，脾氣相投，很容易便成為了知己。

「李姐姐送的那瓶蘭貴人，我用過了，果然是極好的東西。」雲璐看完了帖子，對李安然微笑道。「姐姐不知道，進了二月開始，我總是泛噁心，食慾不佳，頭暈也是常有的。大夫都說這是頭一胎的緣故，孕期大多有此反應。不過後來發現，每每用了姐姐送的蘭貴人香水，精神便總是會好很多，胸中的煩惡也能減少。如今，我除了梳妝時要塗抹一些，平日裡也都不離身地帶著呢。」

「如此正好，璐兒本就天姿國色，香水不過是錦上添花；如今能夠解妳孕期煩惡，才算是真的有了價值。」李安然笑道。

雲璐點著頭道：「姐姐放心，妳我既然已姐妹相稱，開業那日我自然是要去的。」

李安然雖然帶著期盼來，但也擔心雲璐會不會因為身子不方便而不能來，聽得她這麼說，自然也很是欣喜。

說話間，忽然聽到院中傳來垮垮的聲音，兩人都不由自主地望過去。

見雲臻一身鎧甲鮮明，挎著寶劍，一頭長髮高高紮起。他面目本就俊美不凡，只是因為平日裡老板著臉，冷酷得不行，才會落下個「面黑心冷」的評價。此時他頭髮這麼一紮，顯得精神抖擻、年輕銳氣不說，連眉目都變得生動了許多，真是威風凜凜，氣勢騰騰。

他身後還跟著劉高、李虎，兩人也都穿著鎧甲，劉高手裡還捧著雲臻的頭盔。

雲璐起身走到正廳門口，揚聲問：「哥哥這是要去衛所嗎？」

雲臻本來是向外走，聞言轉過頭來，見除了雲璐還有李安然，便點了一下頭。「今日視察軍營。」

李安然臉上頓時露出一絲詫異。

視察軍營？

這位侯爺，還是個帶兵的？

大乾朝的爵位都是因軍功得來，靈州城的這些勛貴，祖上都是開國名將。只是歷代皇帝怕勛貴繁衍龐大，積重難返，慢慢地削弱了他們的軍權，到如今，很多勛貴都只剩一個空頭爵位，根本沒有實際職務。沒職務就沒實權，沒實權就沒話語權，否則楊燕甯的家庭，區區刺史府，沒有爵位，怎麼能跟忠靖侯府平起平坐呢？

而護國侯府之所以被滿城勛貴視作靈州第一權貴，就是因為雲臻手握兵權。

大乾朝的軍隊實行衛所制，一衛有五千六百人。靈州城是南方首府，直轄有三衛，共一萬六千八百人，統領三衛的正是護國侯雲臻。

衛所制的士兵平時都是要練武的，正月例外。日常的操練自成規律，動用不到雲臻這個大人物，但隔三差五的，他也總會去軍營裡看看。

今日，便是他去軍營視察的日子。

雲璐笑道：「李姐姐的店鋪三月初一開張，屆時哥哥得空，送我過去。」

雲臻看了李安然一眼，才對雲璐點了一下頭。

「那哥哥便去吧，早去早回。」雲璐笑咪咪地衝雲臻擺手。

雲臻也不多說，帶著劉高和李虎就去了。

李安然看著他們三人的背影，突然想到了什麼，問雲璐道：「我記得孟小童一向是跟著雲侯的，怎麼這幾次都未曾看見？」

雲璐笑了笑。「哥哥派他去了京都，辦一件大事。」

李安然點點頭，欲言又止。

雲璐察覺便道：「李姐姐有什麼話，不妨直說。」

李安然略微不好意思地開口。「我只是想著，雲侯的年紀並不小了，怎麼還未成親呢？」

雲璐沒想到她會問起這個，眨了眨眼睛。

李安然見狀立即道：「是我唐突了。」

雲璐擺擺手。「也沒什麼，這事兒說起來也是我的心病。李姐姐該知道，我父母去世得早，是哥哥將我帶大。我們護國侯府只有我與哥哥兩人，哥哥若成親，嫂子必定是我們侯府的內當家。哥哥素來疼我，大約是想著未來的嫂子必要與我合得來，便有些挑剔。

「再者，家裡沒個長輩，也沒人替哥哥操心，一來二去便有點耽誤了。加上三年前哥哥又去了京都，一直都是大事纏身，哪裡還能顧及到個人，好不容易到了去年底才回來，到現在還沒有個眉目呢。」

她說著嘆了一口氣。「如今我已然有了身子，將來必是趙家的媳婦了，哥哥卻到現在還不曾議親，就是李姐姐不說，我心裡也是著急的。」

李安然也深以為然。男大當婚女大當嫁，雲臻的年紀已經二十多了，像他這樣的家世，同齡的男子早妻妾成群，甚至已經當爹，比如忠靖侯府的趙承不就已經成婚。

不過，雲璐的神情很快又明朗起來。「說起來，近期倒有個機會。清明節忠靖侯府的趙大公子召集了一些勛貴，要辦春獵，到時候必有女眷去的。趁這機會，我得替哥哥物色個好嫂子才成。不如，請李姐姐也跟我一起去，好做個參謀。」

李安然先是應了，然後笑了起來。「你們兄妹也有些意思，哥哥的婚姻大事，竟然還要妹妹操心。」

雲璐一副頭痛的樣子，拍著額頭道：「有什麼法子呢，這就叫皇帝不急急死太監。」

兩人又閒聊了片刻，雲璐露出了一些疲態，李安然便很適時地提出告辭。

回到胭脂斜街，她一進門就被紀師師拉進了書房。

「妳來瞧瞧，這是已經送過帖子的名單，妳看看還有沒有遺漏的。」紀師師將一紙名單遞給她。

「這靈州城勛貴大戶的名單，妳比我熟悉，怎麼倒要問我。」李安然笑了笑，說著也接過名單看起來。「刺史府也送了？楊小姐已然進京了吧？」她在名單上指了一下。

「怎麼妳未聽說嗎？楊小姐沒入京。」紀師師道。

「沒入京?!」李安然驚訝極了。「她不是要參加今年的選秀？」

紀師師擺了擺手。「花朝節那日她不是落水了嗎？聽說回到刺史府之後發起了高燒，一連病了好幾日，據說一是受了寒，二是受了驚，在床上躺了好些日子，早就錯過入京的行程了。後來是刺史夫人與靈州縣令遞了話，報了個病退，京裡便除掉了楊小姐的選秀資格。」

這話說完，兩人竟然一起沈默了片刻，然後對視一眼，忽然又都是一笑，臉上的神情都有點古怪。

「妳想到了什麼？」紀師師先問。

李安然微微一哂，緩緩道：「楊小姐病得，可真是時候。」

紀師師哼哼笑了兩聲。「那日在護城河邊，我瞧著楊小姐便有些古怪。好端端的落水已經教人意外了，雲侯將妳們兩個救起之後，她竟然說是被妳帶下水去的。雖然當時事發突然，但我好歹也就站在跟前，我們向上走，她卻向下，怎麼會是妳把她帶進水裡去。」

李安然斂下眼皮。「她故意這麼說，自然是有她的用意。」

「有什麼用意？無非是女人的那點心思。真是好笑，她一個刺史千金，若看中了哪個男子，只管光明正大地去議親，卻做出這種損人利己的小人行徑來，真教我不齒。」紀師師冷笑道。

李安然倒是沒有像她這般生氣，淡淡道：「她是名門千金，我是棄婦商女，正正合腳的一塊墊腳石，如何能不踩兩腳。」

紀師師聞言笑了起來。「妳這促狹鬼，我頭一次聽妳說話如此刻薄。看來，那楊燕甯，也是惹得妳真怒了。」

「不過是覺得，她這樣的身分，行事卻不夠光明磊落。」李安然冷淡地笑了笑。

紀師師點點頭，又嘆口氣。「話雖如此，她到底是刺史府的千金，我們做生意的，總不能跟達官貴人過不去，就是妳心裡不高興，帖子該送也得送，她若要光顧我們的生意，該接待也得接待。」

「那是自然，我不喜歡她，跟她的銀子卻沒仇。」李安然笑道。

紀師師笑點了一下她的鼻頭。

幾天時間一晃而過，三月初一，一品天香正式開業了。

第二十九章 開業

元香是土生土長的本地人，自幼父母雙亡，跟著祖母過活，從十三歲開始就在琉璃街的胭脂水粉鋪做女夥計。

年前原店主經營不善，鋪子生意越來越冷清，夥計們也一個一個都走了，元香又是著急又是糾結。女夥計在招工時屬於弱勢群體，不如男夥計吃香，她不知道離開這家店以後還能不能再找到活計。若是沒了活計，她跟祖母便斷了生活財源了。

好在沒多久，原店主便將鋪子轉賣給了現在的東家，元香也被重新招來做女夥計，新店名叫一品天香，依然是售賣胭脂水粉等女子化妝物品的店鋪。

她覺得很新鮮，新東家竟然是個女人，而且還是個棄婦。雖然如此，店裡卻沒有人敢小看東家，就連作坊管事的老李頭也對東家很是恭敬。

元香覺得新東家是個很有本事的人，她跟別人一樣，都稱呼東家一聲小姐。

今天是一品天香開業的大好日子。

元香一大早就起來了，出門的時候天才濛濛亮。她家離琉璃街有兩個街口的距離，不算遠，走路不用一刻鐘便能到。

春日的早晨還很涼，她在路邊的早點攤喝了一碗熱騰騰、香噴噴的豆花，渾身暖融融的，初昇的日頭在天際線上躍躍欲出。

到了琉璃街東頭，她拐進了一條小巷，這裡是一品天香的後門。

店裡面昨日就已經清掃整理過一遍，現在都是乾乾淨淨的，但大家都知道開業這一天的重要性，絕不能出一絲一毫的紕漏，所以都很盡責地檢查著每一個角落。

日頭升上來的時候，所有夥計都到了。

管著元香等所有夥計的是蕊兒姑娘，據說很受東家的信任。

蕊兒領著所有夥計，訓了一遍話，後門便被人從外面打開，老李頭領著他的徒弟柳三胡和另一個夥計，抬著一只大箱子進了店鋪。

東家李小姐就跟在後頭，身邊還有一大一小兩個丫頭，元香都認得，大的叫黃鸝，小的叫青柳。

小姐沒有像蕊兒姑娘那樣嚴肅，只是微笑著鼓舞大家，然後老李頭師徒三人就打開大箱子，開始指揮眾人將箱子裡的貨物都往架子上放。

元香端著兩個琉璃瓶，小心翼翼地踮腳，放到了架子上。等她回過頭來，見日光透過白色水墨紋的窗紗透進來，照得屋子裡一片朦朧的光亮。

在夥計們的巧手佈置下，琉璃瓶的香水、琺瑯盒的胭脂、青玉盒的妝粉、薄瓷盒的胰子，都被按照特定的規律和組合放置在散發著清香的木架子上；旁邊或用堆紗的花兒、盆，或用珊瑚、玉石的盆景，或用瓷盤、小桌屏做擺飾，這些擺設樣樣工藝精良，在它們的襯托下，本來就已經令人喜愛的商品更顯得美妙誘人。

她轉過身，見正對著店鋪大門的展示臺前，小姐正在將三支晶瑩剔透的水晶瓶往臺子上的凹槽裡放。晨光灑在小姐的髮上，髮髻旁邊那隻金絲點翠的蝴蝶似乎要振翅飛去，小姐用右手的中指勾了一下鬢邊的髮絲，微翹的蘭花指在光線中接近透明。

似乎是察覺到元香的目光，小姐側過臉，對她微微一笑。

這一刻，在元香眼中，小姐就像是不食人間煙火的仙子。

巳時正，李墨騎在柳三胡的肩頭上，小胳膊伸得長長的，用手中的線香點燃了店鋪門口懸掛的鞭炮。

噼哩啪啦的爆竹聲，立刻將十字街口渲染出熱烈隆重的氣氛。

李安然帶著一品天香的所有人，捂著耳朵，面帶笑容，看著那長長的兩串鞭炮在硝煙中雀躍。

琉璃街素來人流眾多，一品天香又正好在東頭第一家，震耳欲聾的鞭炮聲迅速吸引了眾多行人的目光。

等到鞭炮放完，兩個夥計頂著硝煙，從店裡面衝出來，將一座木製座屏告示立在門口。立刻就有好事者上前讀道：「本店開張，即日起至清明，全場八折酬賓。」

「喲！八折啊？」

「這是什麼店，賣什麼的？」

「瞧這招牌，一品天香，賣香料的？」

「這原來不是個胭脂水粉鋪嗎？怎麼，換新店東了？」

靈州富庶，靈州城的居民絕非兜無三分銀的窮酸，既然有新店開張，少不得要圍觀一番。

硝煙散盡，就見洞開的店門內，兩排衣著統一、相貌清秀的男女夥計，整整齊齊地分立兩側，露出潔白的牙齒，笑迎賓客。正對著店門，一座花梨木臺子上，三支晶瑩通透的水晶瓶，像是神仙寶物一般散發著誘人的光芒。

圍觀的人群，都被這一幕給震驚了。

好大！好亮！好氣派！

這就是所有人的第一印象。一品天香賣什麼，還不知道，但光是這排場，就已經讓人大飽眼福了。

正在這時，一輛油壁香車從街口駛了過來，分開人群，停在店門口。

盛裝打扮、美若天仙的紀師師一現身，就讓圍觀眾人倒抽一口冷氣。

「花魁紀師師！」

有好事者高聲叫出了紀師師的名字，紀師師聞言回眸一笑，那人捂著胸口，彷彿要昏厥過去了。

紀師師掩嘴嫣然，扶著朵兒的手，下了車，一步一步地朝店門口走去。

所有人都注目在她身上，那裙襬搖曳，步步生蓮，美得真是教人驚嘆。

紀師師走到門口，李安然已經迎了出來。

「恭喜恭喜，開張大吉！」

紀師師笑吟吟地衝李安然福了一福。

李安然心中一動，就猜到了她這麼做的用意，立刻很配合地道：「花魁娘子大駕光臨，本店蓬華生輝，快快請進！」

兩人便攜著手，走進店去。

一瞬間，原本安靜的圍觀人群，好似滾燙的油中濺入一滴水，一下子沸騰起來。

「紀師師哎！那真的是紀師師啊！」

「果然美若天仙，快去瞧瞧！」

「連紀師師都進去了，這店裡賣的是什麼，我們也進去看看！」

紀師師的進門，如做了個大大的活廣告，所有人都蜂擁而入，猝不及防的夥計們差點被衝了個措手不及。

隨著人群的湧入，驚嘆之聲此起彼伏，響徹整個店鋪。

一品天香的佈置本來就有很多現代理念，與大乾朝的商店十分不同。那些架子的陳設，更是費了李安然和紀師師許多的心思，光是用來襯托商品的擺設品，便是一筆不小的開銷，裡面還有許多是紀師師無償提供的珍藏品。

乾朝百姓，一下子就被這亮堂堂、充滿誘惑的店鋪給衝擊到了。

那些精美的小東西，引誘著人們上前去端詳、撫摸。

「呀！是胭脂！」

一名女子驚喜地叫起來，她指著的那只珐瑯盒旁邊，立著一塊竹製的牌子，上面寫著的正是「海棠紅胭脂」五個字。

旁邊一個笑容甜美的女夥計過來，柔聲問道：「客人可是要看胭脂？」

女客一見人家笑眼彎彎，便不由自主地點頭。

「本店的胭脂是可以試用的，請客人隨我來。」元香笑道。

她將這名女客一路領到東頭的梳妝檯前，伸手示意她落座。

這梳妝檯用了屏風、花瓶和帳幔遮擋，與外面隔絕開來。有夥計就守在入口處，元香和那女客進入的時候並未阻擋，但當有男客想要入內時，夥計便會彬彬有禮地攔住對方，說明這是女客專入。

女客在元香的引導下入坐了。

元香拉開抽屜，從裡面取出了一只胭脂盒，微笑道：「客人方才看的是這款海棠紅的胭脂。」

女客看了一眼，果然是一模一樣的盒子。

「這海棠紅，不適宜膚色偏黑的女子，客人膚色白皙，正好合用。」元香打開盒子，遞上前去。

女客忙道：「我並未要買。」

元香就笑。「並非要客人購買，胭脂乃是女子貼身所用，若只是看看顏色，又哪裡能夠體會到是否適合自己，自然要用過才知道。客人請取一些試用，本店試用概不收費，客人只管放心。」

「不收錢？」女客驚訝道。

別家店裡的胭脂都是買了才能用的，這家竟然是可以先試用再購買，女客自然覺得又新鮮又驚奇。她挑了一點胭脂在手心中，輕輕揉幾下，然後在臉上輕拍，臉頰便染上似酒醉後的紅暈，煞是好看。

女客只覺鼻端聞到絲絲甜香，正是來自於這胭脂的味道，心想，清明踏青，她與姐妹們約好出城，正好買上一盒胭脂，必能增色不少。這麼想著，便問道：「這胭脂作價幾何？」

「一兩銀子一盒，今日開業，八折酬賓，只需八百文便可以了。」元香回道。

女客頓時嚇了一跳。「如此之貴……」話一出口，便覺得有些赧然，想著只怕要被這夥計給看輕了。

胭脂原是婦人最常用的化妝品之一，按照品質、商家不同，胭脂的價格也有三六九等，最普通的只需一、兩百文，好一點的五、六百文。

女客乍聽這一盒胭脂得一兩銀子，就算八折也還要八百文，自然十分驚奇。

不過元香並沒有像她擔憂的那樣露出鄙夷或不滿，她依舊是面帶笑容，柔聲道：「客人不知，本店的胭脂，顏色比別家格外飽滿厚實，但質地卻更加輕薄，無論是敷面或點唇，都不會輕易褪色。」

女客自己用了，也知道品質好，但話雖如此，仍是嘟囔道：「那也太貴了一些，就是芷蘭軒的胭脂，也不過七百文。」

芷蘭軒正是程家的產業，以售賣胭脂水粉為主，是十幾年的老字號了。

「客人可用過芷蘭軒的胭脂？」元香反問。

女客並非大富之家，平時不過用普通貨色，哪裡用過芷蘭軒的高檔貨，便訥訥地搖頭。

「客人若是覺得價格太貴，不妨先用一下芷蘭軒的胭脂，與本店的胭脂做對比。所謂貨比三家，一分錢一分貨，本店的價格是童叟無欺，也絕不會獅子大開口。」元香自信道。

事實上，這是一品天香開張以來，元香的第一單生意，她自然也很想做成了，討個吉利，但既然人家客人覺得貴，她也不勉強。蕊兒姑娘說了，一品天香做的就是高檔貨，普通婦人買不起就買不起，靈州城不缺有錢人，也不缺識貨人。

女客猶豫再三，也不說買，也不說不買，顯然她內心還是十分喜愛這盒胭脂的。

元香見狀便道：「客人若難以取捨，不如先看看本店其他產品。本店的八折酬賓會進行到清明那日，客人若是想買，大有時間。」

她這麼一說，女客便立刻輕鬆起來，離座而起，又去參觀別的商品。這一品天香的鋪子佈置得十分精美，不看的話，她實在捨不得。

這位女客並非第一個例子，像她一樣，不少人都看了或試用了一品天香的胭脂、妝粉，沒有一個說不好，但一聽價格，卻是一個掏錢的都沒有。

一品天香的胭脂，一兩銀子一盒；妝粉，亦是一兩銀；胰子便宜一點，散賣只需八十文一塊，按店裡制定的禮品裝，一盒裝是十塊，便是八百文。如果這令人覺得比別家貴上幾成，那麼香水的價格便是令人咋舌了。

一支琉璃瓶裝的香水，竟然要二十兩銀子。

至於展示臺上那三瓶光彩照人的水晶香水，更是高達三十兩銀。而且夥計說了，這三瓶是非賣品，只有特邀的客人才能享用。

其實這不過是李安然和紀師師弄出來的噱頭，卻真真實實地讓普通百姓們望而生畏了。這樣的情景，蕊兒是看在眼裡急在心裡。她私下找到李安然和紀師師，問道：「姑娘、小姐，這可如何是好？我們的胭脂水粉價錢都太高了，大家都不肯掏銀子買呢。」

李安然卻不急不躁地道：「不必心急，我們的定位與別家不同，原就是針對富人和貴族的，要的就是普通人買不起。」

「可是……」

蕊兒剛想繼續說，店門口的一陣騷動卻將所有人的注意力都吸引過去。

「是護國侯啊！」

「護國侯！啊，還有侯府的大小姐！」

第三十章　貴客臨門

一輛朱篷大馬車，前呼後擁地來到一品天香門外。

騎著白蹄烏的雲臻，戴著紫金冠，身著黑錦袍，煌煌的世家貴胄形象。

從馬車裡出來的雲璐，一襲鵝黃高腰春衫，烏髮如雲，明眸善睞，更是神仙妃子一般的人物。

兩人在成群婢僕簇擁下，走入一品天香店門。

李安然和紀師師忙忙地迎出來。

未等她們開口，雲璐先笑道：「兩位姐姐開業大吉，雲璐特來恭賀。」

隨著她話音落下，周圍頓時一片譁然。護國侯府的雲侯爺和雲大小姐親自前來祝賀開業，真是天大的面子，這一品天香何德何能，竟然能夠攀上這靈州第一豪門。

雲璐的到來，本就在李安然和紀師師意料之中，當下進了店鋪，兩人便陪著她在店鋪中轉起來。雲臻也一直跟在旁邊，保護妹子。

雲家兄妹所過之處，客人們都是紛紛讓路，卻不離開，只小心地圍在旁邊。

靈州城固然是勛貴眾多，但普通百姓也不可能天天跟勛貴們照面，尤其像這樣近距離觀看，跟勛貴同處一個店鋪中，更是十年也碰不到一次的機會。

瞧瞧，這就是雲侯爺哎！

看雲大小姐，多漂亮、多高貴，花魁娘子跟她在一起，都只能做陪襯呢！

看看人家，怎麼就長得那麼好看，說話怎麼就那麼好聽，一舉手一投足，都是貴族風範。

李安然和紀師師一面為雲璐介紹著香水、胭脂、妝粉、胰子，一面留神注意著整個店鋪的動靜。

從雲家兄妹進門開始，所有人都不是看商品，而是看他們兄妹了。

雲璐似乎是不在意，只跟李安然、紀師師微笑聊著，對一品天香的商品表現出極大的興趣。

雲臻則對這樣的場景表現出了一點不適應。

也不奇怪，他是堂堂護國侯，出行一向都是僕從開道的，哪裡曾被人像猴子一樣圍觀過，還被指指點點。

他臉上不自覺地帶出了一絲不耐煩。

與此同時，他感受到有一道饒富興味的目光一直在他臉上轉悠，眼珠一動，看了過去，正好捕捉到對方受驚躲避的一幕。

李安然！

雲臻瞇起了眼睛。

這個女人，是在嘲笑他嗎？還躲？嘴角的笑意都沒收乾淨，以為他沒看見嗎？

李安然並不是故意要嘲笑雲臻。

自從花朝節那日落水之後，她便已經認定，自己跟這位雲侯爺一定是八字相剋。算算吧，被馬車撞、發燒、腳腕脫臼、落水、風寒，每一次碰到他，不是受傷就是生病，總會倒楣就是了。

所以今日雲臻一進門，她就已經打起十二分的小心，刻意地告訴自己，絕不能在今天這個日子出什麼意外。

她只是為了自己的小命著想，才會特別關注雲侯爺。

但沒想到，泰山崩於前也面不改色的雲侯，竟然會在老百姓的圍觀之下，露出那麼不自在的神情，還臉紅。

她發誓，她只是略微地露出了那麼一絲絲笑意，真的只有頭髮絲那麼一點點，一點點的嘲笑而已。

可是居然就被這個男人逮個正著！

李安然已經扭過頭，故意裝作正在為雲璐介紹香胰子，卻仍舊能夠感受到後腦勺被強而有力的目光盯得快要燒起來了。

「這胰子真是好看。」

雲璐的話，適時地將她的注意力抓了回來。

此時雲璐手中正捧著一只白瓷盒，盒子外部是圓柱形，分上下兩部分，上面的蓋子打開之後，就見裡面是一塊粉色梅花狀的胰子，而且那花形還是立體的。

雲璐湊近臉聞了一下，清香撲鼻。

「姐姐店裡的東西就是好，這胰子精美異常，難得還做成了花形，教人愛不釋手，哪裡還捨得用呢。」

女孩子自然是喜歡這些精巧的小東西的，李安然笑道：「這胰子不單有花型，還有果蔬形、元寶形等等。」她一面說著，一面對元香示意。

元香熟練地從架子上取來兩盒胰子，果然一塊是雪梨形的，香味也是果香；另一塊是元寶形，顏色竟也是誘人的金黃色。

雲璐不由讚道：「實在好看得很。紅歌，每樣拿一個來。」

沒等紅歌回答，李安然先笑起來。「妳真要每樣一個？我這店裡，可有十種款式的胰子呢。」

這次卻不等雲璐說話，紅歌便搶先道：「李姑娘可別替我們小姐省銀子，這麼精美好看的胰子，就是小姐自己不用，賞給我們也是好的，我可巴不得小姐多買一些。」

李安然和紀師師都笑了起來，指著她說鬼丫頭，雲璐也愛憐地在她額頭點了一指。

說話間，元香真的每樣胰子都取了一個來，用一只錦盒裝了，捧著跟在後頭。

雲璐參觀了一圈，圍觀的人群就像遛狗一樣，跟在她後頭被遛了一圈。

最後，她選了胭脂六盒、妝粉四盒、胰子禮品裝十盒、香水兩瓶。全部加起來，八折，抹零頭，一共四十六兩。

紅歌當著眾人的面，現銀現貨結清。

一品天香開業第一單生意，這就做成了。

圍觀的人們自然是嘆為觀止，人家護國侯府的小姐就是大氣，買東西都是成打買的，甩手出去就是普通人家一年的嚼用了。

不過令他們大開眼界的，卻遠不止這一件。

就在護國侯府現銀現貨結清的同時，一品天香門外又來了兩輛大馬車。

忠靖侯府大少夫人嚴秀貞，刺史府夫人楊常氏和大小姐楊燕甯連袂而來。

人們簡直要瘋了。

這一品天香到底有多大吸引力，一個新開張的胭脂水粉鋪，竟然同時得到護國侯府、忠靖侯府、刺史府的光臨！

事實上，嚴秀貞跟楊家母女並不是一路來的。

嚴秀貞雖然也事先收到了一品天香的帖子，但以她的身分，並未打算親自過來。只是後來受到了雲璐的邀請，請她開業日過來捧場，但因為顧及老侯爺，沒有跟護國侯府同行，而是單獨坐車來。

卻沒想到，快到琉璃街的時候，跟楊家母女碰到了一起，在別人看來，就像是兩家約好了似的。

下了馬車，嚴秀貞和楊常氏、楊燕甯一同走到了門口。

嚴秀貞一臉笑容，對楊常氏和楊燕甯道：「真是巧了，楊夫人和楊小姐竟然也來了。聽說楊小姐前些日子生了場大病，不知可大好了？」

楊燕甯仍然是平日的冷傲樣子，淡淡道：「多謝大少夫人關心，燕甯已然大好了。」

嚴秀貞點點頭，隨後嘆了一口氣。「真是可惜了，以楊小姐如此品貌才情，入了宮中，必然能脫穎而出，少不得封個一宮主位，怎麼好端端的竟生了一場病，連選秀資格都給丟了。唉，枉費楊夫人當日還與我搶那幾瓶香水，到頭來不過是竹籃打水一場空。」

楊常氏哼了一聲。「大少夫人合該感謝我們才是，我家甯兒不去，妳家大小姐不正好少了個有力的對手。將來受了封，得了個婕妤才人什麼的，可是光耀門楣了。」

這楊常氏和嚴秀貞還是老樣子，一見面就吵。嚴秀貞嘲諷楊燕甯沒了選秀資格，楊常氏也故意說若趙慕然中選是因為楊燕甯沒去；嚴秀貞說楊燕甯能封妃，楊常氏卻只說趙慕然能封婕妤才人，生生要比妃位低一等，又把趙慕然置於楊燕甯之下了。

這兩個在門口鬥嘴，李安然和紀師師不能不管，忙忙地迎出來。

「大少夫人，楊夫人，楊小姐，三位光臨本店，實在是本店的榮幸，請快快進門，樓上雅座伺候。」

雙方這才罷了嘴。

進了門，見到雲臻和雲璐，嚴秀貞先快步迎了上去。

「雲侯和大小姐竟然也在，近來可好？」嚴秀貞一面說，一面親熱地挽住了雲璐的胳膊。

自打花朝節那日雲璐特意來送趙慕然，嚴秀貞便已經將雲璐視作了自家弟妹。

雲臻對她點點頭便是回禮了。

雲璐卻笑道：「嚴姐姐來的正好，我剛買了些胭脂水粉，請姐姐品鑑。」

「這可不成，我若品鑑了妳的，少不得也要掏銀子買上一些。」嚴秀貞笑了起來，轉頭對李安然道：「李姑娘出品，歷來只有好東西，那香水已然是一等一的妙物，卻不知貴店的胭脂妝粉，又是怎樣的出彩。」

李安然喜她豪爽有禮的性子，也笑著回道：「那就靠大少夫人慧眼賞識了。」

他們這邊親親熱熱，楊常氏和楊燕甯便感覺受了冷落。

楊常氏的目光落在李安然頭上，見她烏髮披肩，不由眉頭一皺，冷冷一哼。「左右不過是些胭脂水粉，又能有什麼新鮮的。倒是李娘子，棄婦之身，怎麼梳起未出閣女孩家的髮式來，不成體統！」

自從紀師師強行給李安然改了髮式之後，李安然便再也不梳婦人的圓髻了。

雲璐與李安然交好，自然早就已經知曉。嚴秀貞則是早得了雲璐的知會，知道李安然原來與那程彥博並無夫妻之實。

但楊常氏卻是不知道的，她一進門就看見李安然烏髮披肩，顯然是未出閣女子的裝扮，心裡便有些腹誹。

不過她這樣一說，李安然固然成了眾人矚目的焦點，另一個人——雲臻，卻也是心頭一動。

他是在楊常氏提醒之下，才發現這女人換了髮式。

腦中飛快地閃現兩人第一次見面的場景，她蹲在他腿前替他搽藥，烏黑的髮髻就在他眼皮子底下晃動。他還記得，當時他莫名有一股衝動，想把她腦袋上那根礙眼的銀簪給拔了，看她一頭長髮散落，會不會有什麼不同。

今天，她居然真的沒有梳婦人的髮式。

頭頂梳的是三環髻，因為只用了部分頭髮，所以並不高聳，簡單地以一枚金環扣住，髮髻邊緣戴了一支雙蝶展翅點翠簪，纖細的蝴蝶翅膀在空氣中微微顫動。光潔飽滿的額頭上並無貼時下流行的花鈿，未攏到髮髻上的長髮就披在背後，只分了一綹垂在胸前。

雲臻微微瞇了一下眼睛。

這個女人，打扮打扮，其實也算好看。

滿場人群，大概也只有雲臻有心思評價李安然好看不好看。

楊常氏的一句「棄婦之身」，已經把李安然推到了風口浪尖。

店鋪中的人們都竊竊私語起來。

棄婦？這一品天香的東家，竟是個棄婦？

棄婦這個名詞，素來就是不光彩的，在人們普遍的觀念中，會被休棄的女子必定是德行有虧。

「楊夫人可不能武斷。棄婦這個詞兒，可不是隨便說的。」雲璐當場站了出來。

楊常氏之所以出言不遜，是惱怒自家母女受了冷落，並非故意針對李安然，雖然雲璐的面子她要給，但生來強硬的性格，卻容不得她不理會雲璐話中的反駁之意。

她對雲璐笑了笑，開口道：「雲大小姐對這位李娘子看來是觀感不錯。我倒不是說棄婦不好，這世間的棄婦並非都是因為本人德行有虧，男子薄倖負心也是有的。但女子本身已經成為棄婦，還要做未出閣女子裝扮，便是大大不妥了，說句不中聽的，這與欺世盜名又有什麼分別。」

雲璐立刻皺了皺眉，就是旁邊的嚴秀貞、紀師師等人也都覺得楊常氏說話太過分了。

雲璐待要再說，李安然卻已經略略上前一步。

「楊夫人今日大駕光臨，乃是小女子的榮幸。楊夫人和楊小姐都是貴客，哪有讓貴客站在門口說話的道理，還請夫人和小姐到樓上雅座歇息。」

李安然並非對楊常氏軟弱，也不是甘願受氣。但今日是一品天香開張的日子，她不希望拿自己私人的事情在大庭廣眾之下爭辯，更不願意因此讓眾人都把注意力轉移到她棄婦的身分上來。

楊常氏卻自覺占了上風，得意之下再道：「還是李娘子知情識趣。罷了，我今日乃是來見識一品天香的精妙貨物，並非成心揭短。只是李娘子，妳這髮式的確不妥當，還是趕緊去改了才好，自己什麼身分，自己得知道。」

李安然眉頭一皺。她已經讓了一步，但對方一句「自己什麼身分，自己得知道」卻讓她大為反感。她的身分，難道有低人一等！

「楊夫人說的是，安然對自己的身分很有自知之明。今日的髮式裝扮，也並不覺得有不合身分之處。」

嗯？

楊常氏剛抬起的腳步又放了下來，李安然淡然自矜的語氣讓她十分地不痛快，話音陡然尖銳起來。「李娘子這是什麼意思，妳是指本夫人多管閒事？還是指本夫人說的話是錯的？」

李安然微微欠身。「不敢，安然怎敢說夫人錯了，夫人指點安然，乃是看得起安然，是安然的福分。」

楊常氏冷哼。「那麼妳是什麼意思？既然本夫人沒錯，那妳身為棄婦，卻梳未出閣女子髮式，難道就對了？」

話音剛落，店門口突然響起一道嘲諷至極的嗓音。「說的好！棄婦就是棄婦，換個裝扮就以為能冒充黃花大閨女了？真是好笑！」

眾人的注意力一直都放在楊常氏和李安然身上，冷不防聽到這樣一句，都向門口看去。

只見一位珠翠華服的年輕少婦，扶著一名俏麗丫鬟的手，怡然自得地從店門外走了進來。

在場的人大多不認識她，只看著她大搖大擺地走進來，將整個店鋪環視一圈。

「李安然，妳可真是有本事！被我們程家休掉才三個月，竟然就開起這麼一家店來，真是教人刮目相看啊！」

李安然蹙著眉，冷冷地看著她。「程夫人竟然也來了。」

姚舒蓉嘴角一翹，露出一個勝利者的笑容。然後便眼神一轉，不再看她，轉而對雲臻和雲璐施禮。「程門姚氏見過雲侯，見過雲大小姐。日前曾投帖侯府，求見雲侯，可惜雲侯事忙，竟不能撥冗相見。今日在此見面，實在是小婦人的榮幸。」

雲璐看了一下兄長雲臻，後者只是淡淡地回了一個眼神。雲璐便道：「原來是程家的新夫人，有禮了。」

她倒沒有回禮，但姚舒蓉卻自覺已經被對方記住，欠了欠身，又轉過去，對著嚴秀貞道：「這位可是忠靖侯府的大少夫人？小婦人程門姚氏有禮。」

嚴秀貞只覺這人莫名其妙，但她的教養又讓她不願失禮於人，只得也點點頭致意。「程夫人安好。」

她這邊說完，姚舒蓉又已經轉過身去，對著楊常氏和楊燕甯行起禮來。

嚴秀貞從沒受到過這樣的冷落，竟然有人打完招呼就把屁股對著她的，不由傻了眼。

「程門姚氏見過楊夫人、楊小姐。楊夫人方才的話，真是大快人心，有些人不敲打便不知自己身分，真是可笑。」她說著，花枝亂顫地笑起來。

楊常氏和楊燕甯都是眉頭一蹙。

「妳是何人？這裡什麼時候輪到妳說話？」楊常氏冷冷道。

姚舒蓉的笑聲戛然而止，呆若木雞。

她不請自來，乃是蓄謀已久。

那日在琉璃街頭，她無意中看到李安然，便派人著意地打聽，這才知道李安然離開清溪村之後，又買宅子又買商鋪。而靈州的貴族女眷之中，新近流行起一種叫做香水的化妝物品，竟然也出自她的手。

姚舒蓉又驚又怒，一個棄婦，她的手下敗將，竟然在短短幾個月時間內便發家致富，還混入了貴族女眷的圈子裡，她姚舒蓉還未曾與這些貴族女眷產生交集呢！

一想到清溪村事件，再想到今時今日程家內部也還有人懷念李安然，不時拿她跟李安然比。一個被她踩進泥裡的賤人，有什麼資格跟她相提並論！

每每想到這裡，姚舒蓉便對李安然充滿了厭恨。李安然越是過得富足風光，她越是不甘心。所以今日前來，她就是來砸場子的。

從一進門開始，她便端起靈州首富程家夫人的架子，與護國侯府、忠靖侯府、刺史府的貴人們一一見禮。只有她這樣的身分，才配與這些貴人們結交，李安然算什麼東西，區區一個卑賤的棄婦。

不過姚舒蓉以為自己表現得很有儀態風度，誰知落在貴人們眼裡，卻如同一個跳樑小丑。

護國侯府、忠靖侯府、刺史府，哪一個都足以讓她仰視。

貴族的圈子最講究身分地位，就算做敵人對手，也要分量夠格。楊常氏將嚴秀貞視作對手，正是因為對方的身分配做她刺史夫人的對手。這個自稱程門姚氏的女人又是什麼東西，哪輪得到她在這裡八面玲瓏大放厥詞？

楊常氏可看不慣這種惺惺作態，當場便給了姚舒蓉沒臉。

姚舒蓉自然是傻眼。

李安然和紀師師卻差點笑了出來。

「楊夫人……」姚舒蓉毫無心理準備，被楊常氏一喝斥，又是羞惱，又是莫名，勉強笑了一下。「想是我未清楚介紹自己。楊夫人可知靈州程家？小婦人便是程家女主姚氏。」

「可是賣香料的程家？」楊常氏淡淡道。

堂堂靈州首富，在她嘴裡成了個賣香料的小販一般。

姚舒蓉只覺臉上無光，但對方是刺史夫人，她可不敢給人家臉色看，只得強忍著不快回道：「是。」

楊常氏露出饒有興味的神色來，似笑非笑道：「這可有意思了，李娘子是程家原來的女主人，這位姚婦人卻是程家現在的女主人，有意思，有意思得很。」她目光瞥向姚舒蓉。「怎麼，程夫人也是來祝賀李娘子開業大吉嗎？」

姚舒蓉頓時被她一通下馬威殺得銳氣全無。

「正是，李姐姐從前為我們程家也盡心操持過幾年，如今自立門戶，開起了自己的店鋪，我自然應該來道賀一聲。」她向前一步，走到李安然前面，笑道：「李姐姐，開業大吉，小妹特來恭賀。」

「多謝。」李安然淡淡道。

姚舒蓉掃了一眼她的頭髮，微微一笑。「李姐姐真是好本事，離開程家才幾個月，竟然不聲不響就置辦了這麼大一份家業。只是妹妹也少不得要說姐姐一句，姐姐總歸要注意些自己的身分，楊夫人的話說的不錯，姐姐到底是成過婚的婦人，哪能跟未出閣的女孩兒家一樣裝扮呢？萬一讓人誤會了，豈不成了姐姐在招搖撞騙。」

她故意很親熱，一副好姐妹的樣子，但聲音卻很高，深怕旁邊眾人聽不見似的。

先有楊常氏，後有姚舒蓉，雙雙指責李安然的髮式問題，揪著她棄婦的身分不放，百姓們自然不會放過這個話題，此時正不斷地竊竊私語，對李安然指指點點。

這時候，紀師師忽然說道：「程夫人，外面有隻狗兒正同貓兒打架。」

姚舒蓉眉頭一皺，感到莫名其妙。「這與我有什麼干係。」

紀師師便笑起來。「哦，我以為程夫人愛多管閒事，阿貓、阿狗也是妳管的呢。」

旁邊不少人都噗哧笑了出來。

「紀姑娘這玩笑開得過分了。」姚舒蓉脹紅了臉。

「程夫人連一句玩笑話都開不起啊，護國侯府的雲大小姐都經常跟我們開玩笑呢，是吧，大小姐？」紀師師故作輕鬆。

她看向雲璐，雲璐抿嘴微微一笑，顯然是默認。

紀師師便轉回來再對姚舒蓉道：「看來程夫人是覺得，自己比侯府、官家的夫人小姐更加高不可攀呀。」

姚舒蓉立刻急道：「妳可別胡說八道，我什麼時候說過這樣的話。」

她略帶緊張地看了一眼楊常氏、楊燕甯、嚴秀貞等人。

李安然見紀師師幾句話便將姚舒蓉耍得團團轉，不由莞爾。

姚舒蓉怒視她。「我好心好意前來道賀，看來人家卻不領情，李姐姐，這就是妳的待客之道嗎？」

李安然客套地笑道：「本店待客素來熱忱，至於來砸場子的惡客，想來哪家店都不會歡迎。」

姚舒蓉眼中現出怒意，心念一轉，卻又迅速換了個臉色，笑道：「怨我，是我剛才說錯了話，怪不得李姐姐不高興。是了，李姐姐，我不該說妳是『棄婦』的。」

她故意將棄婦兩個字咬得很重，讓所有人都聽得一清二楚。

李安然臉上一冷。她再好的脾氣，也禁不得對方一而再、再而三的挑釁。

當下，李安然冷冷道：「程夫人今日來得正好，我這有一樣東西，請程夫人替我交回給程老爺。」

一聽與程彥博有關，姚舒蓉眼神猛然一凝。「什麼東西？」

李安然回頭叫道：「黃鸝，去宅子裡將我梳妝檯左邊第一格抽屜裡的錦盒取來。」

黃鸝應聲而去。

李安然對眾人道：「今日原是本店開業的大好日子，本該好好招待各位貴賓，只是程夫人不請自來，諸位適逢其會，李安然只好請大家做個見證。」

她指了一下人群外的蕊兒，揚聲道：「搬椅子來，請諸位貴客落座。」

——未完，待續，請見文創風245《閨香》下集

小宅門

富貴再三逼人，第一次當家就上手！

笑傲宅門才女／陶蘇

文創風 049 上

文創風 050 中

文創風 051 下

年終最熱逗趣上映
大宅小媳婦的愛與愁
極品好戲越讀越有味！

金豆兒有著天命帶旺的八字命格，偏無心思攀高枝，
首富之家誠心求娶，她大姑娘仍遲遲不點頭！
然而首富之家可不同凡夫俗子，不管人願不願意，
十歲的小叔、小姑已認定她是嫂子，還帶來一幅怪畫下聘為媒。
但這可還不構成點頭的理由，女兒家自有自的矜持，
終於，求親的正主兒耐不住性子親自登門拜訪——

古代豪門飯碗難捧，大戶人家眉角多，
樂觀的她第一次當家就上手，種種難題迎刃而解，
可成親後發現的夫家秘事卻令她耿耿於懷——
以前是忙柴米油鹽醬醋茶，現在是奴僕成群學治家，
情投意合成了親，她卻自覺像是中了引君入甕的局，
這大宅小媳婦的日子不知會漸入佳境還是鬧得更翻騰……

狗屋文創風推薦上市!!

流浪貓狗介紹所

為流浪貓狗加油 和貓寶貝 狗寶貝 廝守終生(一定要終生喔！)的幸福機會

對人來說，貓寶貝狗寶貝只是生活的一部分，但妳（你）對牠們來說，卻是生活的全部，領養前請一定要考慮清楚——

▲ 尾巴超有戲的可愛小帥哥庫迪

性　　別：男生

品　　種：米克斯

年　　紀：10個月

個　　性：有些害羞黏人，也有些調皮聰明

健康狀況：已結紮，打了預防針，四合一檢驗過關，目前僅剩皮膚還在洗藥浴

目前住所：桃園市

本期資料來源：http://www.meetpets.org.tw/content/55136

『庫迪』的故事：

庫迪的名字來源於在石門水「庫」流浪的弟「迪」。那時候，公司愛狗副總剛好到石門水庫附近用餐，遇見了不敢直視人、搖晃著身體的瘦弱庫迪。副總怕一時心軟會將庫迪帶回家，將買來的罐頭放在牠面前後，就快步離開，回頭一望──庫迪有氣無力地搖了搖尾巴，隨即用屁股夾住尾巴，低頭走進角落。

回程途中，副總忍不住自責，後來撥了電話與我商量。「只要隔天牠還在且願意跟我走，就給牠一個機會。」沒想到隔日副總重回，直覺往某處隱密草叢走去，一跟庫迪四目相對，庫迪竟好像認得他一樣，直起尾巴、很快站起來跟他走。但是副總無法領養牠，只能把牠交給中途照顧，庫迪雖然不害怕新環境，尾巴卻總是垂下不動，顯示出牠的落寞和失望。

幸好數週後，受到良好照顧的庫迪弟迪還是壓抑不住親人本性，開始搖起尾巴，向人撒嬌示好。現在的牠會雀躍地想跟人出門，被拒絕了就四腳朝天、討好地讓中途媽媽拖著項圈回房；還會輕甩著尾巴靠近你，坐在你的腳上，再回頭以純真的眼神望著你。

而庫迪除了那些可愛好笑的表現之外，牠更時常揚起尾巴，賣力搖動，用行動告訴我們：不用擔心，牠對自己的未來有信心！歡迎來電0975579185，或來信sweat_lin@yahoo.com.tw，主旨註明「我想認養庫迪」，和懂事貼心的庫迪成為家人吧！

認養資格：

1. 認養者須年滿20歲，有獨立經濟能力，並獲得家人與同住室友的同意。
2. 非學生情侶或單獨在外租屋的學生，須能提出絕不棄養的保證。
3. 須同意送養人日後之追蹤探訪。
4. 領養者需有自信對庫迪不離不棄，把牠當家人，愛護牠一輩子。

來信請說明：

a. 個人基本資料：姓名、性別、年齡、家庭狀況、職業與經濟來源等。
b. 想認養「庫迪」的理由。
c. 過去養寵物的經驗，及簡介一下您的飼養環境。
d. 若未來有當兵、結婚、懷孕、畢業、出國或搬家等計劃，將如何安置「庫迪」？

文創風 244

閨香 上

國家圖書館出版品預行編目資料

閨香 / 陶蘇著. --
初版. -- 臺北市 ： 狗屋, 民103.11
冊 ； 公分. --（文創風）
ISBN 978-986-328-381-2（上冊：平裝）. --

857.7　　　103020024

著作者	陶蘇
編輯	黃湘茹
校對	林俐君　周貝桂
發行所	狗屋出版社有限公司
地址	台北市104中山區龍江路71巷15號1樓
電話	02-2776-5889～0
發行字號	局版台業字845號
法律顧問	蕭雄淋律師
總經銷	知遠文化事業有限公司
電話	02-2664-8800
初版	103年11月
國際書碼	ISBN-13　978-986-328-381-2
原著書名	《红袖闺香》

定價250元

狗屋劃撥帳號：19001626

網址：love.doghouse.com.tw　E-mail：love@doghouse.com.tw